Saskia Noort

De nazaten

thb

the house of books

Deze roman is fictie. Alle namen, personages, plaatsen en gebeurtenissen zijn ontsproten aan de verbeelding van de auteur of zijn fictief gebruikt. Elke overeenkomst met ware gebeurtenissen of bestaande personen berust op toeval.

Omslagontwerp: Moker Ontwerp, Amsterdam
Illustratie p. 7: © Mathieu Schellekens
Auteursfoto: © Philippe Vogelenzang
Visagie: Bart Brom
Typografie: Crius Group, Hulshout

ISBN 978 90 443 6237 4
ISBN 978 90 443 6238 1 (e-book)
NUR 305

www.thehouseofbooks.com
www.overamstel.com

OVERAMSTEL
uitgevers

The House of Books is een imprint van Overamstel uitgevers bv.

O children

Forgive us now for what we've done
It started out as a bit of fun
Here, take these before we run away
The keys to the gulag

Uit: 'O Children' van Nick Cave & The Bad Seeds

'Vaak, als ik me eenzaam en losgeslagen van de rest van de wereld voel, denk ik terug aan de periode dat het erger was. De nadagen van mijn huwelijk, de afstand die groeide. De apathische paniek. Weten waar je op afstevent en het niet kunnen stoppen. Vooral niet praten, het onzegbare binnenhoudend. Terugkijkend wist ik dat geheimen ons zouden splijten. En toch meed ik de waarheid. Ik ging naar binnen, naar het niet weten, waar het veilig leek. Maar nu alles duidelijk is, is die weg naar binnen afgesloten.'

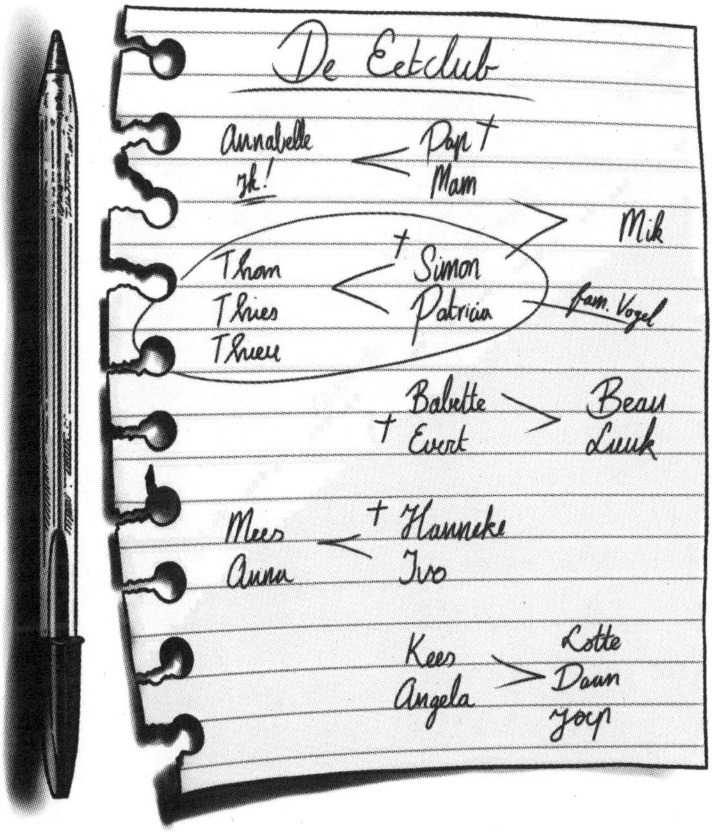
De Eetclub
Annabelle
Ik!
Pap †
Mam
Mik
Thom
Thies
Thieu
† Simon
Patricia
fam. Vogel
Babette
† Evert
Beau
Luuk
Mees
Anna
† Hanneke
Ivo
Kees
Angela
Lotte
Daan
Joep

Ze zaten er verslagen bij op Karens vijftigste verjaardag in gastrobar De Schel, het restaurant dat onlangs in het dorp was geopend. 'Er staat pokébowl op de kaart,' had de moeder enthousiast geappt, waarop beide dochters antwoordden met LOL en een lachemoji.

'We gaan mam, dat wordt cult!'

En hier zaten ze. De dochters ieder op hun telefoon, de moeder wachtend op de rekening.

De moeder verlangde naar hoe het ooit was. Het vanzelfsprekende verbond tussen moeder en dochters. De grapjes die alleen zij begrepen, het herhalen van anekdotes, de gedeelde herinneringen. Hun lievelingsgerecht bereiden, samen een serie kijken, de meisjes die haar advies vroegen, modeshows houden, elkaars nagels lakken. Ze verlangde zelfs naar de ruzies over het ongevraagd lenen van kleding en de moeilijke gesprekken wanneer er weer een van de twee had gespijbeld, of als ze een joint in een doosje onder het bed van Sophie had gevonden. Ze miste de tijd dat ze een eenheid waren, ondanks alles. Drie mensen, drie vrouwen, samengeklonken in hun verdriet over het verlies van hun vader, haar man. Alleen zij wisten van elkaar hoe het ooit was, hoe hij rook, hoe hij lachte. Alleen zij snapten de verwarrende mix van verdriet en woede, van soms wakker worden en voelen dat hij er was. Alleen zij kenden elkaar al hun hele leven. Ze konden elkaar haten in de veilige wetenschap dat ze van elkaar hielden.

De moeder keek naar haar dochters, verzonken in hun telefoon. Het gesprek was niet goed gegaan. Ze had er zoveel van verwacht. De boel weer bij elkaar brengen, desnoods door hen te verenigen in hun ergernis aan haar.

'Wat is er gebeurd met jullie band?' had ze gevraagd. 'Waarom zien jullie elkaar nooit? Waarom praten we alleen maar over elkaar, maar nauwelijks nog met elkaar? We waren ooit zo hecht, zo gezellig. Ik mis jullie.'

De dochters vonden elkaar in hun ongelukkige jeugd. Van hot naar her waren ze gezeuld, terwijl hun moeder uitsluitend met zichzelf bezig was geweest. Er was altijd een probleem, of iets om ongelukkig over te zijn. Zij had niet voor hen gezorgd, maar zij zorgden voor haar. Tot er een ander kind kwam, van een andere vader. Het derde kind, dat cadeautje werd genoemd, of klein wonder. Dat wél alle aandacht kreeg, en meer.

De dochters wilden van haar loskomen. Ze wilden weg en zich niet altijd zorgen hoeven te maken om haar. Er moest eerst heel veel afstand worden gecreëerd, om dan misschien ooit, in de toekomst, een andere, volwassen relatie op te bouwen. In hun woorden weerklonk jaren aan door de moeder betaalde therapie.

De moeder had zich voorgenomen te luisteren zonder oordeel, maar elk verwijt deed pijn, als een zweepslag. Ze moest het ondergaan. Ze had het verdiend. Ze wist dat ze anders was dan andere moeders. Ze had altijd fulltime gewerkt en in haar had een groot, onstilbaar verlangen naar avonturen gesmeuld dat nu pas, na haar vijftigste, gedoofd was. Nu wenste ze nog maar één ding van haar kinderen: vergeving.

Waarom zoek je geen leuke man, vroeg een van de dochters. Maar de moeder wilde geen man. Met mannen was alle ellende begonnen. Ze wilde het pact met haar dochters terug, hoewel ze ook wel wist dat dat niet eenvoudig en misschien wel onmogelijk was.

Karen

De eindeloze polderweg, grijs en nat onder de zwaarbewolkte hemel. Iedere zaterdag, langs sloten en kanalen, langs fietsers, gebogen in de wind, om aan een tochtig veld te staan, kleumende handen om een plastic bekertje koffie. Tweeëntwintig popelende jongetjes onder het toeziend oog van dubbel zoveel ouders.

Als de wekker gaat om zeven uur, de roepzang om ouderlijke plicht, baal ik steeds even dat alles alleen op mijn schouders rust. Geen lijf naast me om nog even tegenaan te kruipen, of alleen maar tegen te klagen over waarom die wedstrijden zo verdomd vroeg zijn. Mik staat enkele seconden later al naast mijn bed, zijn tanige beentjes trappelend van de zin. Hij wil een tosti en sinaasappelsap, ze gaan winnen vandaag, hij weet het zeker, de trainer heeft iedereen friet beloofd als ze meer dan één doelpunt scoren. Hij is zo zenuwachtig dat hij witjes ziet.

Mik is kleiner en dunner dan de rest van zijn elftal en compenseert dat met rennen, achter de meute aan. Steeds te laat danst hij om de anderen heen, en van de stress mist hij de bal als die al eens in zijn buurt valt. Maar waar ik allang had opgegeven, gaat hij door. Mijn hart breekt wanneer hij weer omver wordt gelopen of zo zijn best doet de anderen bij te benen, wanneer hij wordt uitgejouwd voor mietje of binnen een paar minuten alweer op de bank zit. Vorige week nog richtte hij al zijn opgespaarde frustraties op mij.

'Het komt doordat ik geen vader heb!' schreeuwde hij huilend. Hij trapte naar mijn been, maar miste.

'Wat?' vroeg ik. 'Wat komt doordat je geen vader meer hebt?'

'Dat ik niet kan voetballen. En dat ik zo ben. De moeder van Teun zegt het ook.'

'Maar hoe ben je dan?'

'Een watje. Een soort meisje. Een uk!'

'Zegt Teuns moeder dat?'

'Nee, maar ze zegt dat ik anders zou zijn als ik een vader had. Vaders doen anders. Ik heb alleen maar jou. En Belle en Soof. Allemaal wijven.'

'Nou zeg.'

We rijden zwijgend naar huis, na weer een verloren wedstrijd. Een verlies waarvoor Mik zich verantwoordelijk voelt. Sporten is gezond, maar voor Mik is het een kwelling.

'Zullen we naar McDonald's?' opper ik om de stemming enigszins te verbeteren.

Hij haalt zijn schouders op.

'Goed.'

Ik voel zijn teleurstelling en onmacht alsof ik zelf heb verloren.

'Oké dan! Laten we een cola met frietjes en een Big Mac halen!'

'Ik wil een McChicken. De vegetarische.'

Mik doet alles wat zijn oudste zus en grootste heldin doet. Zoals vegetariër worden. Dat is een stuk gemakkelijker in Antwerpen, waar Belle sinds twee jaar studeert, dan hier op de zandvlaktes van Noord-Brabant.

'Oké. Hopelijk hebben ze dat.'

Wachtend in de rij bij de McDrive pak ik mijn mobiel. Geen berichten. Ik merk op dat het 15 januari is, de dag van de brand twintig jaar geleden. Het vuur, de ambulances, Everts lichaam in een lijkzak. De brand waarmee alle ellende begon. Ik kijk naar Mik, die driftig zit te tikken op zijn telefoon. Zonder die brand was hij er misschien niet geweest. Mijn cadeautje.

We bestellen, betalen en krijgen bij het volgende luik onze snacks. Op de parkeerplaats eten we gehaast onze frietjes.

'Weet je wat ik eigenlijk helemaal niet meer leuk vind, mam?' Hij vraagt het zonder me aan te kijken. 'We wonen heel ver van alles... Ik vind het ook gezellig, hoor, met zijn vieren, maar ik zou wel gewoon in een straat willen wonen, met andere kinderen en mensen, of vlak bij school. Ik zit eigenlijk altijd alleen met jou.'

'Ik weet het, lieverd.' Ik streel door zijn borstelige haar, waarna hij zijn haren weer platstrijkt.

'In een gewone straat, dan kan ik op de fiets naar school, en zelf naar vrienden of voetbal, of zomaar wat rondlopen. En boodschappen voor jou doen.'

'Ik ben erover aan het nadenken,' zeg ik. 'Zeker als Sophie straks ook op kamers gaat. Dat je zussen ook makkelijker thuis kunnen komen in de weekenden.'

Na de dood van Simon en de rechtszaak die erop volgde, ben ik ondergedoken met het voornemen nooit meer boven te komen. Een klein huisje, aan de rand van een bos, in Noord-Brabant, grenzend aan Zeeland, tussen Halsteren en Tholen, zo ver van het Noord-Hollandse kustplaatsje Bergen als mogelijk. Wat ik daar zou doen om rond te komen was op dat moment mijn minste probleem. Ik moest weg met mijn twee dochters, en met het kind in mijn buik. Een nieuw, veilig leven opbouwen, waar niemand van de familie Vogel-van der Kooij ons zou kunnen vinden. Liever nog was ik naar Spanje vertrokken of voor mijn part Australië, maar dat kon ik mijn dochters niet aandoen. De overgang naar de uitgestrekte zandvlaktes van Noord-Brabant was al moeilijk genoeg. En hoewel het de bedoeling was daar op adem te komen, de wonden te likken, en van daaruit nieuwe plannen te maken, ben ik er blijven hangen. Tien jaar lang in de luwte, mijn kinderen onder mijn hoede, ze geen seconde uit het oog verliezend. Is het nu tijd ze los te laten en het leven weer te omarmen? Als het aan mij ligt niet.

Ik start de auto en verlaat het parkeerterrein van McDonald's. Mik laat een boer en we lachen. Hij zet de radio aan en verbindt zijn Spotify. MIKS FAVO'S, verschijnt er op het display. Zodra Flemming uit de boxen klinkt, draait hij het volume hoger.

'Maar zij wil mij, en dat wil ze laten weten,' zingen we mee. Mik danst met zijn armen. Mooi hoe boze kinderbuien ineens weer omslaan in vrolijkheid, denk ik, terwijl ik van de snelweg afsla, de Klaverbladweg op, en daarna de Van Blaaderendreef dwars door de Woensdrechtse Heide. We gaan boodschappen doen en daarna samen koken. Mik en Sophie willen pizza maken, het is tenslotte zaterdag. Dan mogen we voor de televisie eten. Annabelle komt thuis. We verheugen ons op het hangen op de grote bank, onder het warme kleed, en dan met thee en koekjes een film op Netflix kijken. Morgenochtend hoeft er niks. Croissants bakken, ontbijten in pyjama. Ik geniet zelfs van de tassen vol vuile was.

Uit een bospad schiet een zwarte SUV voor ons de weg op. Ik rem af en roep dat hij uit z'n doppen moet kijken.

'Mam, please,' zegt Mik.

In mijn achteruitkijkspiegel zie ik nóg een zwarte SUV het pad uit komen. Die rijdt achter ons aan. Het is vreemd. Ik kan hier ook geen kant op, aan beide kanten van de weg staan bomen.

'Wat een vette bakken,' zegt Mik.

'Echt, hè,' antwoord ik. Ik slik. Mijn mond is plots gortdroog. 'Maak er eens een foto van.'

Mik pakt zijn telefoon, richt hem op het raam en klikt.

'Een Ford Explorer,' zegt hij. Mik kent alle automerken.

De voorste auto remt. Ik rem ook, tot we stilstaan. De achterste stopt tegen mijn bumper aan.

'Dit is niet goed, Mik,' zeg ik. 'Bukken!'

Mik maakt zijn riem los en duikt tussen de stoelen door naar achteren, waar hij zich klein maakt. Alsof we dit eindeloos gerepeteerd hebben.

'Mam,' zegt hij. 'Wie zijn dat?'

'Ik weet het niet. Misschien willen ze gewoon even de weg vragen.'

'Je doet raar.'

HR-55-KZ. Ik sla het kenteken in mijn geheugen op door het als een mantra te herhalen. Wanneer ik twee mannen in het zwart uit de voorste auto zie springen, houd ik mijn adem in. Ze dragen bivakmutsen. Bevroren zit ik achter het stuur. Ik dacht dat ik hierop voorbereid was. Haastig doe ik de deuren op slot.

'Niet bang zijn schat, het komt goed. Niet bang zijn. Blijf daar. Stil. Vertrouw op mama.'

Ik hoor hem gesmoord snikken.

Misschien is dit een vergissing. Hebben ze het helemaal niet op mij gemunt.

'Open!' roept de man aan mijn kant van de auto.

Ik zie alleen zijn in een zwarte leren jas gehulde romp. Dan tikt hij met iets tegen het glas.

Ik kijk op, recht in de loop van een zwart pistool.

'Open of ik schiet jullie kapot!'

Hij draagt een zwarte zonnebril. De man aan de andere kant van de auto ziet er precies hetzelfde uit. Achter ons staat er inmiddels ook een. Ik steek mijn handen in de lucht.

'Jullie vergissen je!' schreeuw ik.
'Doe open, mam!' roept Mik huilend.
'Nee!' zeg ik. 'Nee!'
In mijn dashboardkastje ligt pepperspray. Onder mijn stoel een breekijzer. Ik grijp ernaar, maar krijg het breekijzer niet te pakken.
Achter me het geluid van brekend glas. Een arm door de gebroken ruit. Van binnenuit opent hij de deur. Ik draai me om en grijp me vast aan de leren mouw van zijn jas.
'Blijf godverdomme van mijn kind af!'
'Laat los of ik schiet jouw kind hartstikke dood,' zegt de stem naast me. Hij praat met een vreemd accent. De man achter me sleurt Mik aan zijn jas de auto uit. Ik hang nog steeds aan de arm, krabbend, bijtend als een dier.
'Ik bel nu de politie!' schreeuw ik. Mik schreeuwt ook. Iemand moet ons toch horen. Ik zie hoe de man met zijn andere hand, gestoken in een leren handschoen, Miks mond bedekt.
'Als je de politie belt, maak ik hem meteen af,' zegt de man. Mik, hangend in de portieropening, zijn beentjes trappelend in de lucht.
Ik klauw naar de bivakmuts, naar zijn pols, ik voel een klein stukje huid en zet met al mijn kracht mijn nagels erin. Het wordt nat, ik meen te horen dat de man kermt, voordat hij met iets hard en kouds tegen mijn voorhoofd slaat en het zwart wordt voor mijn ogen.

Ik word wakker van een nat doekje over mijn gezicht. *Och erm*, zegt iemand. En dan: 'Ze is wakker, Frans.'
Mijn portier staat open en naast me hurkt een oudere dame in wandeltenue, met kort grijs haar.
'U bent hier de greppel in gereden,' zegt ze met een Brabants accent. 'U lag over uw stuur. Frans is nu de politie aan het bellen.'
Ik schud mijn hoofd, waarin mijn hersenen in stukjes lijken rond te dwarrelen.

'Geen politie,' zeg ik. Ik klink als Rachel Hazes na een nachtje doorzakken.

'Wablief?'

'Ik denk niet dat het nodig is. Politie.'

Ik hoor nog de man in het zwart in mijn oor sissen dat hij Mik hartstikke dood maakt als ik de politie erbij haal.

'Ik werd een beetje licht in mijn hoofd,' zeg ik. 'Maar nu gaat het wel weer. Ik kan maar het beste snel naar huis gaan, denk ik.' Ik probeer te glimlachen en niet in volledige paniek uit te barsten. Mijn kind is weg.

'U bloedt ook, hè.'

Ik betast mijn beurse voorhoofd.

'Ach. Ja, het is wel even schrikken. Maar ik voel me verder prima.'

'U trilt als een rietje.'

Achter de sportieve dame duikt een man op met een grijze baard en in hetzelfde sportieve tenue als zijn vrouw.

'Hoe voelt u zich? Ik ben Frans, trouwens. De man van Coby. Hebben we nog koffie, Co? Co hier is altijd goed uitgerust voor de wandeling.' De man ratelt, zoals Brabanders graag ratelen.

Frans helpt me de auto uit. Ik tol op mijn benen. Coby klapt haar wandelstok uit tot kruk.

'Hier. Even rustig zitten.'

Ik kijk naar mijn auto. Hoe is hij in die greppel terechtgekomen? Ik kan me er niets van herinneren. De mannen in het zwart moeten hem erin gereden hebben.

'Ik moet echt gaan. Heel erg bedankt voor uw hulp, maar mijn kinderen zijn alleen thuis. Ik moet echt weg.'

'En hoe denkt ge hieruit te komen?' vraagt Frans, terwijl Coby de beker van een thermoskan schroeft.

'Shit.'

'Kunde gij uw kinderen niet efkes bellen?'

Ik loop naar mijn auto en kijk naar de lader. Mijn telefoon zit er niet meer aan. Ik zoek in mijn tas op de bijrijdersstoel maar weet al dat die mannen in het zwart hem meegenomen hebben. In het zijvakje vind ik een telefoon uit het jaar nul. Een Nokia. Deze hebben zij voor mij achtergelaten.

'Kijk eens hier,' zegt Frans.

Coby geeft me de beker aan.

'Daar knapt ge van op,' zegt ze. 'We hebben de politie al gebeld, hoor.'

'Dat lijkt me niet nodig,' zeg ik. 'Als ik flink gas geef, dan kom ik hier toch zelf wel uit?'

De koffie ruikt slap en oud.

'Daar hebt ge wel een stel krachtpatsers bij nodig dan.'

'En dat zijn wij niet bepaald,' lacht Coby.

We kijken alle drie om ons heen, op zoek naar tekst.

'Hoe komt ge daarin terecht, dat vraag ik me af,' zegt Frans.

'Ik ook,' zeg ik en ik lach nep. 'Zou u alstublieft die politie willen afbellen?'

'Hedde gij gedronken, of wa?' Frans knipoogt naar me.

'Nou, hou op,' zegt Coby, 'met je impertinente vragen. Alsof jij nooit eens in een greppel bent geëindigd. Hoe heet u trouwens?'

'Patricia,' lieg ik.

'Bel die politie nou maar af, Frans, als zij dat echt niet wil. Hier hebt u nog een paar papieren zakdoekjes.' Ze wijst naar mijn slapen en geeft me een vol pak. Ik haal er eentje uit en veeg ermee over mijn hele gezicht. Samen staren we naar de achterbank die vol glas ligt, en naar de druppels bloed op Miks sporttas.

'Van mijn zoon,' zeg ik zo kalm mogelijk. 'Hij is zijn tas vergeten.'

'Ik zou hem maar eens wassen,' zegt Coby.

Ik zoek naar een leugen waarmee ik het bloed op de tas kan verklaren, maar mijn hoofd is te vol.

'Vrouwke toch,' zegt Frans. 'Ge moet zelf weten wat ge doet, maar wees blij dat uw zoon hier niet bij is.' Daarna loopt hij naar de weg.

Ik zie Coby en Frans buiten gehoorsafstand steggelen. Dan pakt Frans zijn telefoon en belt iemand, terwijl in de verte een groene pick-uptruck komt aangereden. Coby en Frans zwaaien hem enthousiast tegemoet. Als ik denk aan Mik voel ik zijn angst zo intens dat die me de adem beneemt. En ik maar zeggen 'wees niet bang' en 'het komt goed'. Ik ga bijna spugen, zo schuldig voel ik me. Ik moet weg. Ik moet het oplossen.

Frans houdt de pick-uptruck aan en even later stappen er twee potige kerels uit. Met Frans voorop lopen ze naar me toe. Grote dikke mannen, beiden met eenzelfde baard als Frans. Ze dragen Crocs en te strakke spijkerjasjes.

'Patricia, dit hier zijn Marcel en Ton. Onze jongens. Echte krachtpatsers. Zij duwen dat wagentje van je zo weer de weg op. En dan maar hopen dat-ie het nog echt doet, natuurlijk.'

'En de politie?' vraag ik.

'Ah joh, die heb ik net afgebeld. Hebben ze hier toch ook helemaal geen tijd voor.' Frans knipoogt.

Coby's rode gezicht glimt van trots. 'Wij zijn net met pensioen. Onze jongens hebben de boerderij overgenomen. Daarachter, daar zitten we.' Ze wuift met haar hand richting het zuiden.

'We drinken allemaal weleens een borreltje te veel, of wa, toch?' zegt Marcel en aan zijn neus te zien doet hij dat zeker. 'Hierzo helpen we mekaor, hoor. Ons pap moet efkes normaal doen, met zijn politie.'

Zijn broer Ton loopt om mijn auto heen. Hij laat het praten aan de rest van zijn familie over.

'Makkelijk,' roept hij. 'Marcel, pak jij de sleepkabel. Ligt achter in de bak.'

'Waar ik zou zijn zonder de jongens, geen idee,' zegt Coby, terwijl we toekijken hoe de twee mijn auto uit de greppel trekken. Frans staat erbij te zwaaien als ware hij zelf agent. 'Jij kunt zo weer jouw jongen ophalen, hè lieverd. Hoe heet-ie?'

'Mik,' antwoord ik. Mijn ogen vullen zich met tranen.

'Nou, niet huilen hoor, arme schat.' Coby wrijft over mijn rug. 'Het is opgelost, toch? Even met mekaar?'

Ik knik en sla mijn armen om haar heen.

'Ach, kind. Moeten de jongens je even naar huis rijden?'

'Nee, het gaat. Ik ben gewoon heel erg geschrokken. Sorry.'

'Ik weet niet wat je allemaal aan de hand hebt, en het gaat me ook niets aan, maar je moet maar denken: het gaat voorbij. Dat helpt mij altijd heel erg. Alles gaat voorbij, hoe erg het ook is.'

'Ja,' zeg ik en ik veeg wat snot aan mijn mouw af. Coby heeft geen idee.

'En als het weer een beetje gaat, kom je met je jongen langs, hè, met Mik? We zitten hier vlakbij. Kijk, hier.'

Ze loopt naar haar wandelrugzak en haalt er een folder uit. 'We hebben een B&B en een blotevoetenpad, en heel goeie kippen. Die een mooi leventje hebben, hè, niks geen bio-industrie of zo. Onze jongens hebben alles helemaal up-to-date gemaakt.'

Ik geef haar een kus op haar zachte wang.

'Doe ik. Dank je, Coby.'

Sophie

Sonja vraagt hoe mijn week was. Sonja is de psycholoog die ik via mijn moeder heb. Ze heeft een ellenlange wachtlijst, maar via mijn moeder kreeg ik voorrang. Connecties, daar draait het om. Heb je die niet, dan wachten de lijsten. En zie dan maar eens bovenaan te komen. Ik ben me heel bewust van mijn privileges, misschien wel iets te veel. Daarom zit ik bij Sonja. Ze is wel keihard, zei mam, maar ik merk daar tot nu toe weinig van. Tegen mam was ze dat waarschijnlijk. En terecht.

Sonja zit in haar kamer vol boeken en oubollige kunst, en ik in de mijne. We staren allebei naar het scherm van onze eigen computer.

Tja, hoe was mijn week? Zoals alle andere weken. Saai. Eenzaam. Dodelijk vermoeiend. Er is geen uitzicht op verandering. Ik wil weer iets gaan studeren, maar ik weet niet wat. Het enige wat ik zeker weet, is dat ik weg wil bij mam en nooit meer een kunstopleiding ga doen.

'Slaap je goed?' vraagt Sonja. Zelf oogt ze vermoeid. Haar bruin-oranje geverfde haar groeit uit, haar scheiding vertoont een brede, grijze streep. Hoe oud zou ze zijn? Toch zeker zeventig. Kwetsbaar. Maar wel met vuurrode lippenstift op, altijd. Sonja komt haar huis niet meer uit. Haar buren doen boodschappen voor haar. Sonja kost 285 euro per uur.

'Ik slaap alleen maar,' zeg ik.

'Je moet wel eten,' zegt Sonja.

Mij moeder heeft me naar haar gestuurd omdat ik tien kilo ben afgevallen nadat het uitging met Bas, waardoor ik mijn studie Graphic Design aan de kunstacademie liet verslonzen. Ik kreeg geen hap meer door mijn keel. Mijn maag, mijn darmen, mijn organen, ze persten zich van de zenuwen samen tot een brandend blok. Ik wilde alleen nog maar bij hem zijn, het maakte me niet uit hoe. Dan ging hij maar vreemd, dan nam hij maar veel drugs, dan was hij maar onaardig. Toen ik nog maar achtenveertig kilo woog, haalde mam me weer in huis.

'Sophie? We hadden het vorige week over je vader. Ik wil dat je me nog wat meer over hem vertelt.'

Ik pak mijn mok gemberthee. De laatste persoon over wie ik wil praten is pap. Sonja werkt hier al weken naartoe en het is me iedere keer gelukt het gesprek om te buigen naar Bas.

'Jij denkt zeker dat Bas op mijn vader lijkt.'

'Het lijkt me goed om af te spreken dat we komend uur niet weer over Bas praten. Ik ben niet in hem geïnteresseerd. We zijn hier om jouw gedachten en gevoelens te onderzoeken, niet de zijne. Bas neemt maar een eigen therapeut.'

'Mijn vader ging tien jaar geleden dood. Zelfmoord. Hij reed tegen een betonnen paal.'

'Afschuwelijk.' Sonja weet dit allang, mijn moeder heeft het ook allemaal verteld.

'Wat voel je erbij als je dit zo zegt?'

'Niets,' zeg ik en dat is waar. Mijn probleem is dat ik niks voel als ik aan hem denk. Misschien ben ik autistisch. Dat zei Bas altijd.

'En toen het net gebeurd was, voelde je toen ook niks?'

Ik denk terug aan die nacht. De eindeloze rit naar Oberhausen. Mam die keihard reed. Annabelle en ik huilend in elkaars armen.

'Ik was heel bang. Dat is eigenlijk het enige wat ik me herinner qua gevoel. Heel bang dat ik het verkeerde zou doen. Dus ik deed Annabelle na. Zij huilde, dus ik huilde. Maar eigenlijk voelde ik me een soort zombie, verdoofd. Ik was dertien… Of nee, net veertien.'

Sonja schrijft iets in haar paarse schriftje, waarop mijn naam staat.

'Kun je even proberen terug te gaan naar het meisje dat je toen was?'

Dit vind ik altijd zulke stomme vragen. Wie kan dat? Het is toch altijd hoe je denkt dat je toen was, met de ogen van nu. Het meisje dat ik toen was bestaat niet meer.

Het lijkt een heel leven geleden dat Annabelle me uit bed haalde. Mijn kamer was toen roze. Ik had lang haar. Bleek was ik, en stakerig. Toen Annabelle zei dat papa een ongeluk had gehad, ging er een vreemd soort energie door me heen. Een euforische schok. Ik vond het heel erg en tegelijkertijd voelde ik dat het me direct context gaf. Het meisje wier vader is verongelukt. Toen ik vijf minuten later zag hoe mijn moeder eraan toe was, voelde ik me schuldig over zoveel egoïsme.

'Ik was een heel dromerig, meisjesachtig meisje. En in die nacht werd ik wakker. Ik realiseerde me dat ik mijn vader helemaal niet echt kende. En dat ik hem nooit meer zou leren kennen. En hij mij ook niet.'

'Dat dacht je. Ik wil weten wat je voelde.'

Ik haat dat gezeur over gevoel. Hoe moet ik nou weten hoe ik me tien jaar geleden voelde? Vaak verzin ik maar wat.

'Hij was niet vaak thuis. Hij was niet zoals de vaders van nu zijn. Hij werkte tot laat, wanneer we ontbeten ging hij mediteren, 's avonds ging hij naar de sportschool of naar de kroeg met zijn vrienden. Op vakanties gingen wij naar het strand of skiën, en hij bleef in het hotel om te bellen en te mailen.'

'Ben je boos op hem?' Sonja breekt een stuk chocola af en steekt het in haar mond. Ik hoor haar zachte gesmak door mijn EarPods.

'Ja, eigenlijk wel ja. Razend zelfs. Heel lang voelde ik me een soort van schuldig, en probeerde ik me te verplaatsen in de enorme eenzaamheid die hij gevoeld moet hebben. Die ik ook voel. Maar dat hij er zomaar mee kapte, en een enorme puinhoop achterliet voor mama en ons, al die geheimen die hij meenam zijn graf in, iets ergers kun je je gezin niet aandoen.'

'Die woede, waar zit die?'

'Hoe bedoel je?'

'Waar voel je die? Waar in je lijf?'

'Rond mijn maag.'

'Woede en boosheid bedekken vaak iets anders. Wat denk je dat eronder zit?'

Ik heb zo'n hekel aan dit soort vragen. Dat ik het zelf moet oplossen. Zij is de psycholoog, kan zij niet gewoon vertellen wat er met me is? En vooral: hoe ik eruit kom?

'Geen idee. Het is toch niet zo gek om boos te zijn? Hij liet ons in de steek. Hij koos de makkelijkste weg.'

'Nu relativeer je weer. Hij liet jou in de steek. Hij koos ervoor jou achter te laten met al die trauma's en vragen, al dit verdriet. Kijk naar het meisje dat je was.'

Ik kijk naar een foto die op mijn prikbord hangt. Ik ben daar vier of zo, en draag een rode sweater met een schildpad erop en zit bij papa op schoot. Het is op het strand van Bergen aan Zee. Toen loog hij al.

'Ik was het niet waard,' zeg ik. 'Niet waard om voor te leven.'

'Dus, wat voel je?'

'Waardeloos. Machteloos.'

'Juist ja, machteloos. Overgeleverd aan machten die geen rekening met jou houden. Onveilig. Sta daar even bij stil.'

Sonja ademt diep in en blaast met kracht weer uit.

'Adem maar mee.'

Ik doe wat ze zegt. Samen ademen we. Ik probeer zo dicht mogelijk bij dit kutgevoel te blijven. Hoe kan Annabelle zo makkelijk doorleven en ben ik al jaren een probleemgeval?

'Blijf bij me,' zegt Sonja. 'Heb jij weleens gedacht: ik heb geen zin meer in dit leven?'

'Ja,' zeg ik.

'En wat dacht je toen?'

'Dat ik een blok aan het been van mijn familie ben. Er is altijd wat met me. Als we iets leuks doen, en ik hen zie genieten, maak ik het stuk. Ik zie hen zo hard hun best doen en ik heb dat niet in me, dat mijn best doen. Terwijl ik echt van hen hou, vooral van mijn broertje Mik. Ik vind het voor hem het ergst.'

'Wat is voor hem het ergst?'

'Alles. Dat zijn vader ook dood is. Dat hij er ooit achter gaat komen hoe het allemaal zit. Soms denk ik dat er een vloek op ons gezin ligt.'

'Je projecteert op hem. Ga je nu maar eens bezighouden met Sophie. Met je eigen dode vader.'

Karen

Toen ik erachter kwam dat ik zwanger was, zat Mik al ruim twintig weken in mijn buik. Mijn man was een halfjaar dood, Miks vader vier maanden. Ik was een wrak met schulden. Dat ik vaak overgaf en niet ongesteld werd, weet ik aan de omstandigheden. Rouw is een aanslag op je lijf. Alsof je binnenstebuiten wordt gekeerd en je jezelf weer in elkaar moet zetten zonder gebruiksaanwijzing. Te midden van dat alles was ik zelfs vergeten dat ik seks met Simon had gehad. Tot ik flauwviel na de eerste zitting in de rechtbank en Sophie en Belle erop stonden mij naar de huisartsenpost te brengen.

Het staafje met twee streepjes. Ik kon het niet geloven. Ik wilde het meteen weg laten halen. De meiden waren ontzet. Zij wilden deze baby, ze noemden het een wonder, een cadeau ondanks alle ellende, en beloofden mij met alles te helpen. Ze snapten het niet. Door dit kind zouden we nooit rust krijgen, zouden we voor altijd verbonden zijn aan de familie Vogel.

Later, met dank aan diverse therapeuten, noemden ze me een aansteller, een egoïst, een rotmoeder. Ik had ze van hot naar her gesleept. Was altijd alleen maar met mezelf bezig geweest. Ik ging met Simon neuken terwijl hun vaders lijk nog warm was. Pubers maken je voor van alles uit. Michel en ik, wat hadden we met hun levens gedaan? Zoveel gegokt, zoveel verloren. Ik had twee beschadigde dochters, moest ik nu nóg een kind op de wereld zetten? Eentje dat al getekend was door het verleden voordat het was geboren? Ja, zeiden de meiden. Dit is je herkansing als moeder. Om alles opnieuw te doen, en dan goed. Het kind zou zoveel liefde brengen. Het zou het warme centrum zijn waar zij zo'n behoefte aan hadden. Het is wonderlijk hoe jonge meisjes denken over baby's. Alsof het krijgen ervan een grote romantische komedie is.

Ik hield Mik niet alleen maar omdat zij mij overtuigden. Hij kreeg vorm in mijn buik en in mijn hart. Een klein stukje Simon, dacht ik, iedere keer dat ik hem optimistisch en vol levenslust voelde fladderen. Een nieuwe start was precies wat we nodig hadden. Vanaf nu zou ik de rest van mijn leven wijden aan mijn kinderen. Alle drie.

Mik werd te vroeg geboren, nog net niet in de auto naar het ziekenhuis. Hij werd bij me weggehaald terwijl ze zijn kleine hartje tot leven reanimeerden. Dat was de eerste keer dat Sophie zei dat we vervloekt waren. Niet wij, zei Belle, maar de mannen in ons leven.

Hij lag in een machine, volgepakt met stickers, aan snoeren en slangen. Zo ontzettend klein en breekbaar, zo hard vechtend met zijn minuscule gebalde vuistjes. Twee keer per dag mocht hij een halfuur op mijn blote borst liggen. Dan voelde ik hem ontspannen. Ik streelde zijn ruggetje, zijn broze bolletje en beloofde hem een prachtig leven. Er wachtte zoveel liefde op hem. 'Blijf bij ons,' fluisterde ik, 'je bent veilig. Ik zal je nooit alleen laten.'

Ik bezwoer de vloek met alle liefde die ik had. En Mik groeide als kool. Vier weken na zijn dramatische entree mocht hij mee naar huis.

Dat huis vond ik op een nacht op Facebook. Ik sliep niet, dat is wat moeder worden met je doet. Mik zo ver weg van me in de couveuse, de zwangerschapshormonen gierend door mijn lijf, mijn borsten die bijna uit elkaar spatten van de stuwing. Met ijskompressen in mijn beha zat ik met mijn MacBook op bed. Ik moest een plek vinden waar we veilig zouden zijn. Ik was bang dat ze mijn baby zouden stelen, uit mijn etage in Amsterdam, dat ze nóg een dierbare van me zouden afpakken.

Een oud-klasgenoot postte het huis van haar grootouders, dat ze te huur aanbood voor een fractie van wat de huizen in Amsterdam kostten. Het was vrijstaand en stond aan de rand van een bos. Vroeger zou ik hiervan gruwen. Nu keek ik met de ogen van iemand die als een moedergans op haar kroost wilde zitten. Het huisje had een puntdak met rode dakpannen, een verwaarloosde groentetuin. Het keek uit op een meertje. De middelbare school was op een kwartier afstand met de auto, een halfuur op de fiets. Hoogerheide was het dichtstbijzijnde dorp. De meiden zouden het verschrikkelijk vinden.

Wonderlijk genoeg accepteerden mijn dochters deze verhuizing dusdanig geruisloos dat het me zorgen baarde. Kennelijk wakkerde Miks geboorte ook in hen angst aan. We moesten dit kind beschermen. We wilden vluchten, een hol graven, ons verstoppen.

'Wij redden ons wel, mam.' En dat deden ze ook, iedere keer weer, zich redden. Zo zou het niet moeten zijn, voor de pubers die ze ook waren, maar zo was het, ons leven.

Drie maanden na Miks geboorte stond de studentenverhuisservice voor de deur, om ons naar Berkenlaan 1 te Hoogerheide te brengen.

We begonnen met een mooie zomer. Iedere dag was het zonnig en vijfentwintig graden. We knapten de groentetuin op, snoeiden de fruitbomen, we schilderden alle kamers fris wit, naaiden zelf de gordijnen. Met plezier fietsten de meiden dat hele stuk naar school, waar ze vrienden en vriendinnen maakten met wie ze zwommen in het meer en barbecueden in de tuin. Ik vond werk bij een reclamebureau in Bergen op Zoom, en Mik kon twee dagen per week terecht bij de buren, die een boerderij hadden aan het begin van de Berkenlaan.

Hier leven bleek zo gemakkelijk. De mensen waren vriendelijk maar niet opdringerig en warm zonder al te veel vragen te stellen. Ik vond hier precies het saaie, voortkabbelende bestaan waar ik zo naar snakte, en waarin het makkelijk was om een alleenstaande ouder te zijn. Soms dacht ik aan wie ik was vóór Miks geboorte. Een volstrekt ongeleid projectiel. Dat was blijkbaar wat liefde met me deed. Ik verloor mezelf, ik verloor iedere ratio en rolde mezelf uit als deurmat. Het was als een lichte psychose, ik zag de dingen niet zoals ze waren, maar zoals ik ze hoopte. En daarom hield ik me sinds de dood van Michel en Simon verre van mannen. Zoals een verslaafde zich verre dient te houden van alcohol, casino's of drugs. Ik leerde mezelf mijn geluk te vinden in de liefde voor mijn kinderen, in de kalmte van dit vreemde huishouden, in mijn werk en in wandelingen langs de velden. Een leven in lockdown. Ik vond het heerlijk, hoewel ik waakzaam bleef, wetende dat alles in een nanoseconde zou kunnen veranderen.

Zodra Coby, Frans en hun vriendelijke reuzen van zonen uit het zicht zijn, stop ik aan de kant van de weg en haal ik de Nokia uit mijn tas. Mijn handen trillen zo erg dat ik hem een paar keer laat vallen, en mijn duim openhaal aan de glasscherven die op de grond liggen. Het boeit me niet.

Ik open het envelopje op het scherm.

Als je de politie erbij haalt, gaat je kind eraan. Voor twee miljoen euro krijg je hem levend terug. Wacht op verdere instructies.

Ik lees het bericht voor m'n gevoel wel duizend keer. Daarna stap ik uit en schreeuw ik, terwijl ik in de zompige klei van de slootrand stamp. Waarom mijn kind? Waarom hebben ze mij niet gepakt? Waarom nu, na tien jaar? Waarom met zoveel geweld? Ik zak door mijn knieën en sla mijn handen voor mijn gezicht. Ik zie Miks gezichtje voor me, wit en angstig tussen gemaskerde vreemden. Mijn jongetje dat zo beschermd opgroeide. Nooit was hij alleen.

Wanneer ik thuiskom, liggen Sophie en Belle op de bank. Ze springen op.

'Jezus mam. Wat de fuck. Waar is Mik? Waar was je? We belden jullie de hele tijd!'

Ze staren me aan. Blijkbaar zie ik eruit als een geest.

'Wat is er gebeurd?'

Er komen oergeluiden uit me, die langzaam woorden worden.

'Hij is ontvoerd. Mik is meegenomen. Ik werd klemgereden en toen...'

Ik hoor hun adem stokken.

'O, mam, o god, mam.'

'Vier mannen, gemaskerd, met wapens. Ik kon niets. Ik heb gevochten, echt, ik heb alles geprobeerd...'

'Je bloedt ook.'

Ze lopen naar me toe en omhelzen me.

Belle laat los en rent naar boven.

'Heb je de politie gebeld?' vraagt Sophie.

'Ze hebben mijn telefoon. En ze zeiden heel expliciet geen politie, anders gaat hij eraan.'

'Maar nu is hij dus bij die mannen, Mik?'

Haar kin begint te trillen. Belle komt terug met de verbanddoos.

'Ga zitten, mam.'

Ik doe wat ze zegt. Sophie kruipt naast me, onze handen haken in elkaar.

Terwijl Belle mijn wond schoonmaakt met een desinfecterend doekje, zegt ze dat we evengoed naar de politie moeten gaan.

'Tuurlijk niet,' zegt Sophie. 'Die lui houden ons in de gaten. Het is toch *obvious* wie hierachter zitten.'

We zijn lang stil. Belle plakt de grootste pleister uit de doos voorzichtig op mijn voorhoofd.

'Patricia zit in de gevangenis,' zegt ze.

'Dat zegt toch helemaal niks. En ze heeft kinderen... Miks halfbroers?' zegt Sophie.

'Waarom zouden zij Mik op zo'n manier meenemen?' Annabelle veegt mijn bebloede handen schoon.

'Niet meenemen, Belle, ontvoeren. Alsof het hier fucking Colombia is.'

Belle loopt naar de koelkast, pakt er een fles witte wijn uit en schenkt drie glazen vol.

'Dit hebben we nu even nodig,' zegt ze, terwijl ze de glazen op de salontafel zet. De tassen vol met door haar meegenomen Antwerpse lekkernijen staan nog onuitgepakt op het aanrecht.

'Denk je echt dat die jongens erachter zitten?' vraagt ze zacht.

'Wie anders? We wonen niet voor niets als een soort Ruinerwoldgasten in dit godvergeten oord,' zegt Sophie.

'Kijk,' zeg ik en ik pak de Nokia-telefoon uit mijn tas.

'Dat is een PGP-telefoon,' zegt Sophie.

'Wat is dat?'

'Het betekent Pretty Good Privacy. Het is een telefoon die de politie niet kan traceren en waarmee ze versleutelde berichten kunnen sturen.'

'Hoe weet je dat?'

'Dat weet iedereen die *Mocro Maffia* kijkt, mam.'

Met bevende handen nemen we grote slokken wijn.

'Twee miljoen euro. Doe normaal...' zegt Sophie.

'Ik zal het maar zeggen,' zegt Belle ineens. 'Ik heb Thomas ontmoet.'

'Thomas?'

'Ja. De oudste. Van Simon. Weet je nog?'

Ik knik. Ik herinner me hem als een blond, brutaal, verwend joch. Belle was vroeger verliefd op hem. Of hij op haar.

'Toevallig ontmoet?'

'Nee.'

Ik schiet overeind. De wijn gulpt uit mijn glas.

'Godverdomme, Belle! Heb je met hem afgesproken? Je weet toch dat ik die familie niet in de buurt van Mik wil?'

Sophie houdt even een kussen voor haar hoofd en laat het dan weer zakken.

'Ja mam, ik weet dat jij graag alles voor ons bepaalt, maar ik ben volwassen en ik spreek af met wie ik wil. En hij is ook een slachtoffer van wat er is gebeurd, hè? Meer nog dan wij. Hij is allebei zijn ouders kwijt. Die gast is door een hel gegaan.'

Ik sluit mijn ogen en haal heel diep adem. Ik kan mijn dochters niet verwijten net zo naïef te zijn als dat ik ooit was. Ik had het alleen niet verwacht. Niet na alles wat we hebben meegemaakt.

'Oké dan! Bel hem. Bel hem nu!'

'Hoezo? Hij heeft Mik niet! Ik snap dat jij dat denkt, maar zo is hij niet...'

'Wat een dombo ben jij, echt!' Ook Sophie schreeuwt nu. 'Maar gaan we nog iets doen nu, of gaan we hier op de bank zitten wachten tot dat stelletje gestoorden Mik weer braaf thuisbrengt?'

'Wat wil je doen dan?' vraagt Belle.

'Iets? Wat dacht je van: daarnaartoe rijden? Waar die sukkel van jou woont?'

'Bel hem!' roep ik.

'Dat kan niet,' zegt Belle. 'Ik heb zijn nummer niet.'

We kijken elkaar verontrust aan. Zo bleek als Belle net nog was, zo roodgloeiend zijn haar wangen nu. Ze kan elk moment in huilen uitbarsten.

'Hij heeft me geblokkeerd of zo. Ik zie hem niet meer op Insta, en als ik bel neemt hij niet op. Hij heeft me geghost,' stamelt ze.

Belle zwijgt lang.

'Ik weet dat hij gamet met Mik. Althans, hij heeft zijn PSN-profiel. Thomas wilde heel graag contact met zijn broertje. Dat bleek toen ik met hem afsprak. Ik heb het hem niet gegeven, maar hij is er kennelijk toch achter gekomen.'

'Wanneer was dit, Belle?'

'Iets van drie maanden geleden of zo.' De tranen stromen nu over haar wangen.

'Hoe kun je zoiets doen?' schreeuwt haar zus. 'Het is jouw schuld! Omdat jij altijd op die gozer geilde! Gadverdamme, Belle!'

Annabelle

'Thomas Vogel volgt je nu.' Ik schrok toen ik deze melding kreeg. Ik had hem zeker tien jaar niet meer gezien. De laatste keer was in de rechtszaal, waar we ieder aan een kant zaten, hij achter zijn moeder, ik achter de mijne. Ooit waren we vrienden. Nee, ooit waren we geliefden. Of althans, ik was verliefd op hem, of hij het ook op mij was wist ik niet. Hij is in elk geval de jongen die me ontmaagde. Op zijn jongenskamer, waar ik naartoe fietste nadat ik uit mijn eigen slaapkamerraam was geklommen. Dat ging heel makkelijk toen in Bergen, want mijn moeder nam 's avonds drie glazen wijn en een oxazepam en mijn zusje sliep bij haar in bed. Mijn vader was net dood, we waren alle drie totaal ontoerekeningsvatbaar.

Mijn huid wilde zijn huid, mijn mond zijn mond, soms wilde ik hem opeten. Op de dagen dat ik hem niet zag, vroeg ik me af of dit wel gezond was, maar niet wanneer ik bij hem was. Overigens raakten we elkaar dan nauwelijks aan. Alles speelde zich af in mijn hoofd. Zodra we elkaar zagen, deed ik stoer en afstandelijk. We zoenden alleen aan het einde van mijn bezoek, onhandig en kort. Als zijn handen onder mijn sweater gleden, wist ik niet hoe snel ik weer weg moest. Totdat ik weg was. Dan begon het verlangen weer.

We hadden via Facebook Messenger afgesproken dat het die avond zou gebeuren. Mijn ontmaagding.

Thomas woonde met zijn ouders in een grote witte villa aan de

Eeuwigelaan, waar ik achterom via het bos, door het hek dat hij had opengezet, zijn kamer in sloop. Daar stond hij in zijn onderbroek, met een fles champagne, waar hij stoer een slok uit nam. We lachten omdat we niet precies wisten waar we moesten beginnen.

'Uit paps klimaatkast gejat,' zei hij en hij reikte me de fles aan.

Ik kan me niet herinneren waarom ik hem zo aantrekkelijk vond. Hij was lang en erg mager, en hij had acne waarvoor hij allerlei dure huidtherapieën onderging. Zijn knapheid school in zijn uitstraling en in hoe hij zich bewoog. Elegant, soepel, een tikje lui. Hij ademde rijkdom en zelfvertrouwen. Zijn T-shirts waren verblindend wit, van het beste katoen, en roken altijd fris gewassen. Zijn spijkerbroeken hingen perfect op zijn bottige heupen, losjes, met zachte slijtplekken. Hij droeg altijd een halflange, camelkleurige jas, wat hem iets Brits gaf, een gentleman-look met een vleugje rock-'n-roll. Thomas zei altijd dat hij zijn vader haatte, maar hij was precies hetzelfde.

We dronken champagne en rookten wiet, die hij zelf kweekte. 'Mag dat van je ouders?' vroeg ik, waarop hij geheimzinnig lachte. 'Die twee zijn geen haar beter.'

We lagen op bed. Hij stond op om een plaat op te zetten. Hij was de enige jongen die ik kende met een pick-up. 'Ik hou van klassieke dingen.' Zo had hij ook een drankglobe, een Chesterfield-bank en een staande asbak op zijn kamer.

D'Angelo klonk uit de speakers en ik staarde rozig van de alcohol naar Thomas' witte lijf. Hij liet zijn spieren zien. Daarna dook hij op me. Hij rook naar tabak en dure zeep. Ondanks de drank en de wiet was ik zenuwachtig. Niet omdat ik de pijn vreesde. Ik was bang dat ik het niet goed zou doen, of ineens vaginisme zou blijken te hebben.

'Ben je aan de pil?' vroeg hij.

'Tuurlijk.'

Ik slikte de pil al sinds mijn dertiende op aanraden van onze huisarts, om daarmee mijn hevige en pijnlijke menstruatie te onderdrukken.

Daarna begonnen we. We kusten en hij trok mijn kleren uit. Hij aaide mijn borsten en ging met zijn hand tussen mijn benen. Ik probeerde te ontspannen.

Het deed geen pijn. En het was zo voorbij. Ik keek naar hem terwijl hij in me klaarkwam, en al mijn verlangens verdwenen. Mijn fantasie was zoveel opwindender geweest dan dit bonkige gedoe. Maar ik had in ieder geval geen vaginisme en ik was geen maagd meer. Hij rolde van me af en greep meteen naar de halve joint in de asbak naast het bed. Hij vroeg of ik bij hem kwam liggen, maar ik voelde me ongemakkelijk. Ik wilde eigenlijk naar huis. Plotseling begon ik te huilen. Mijn verdriet overviel me. Het had ook aanstellerij kunnen zijn, dat weet ik niet meer. Ik ben naar de wc gegaan, waar ik me aankleedde met de deur op slot. Thomas was heel lief. Hij vroeg 'gaat het?' en bood aan me naar huis te brengen. 'Dat hoeft niet,' zei ik, want ik wilde alleen zijn. Of nee, ik wilde bij mijn moeder zijn. En mijn vader. In ons oude, echte huis. Weer klein zijn. Maar alles was veranderd.

Ik opende zijn DM. 'Hoi! Jij bent toch Annabelle Brouwers? Weet je nog? Thomas, *formally known as* Thom. Uit Bergen. Leuk dat ik je weer gevonden heb!'

Ik vond het ook leuk, hoewel dat niet de bedoeling was. Ik keek op zijn Instagram-pagina; veel foto's met groepen jongens met opgeschoren haar, gespierde lichamen in witte, getailleerde overhemden. Aan een bar, op een boot, bij de Formule 1, op de skipiste, aan het strand, dansend in een club. Allemaal gezichten die me vaag bekend voorkwamen. Ik klikte op de foto's om de tags te zien. Daan en Joep Bijlsma, Mees en Anna Lemstra, Thies en Thieu Vogel. Ik kende ze allemaal uit Bergen. Ik voelde me ineens een soort van buitengesloten, wat nergens op sloeg, want we waren zelf weggegaan en wilden niets meer met die mensen te maken hebben.

Ik antwoordde: 'Hoi Thomas! Wat leuk! Ja, ik ben het. Ik zie op je foto's dat jullie allemaal nog contact met elkaar hebben, hoe is het met iedereen?'

Er verschenen direct drie bewegende stipjes.

'Het gaat top met iedereen. Ik woon met Thies en Thieu en Mees in Amsterdam, Daan en Joep wonen vlakbij. Maar weet je, ik ben volgende week voor business in Antwerpen, en aangezien jij daar woont, zullen we koffie doen? Of wijn? Of een happie?'

En zo rolde Thomas mijn leven weer in. We spraken af bij Roji, een posh restaurant waarvan hij naar eigen zeggen de eigenaar kende. Terwijl ik daar naar binnen liep, voelde het alsof ik op het punt stond om vreemd te gaan. Verraad. Maar wat hadden wij eigenlijk te maken met de misdaden van onze ouders? Wij kinderen waren allemaal slachtoffer. En ik had behoefte aan dit contact. We hadden hetzelfde meegemaakt, dingen die we met niemand anders konden delen.

Hij zat aan een tafel in een donker hoekje, naast een grote open haard. Hij stond op toen de ober me naar hem toe bracht en spreidde zijn armen. Hij droeg een camelkleurig pak en daaronder een zwarte coltrui.

'Wauw,' zei hij en hij drukte me tegen zich aan. Hij rook nog steeds hetzelfde. Tabak en frisse was. Zijn blonde haar was strak naar achteren gekamd, de zij- en achterkant van zijn hoofd strak opgeschoren.

'Nou, ik vind dit zo gaaf!'

Naast de tafel stond een wijnkoeler met een fles champagne erin.

'Ja, ik dacht, laten we maar beginnen met waar we toen mee afsloten.'

Ik lachte gegeneerd. Ik zag mezelf weer die kamer ontvluchten. Vlak daarna werd zijn vader vermoord.

De ober ontkurkte de fles en schonk de glazen voor ons in.

'Nou, proost, darling. Op deze reünie.'

'Zo, lekkere woke studie,' reageerde hij op mijn verhaal over mijn master sociologie, waarvoor ik onderzoek deed naar familiedynamieken.

'Maar wel interessant. Begin maar met mijn familie, heb je meteen een ingewikkelde casus te pakken.'

'Ja, dat lijkt me ook.'

De champagne steeg al naar mijn hoofd.

'Wat gebeurde er precies nadat je moeder, zeg maar...'

'De bak in is gedraaid?'

'Ja.'

'We konden bij Babette terecht, nadat zij vrijkwam. Ze kwam bij ons wonen, met Beau en Luuk. Gelukkig liet pap ons nog een pand in Amsterdam na, waar ik een tijdje heb gewoond. Maar meestal ben ik toch in Bergen.'

'O, ik dacht dat alles in beslag genomen was.'

'Klopt. Maar de Prinsengracht en de Eeuwigelaan stonden op naam van ons fonds...'

Ik durfde niet te vragen naar zijn moeder.

'En hoe is het met jouw moeder?' Hij durfde het wel.

'Goed,' antwoordde ik.

De sushi en de sashimi werden geserveerd en de ober deed iets ingewikkelds met flamberen.

'Wat is dit voor tent?' vroeg ik lachend nadat de ober weg was. Zo protserig. Echt iets voor Thomas. Ik observeerde hem en vroeg me af waarom ik dit etentje eigenlijk had gewild. Onze werelden verschilden te veel. Ik ging het liefst naar bruine cafés, tussen moeilijke studenten en muziektypes. Ik hield van jongens met rommelig haar, die praatten over hun gevoelens. En nu zat ik hier aan de dure wijn, tegenover mijn verleden.

'Maar wat doe jij tegenwoordig? Dat je dit allemaal kunt betalen?'

Thomas staarde me glimlachend aan. Ik vond zijn zelfvertrouwen nog steeds aantrekkelijk.

'Ik doe van alles. Ik dj, ik verhuur mijn sloep, ik doe wat met crypto, beetje vastgoeddingen die mijn vader heeft nagelaten en we zijn net een vega snackbar gestart, die loopt als een trein. Samen met mijn broers, trouwens. *Family first*. We zijn echt superhecht.'

'Wij ook,' zei ik, ik weet niet waarom. Superhecht waren we zeker niet.

'Ja, dat zie ik op je Insta. En je hebt een broertje.'

'Klopt.' Bij mijn slaap begon een ader te kloppen.

'Hoe oud is-ie?'

Ik nam een grote slok wijn.

'Oké,' zei hij. 'Ik zeg je eerlijk: ik zag je broertje op je Insta en hij lijkt mega op Thieu. En op Thies, en op mij. Wees eerlijk.'

'Je wist toch dat mijn moeder zwanger was, tien jaar geleden? Tijdens de rechtszaken?'

'Ja, en ik wist ook dat ze mijn vader neukte. Maar misschien deed ze er meer, hoor, dat kan natuurlijk.' Hij kneep zijn ogen samen terwijl hij me aankeek. Ik vond het heel onprettig om hem zo over mijn moeder te horen praten.

'Het was een traumatische tijd voor haar...'

'Kom op, Belle. Je hoeft je moeder niet te verdedigen. Zeg het gewoon. Mik is mijn broer.'

'Ik had zijn naam nog niet genoemd...'

‘Op Insta wel. Ik wist het meteen. Ik wist het eigenlijk toen al.’

‘Is dit waarom we hier zitten? Om mij uit te horen over mijn broertje?’

Hij schudde met zijn knie. De ober schonk de wijn bij. Geen van ons nam nog een hap.

‘Vind je niet dat ik er recht op heb te weten dat ik een halfbroertje heb? Of nee, draai het om: heeft hij er geen recht op te weten dat hij aan de andere kant van het land nog drie broers heeft?’

‘Normaal gesproken wel...’ stamelde ik. ‘Maar de omstandigheden waren nu niet bepaald optimaal. Je weet toch... Mam is bedreigd, jouw moeder wilde haar vermoorden. Niet bepaald een situatie waarin je daarna ‘Kumbaya My Lord’ met z’n allen gaat zingen. Daarom is mama heel beschermend. Ze beschouwde zijn geboorte als een tweede kans, om alles anders te doen, ver weg van het verleden.’

‘Het zal allemaal wel. Hij is onze broer. En wij zijn ook iedereen kwijtgeraakt, hè? We hadden alleen nog elkaar. We willen gewoon contact.’

‘En waarom nu ineens? Tien jaar na dato?’

‘Omdat ik je vond op Insta.’

Er werden twee sissende schalen tussen ons in neergezet, de ene met Wagyu-vlees, de ander met tonijn en zalm tataki. Thomas bestelde een Japanese Whisky Sour. Ik hield het bij water.

‘Ik vind het een beetje naar om zo over mijn moeder en mijn kleine broertje te praten, tussen deze decadente gangen door,’ zei ik.

‘Ik snap het,’ antwoordde hij. Zijn stem klonk anders. Zachter. ‘Maar ik ben gewoon heel nieuwsgierig. Sowieso maakt deze ontmoeting van alles bij me los. Onze nacht, weet je nog?’

Ik was opgelucht dat hij van onderwerp veranderde. We lachten om de onhandige seks die we ooit hadden en huilden bij het dessert om het verlies van onze vaders. Stilzwijgend leken we het eens te zijn niet meer over onze moeders te praten.

Thomas was aan het einde van de avond zo dronken dat ik hem naar buiten moest begeleiden. Voor hij in de taxi stapte, sloeg hij zijn zware armen om me heen en drukte me stevig tegen zich aan. Hij stak zijn neus in mijn haren en ademde diep in.

'Mooie Belle,' fluisterde hij.

Ik bereidde me voor op zijn kus.

'Please, breng me in contact met Mik. Niemand hoeft ervan te weten. Hij is familie. En dus zijn wij familie. Laat me niet nog meer tijd met hem verliezen.'

'Jezus, Thomas, je bent zo dramatisch. En lam. Je doet net of je doodgaat of zo.'

Hij pakte me bij mijn armen en duwde me zachtjes van zich af. Hij staarde me aan.

'Wij weten allebei dat zulke dingen *any minute* kunnen gebeuren, Bellie.' Daarna pakte hij mijn hoofd tussen zijn handen en drukte een stevige zoen op mijn mond.

'Bye, Bellie. Volgende keer pak ik je.'

Ik keek hem verbijsterd na.

Toen ik weer terug in mijn studiootje was en liggend op de bank Instagram opende, bekeek ik opnieuw al zijn foto's. Ik wist niet of ik hem nou doodeng of superaantrekkelijk vond. Hij zat nog steeds goed in zijn moves. Ik had hem teruggekust als hij het had geprobeerd, maar nu ik thuis was, was ik blij dat dit niet was gebeurd. Ik DM'de hem om hem te bedanken voor de fijne avond.

Een halfuur later stuurde hij een foto terug. Ik opende die. Het was een wazige foto van mij, in de woonkamer bij mam. Ik kon me deze foto helemaal niet herinneren. Op de voorgrond zat Mik te gamen. Mijn mond werd droog. Wat de fuck, zei ik tegen mezelf.

De foto verdween, waarop hij meteen nog een foto stuurde van zichzelf, met zijn duim omhoog.

'Zeker een topavond! Tot gauw, en doe voorzichtig hè, lekker stuk X' schreef hij daaronder.

Tien minuten later, nadat ik mezelf vertwijfeld een glas wijn had ingeschonken en nogmaals zijn pagina wilde openen, was alles verdwenen. Thomas Vogel was nergens meer te vinden.

Karen

Aan de lanen waarlangs tien jaar geleden nog statige oude huizen stonden met lommerrijke tuinen, staan nu prefab witte boerderettes met zwarte dakpannen of riet gedekte daken. De tuinen betegeld, omheind door stalen hekken. Ik rijd door het hart van het dorp, waar sommige panden zijn dichtgetimmerd. Wandelaars en toeristen in regenpakken dwalen rond de Ruïnekerk. Ik sla de Hoflaan in, rijd langs het museum, en mijn hart begint sneller te slaan. Ik had me voorgenomen nooit meer een voet in dit oord te zetten. De belofte van dit dorp is zo schitterend: een verzamelplaats van de geslaagden, beeldschone gezinnen, fietsend naar het strand, rosé drinkend op terrassen, de kinderen in het wit, mannen met goed haar, slanke vrouwen in yogalegging, de Australian Shepherd die achter in de Range Rover springt. Het goede leven. Maar wat verloor ik allemaal niet op deze plek? Mijn man, mijn liefde, mijn vriendin, mijn vertrouwen, mezelf. En dan nu mijn kind?

Nummer 50 kan ik in eerste instantie niet vinden, omdat er geen witgepleisterde villa meer staat, maar een hypermoderne rechthoekige glazen bak, die zo van de heuvels rond Los Angeles naar Bergen getakeld lijkt.

‘Wat gaan we hier eigenlijk precies doen, mam?’ vraagt Soof.

Ze zit naast me in de auto. We staan geparkeerd onder de bomen aan de Eeuwigelaan. Het is donker en het miezert zachtjes. In het huis achter het hoge ijzeren hek brandt volop licht. Op de oprijlaan staan enkele auto’s geparkeerd. Het is een beeld dat ik goed ken. Ik ben hier zo vaak geweest. Ik heb er gedanst, gegeten, gehuild, gedacht dat er een nieuw, oneindig veel spannender leven begon, in die witgepleisterde villa waarin alles mooi en zacht leek. Hoe kon een dergelijke perfectie bestaan? dacht ik toen. Betaald met het bloed van anderen, weet ik nu.

Ik kan niet geloven dat dit alles nog steeds van hen is.

Door het kapotte achterraam is het steenkoud in de auto. Ik blaas in mijn handen.

‘Ze zullen hem goed behandelen,’ zeg ik, meer tegen mezelf dan tegen Sophie.

‘Mam, ze sleurden hem met vier gewapende mannen uit de auto. Dat is niet mijn definitie van goed behandelen. Maar als je daar zo van overtuigd bent, hadden we net zo goed wél de politie kunnen bellen.’

We staren allebei naar het huis.

‘Die Thomas heeft over alles gelogen, het kan net zo goed zijn dat ze hier allang niet meer wonen,’ zegt Sophie.

Ik denk aan mijn zoon. Ik kan aan niets anders denken. Mijn zoon, maar hun broer. Mik is precies zijn vader, maar dan in een tengere, kleine uitvoering.

‘Ik ga naar binnen,’ zeg ik.

‘Oké, dan ga ik met je mee.’

‘Nee, Soof, ik moet het alleen doen. Geen discussie. Als jij nu eens terugrijdt en een hotel regelt. Ik bel je als ik klaar ben.’

Sophie geeft me haar oude iPhone waar ze een nieuwe simkaart in heeft gestopt.

'Onze nummers staan er nog in...'

Ik leun naar haar toe en geef haar een kus op haar wang. Ze ruikt naar angst en tweedehands kleren.

'Wat moet ik doen als je, zeg maar, niet belt?' vraagt Soof.

'Niks. In elk geval niet de politie bellen. Tot straks.'

Ik loop het lange brede grindpad op. Een vrouw komt me tegemoet. Ik wil wegduiken, maar behalve een paar jonge leilindes staat er niets om achter weg te duiken, of ik moet tussen de auto's duiken. Maar tegen de tijd dat ik dat heb bedacht, zijn we elkaar op een paar meter genaderd en zegt ze: 'Hoi, Karen.'

Babette lijkt niet ouder maar jonger geworden. Haar gezicht, omlijst door dik geblondeerd haar, vertoont geen enkele rimpel. Om haar schouders een oversized beige teddyjas. Ik weet niets anders uit te brengen dan 'hoi'. Ze is de laatste persoon die ik hier had verwacht.

'Tja,' zegt ze, ook zoekend naar woorden. En daarna: 'Jij bent ver van huis.'

'Ja, nogal.'

'Ach meid, wat staan we toch raar te doen. Kom hier.' Ze buigt zich naar me toe en slaat een arm om me heen. Haar geur brengt me direct terug naar vroeger. Het is de geur van de eetclub. Zware parfum, sigaretten, drank en gebakken knoflook.

'Ik had niet gedacht dat jullie nog contact hadden. Na alles...'

'Dat kan ik van jou ook zeggen,' zeg ik.

'Ik zei het je toen. Weet je nog? Dat je nooit van ze afkomt.'

Ik weet het zeker nog. Ik zocht haar op in de kliniek, vlak nadat Michel was overleden. We stonden op een armoedig, uitgedroogd veldje een sigaret te roken, omringd door rasterhekken.

'Ze zorgen voor me. Het zijn goeie jongens. En beste vrienden van Beau en Luuk. Met mijn...' Ze aarzelt even. 'Met mijn achtergrond, zeg maar, is opnieuw beginnen onmogelijk.'

Ze opent haar roze Birkin Bag en haalt er een kaartje uit.

'Bel me,' zegt ze. 'Ik moet nu rennen, maar laten we bijkletsen. En *no worries*, ik ben inmiddels goed afgericht.'

In een flits herinner ik me haar geschreeuw en haar knie in mijn nek.

'Dat is een hele opluchting,' zeg ik en ik neem haar kaartje aan.

Ze drukt nog een kus op mijn wang. 'Nou, sterkte daarbinnen.'

'Waar is mijn zoon?' Ik vraag het meteen aan Thomas, die in de deuropening staat.

'Ook goedenavond,' antwoordt hij. Hij draagt een zwart pak over een eveneens zwart overhemd. Een jonge Simon, of een oude Mik, de overeenkomsten zijn niet te ontkennen.

'Kom op, Thomas. Ik weet dat jullie hem hebben,' schreeuw ik.

'Karen, we zijn hier bij de avondwake van onze moeder. Ik heb jou in geen tien jaar gezien. Ik heb geen idee waar je het over hebt.'

Ik begin te huilen. Het is alsof iemand de stop uit me heeft getrokken en ik leegstroom. Misschien omdat ik oog in oog sta met Miks broer, en de gelijkenis me raakt.

'Oké, Karen, kom. Dit is een beetje overdreven.'

Hij zet zijn handen onder mijn oksels en hijst me omhoog. Vanuit de woonkamer klinkt zacht geroezemoes.

'Kom op, beheers je. Er zijn veel mensen hier. We zoeken even een rustig hoekje, goed?'

Met de mouw van zijn jasje veegt hij mijn gezicht schoon.

'We lopen even rustig naar binnen, oké? Niet meer schreeuwen, alsjeblieft.'

De keuken is net zo groot als mijn hele huis. Ooit was deze spierwit, met kookeiland en een grijze, marmeren vloer. Nu staan we op zwart hardsteen naast een notenhouten kookeiland. Messing kranen, en een achterwand van glas, waarachter honderden flessen wijn liggen opgeslagen. Op het diepgroene marmeren blad staan tientallen gevulde glazen, enkele messing schalen vol hapjes, en kleine schoteltjes met petitfourtjes waarop een grijnzende Patricia staat afgebeeld.

Ik heb zin om zo'n petitfour in Thomas' gezicht te wrijven.

Achter me hoor ik een bekende stem.

'Nou ja. Karen?'

Ik draai me om en voor me staat de man die ik tien jaar geleden voor het laatst in de rechtbank zag staan, toen hij werd veroordeeld tot drie jaar gevangenis, waarvan één jaar voorwaardelijk. Hij is twee keer zo zwaar als toen, en volledig kaal, afgezien van wat grijzig pluis boven zijn oren. Hij draagt een iets te strak zwart pak en terwijl hij me aanstaart, prikt hij drie plakken ossenworst aan zijn vork en steekt ze in één keer in zijn mond. Ik staar naar zijn malende kaken en de band vet waarin zijn hals zit opgesloten.

'Ivo,' zeg ik. 'Wat leuk.'

'Nou ja, leuk...' lacht hij, zijn mond nog halfvol.

'Nee, inderdaad, leuk is het niet. Maar... Nou ja, leuk om je weer eens te zien. Gaat het goed?'

Hij knikt. Zijn nek trilt mee.

'Je raakt eraan gewend, hè. De dood. Ik wilde toch even afscheid nemen. Maar dat jij hier bent. Jij bent toch een beetje... volgens sommigen dan, de As van het Kwaad.' Hij maakt een verontschuldigend gebaar. 'Niet volgens mij, hè, ik sta overal buiten. Ben er helemaal uit gestapt. Ik doe niks meer eigenlijk. Beetje rommelen, beetje boekhouden, af en toe wat plussen en minnen voor de jongens. Dus als je hulp nodig hebt, mij niet bellen!' Hij lacht en maakt met zijn handen een afwerend gebaar.

'En je kinderen?' vraag ik.

'Goed. Redelijk. Mees heeft een strandtent. Anna is ergens in

Europa op zoek naar zichzelf. Je weet wel, wat die meiden doen tegenwoordig. Een of andere dure therapie en dan ineens willen ze afstand en ruimte. Me-time.' Ivo rolt met zijn ogen.

Thomas legt zijn handen op Ivo's schouders.

'Zó, papi, ik neem deze dame even van je over.'

Ivo kijkt me grijnzend aan.

'Zie je? Snotaap. Nou, ik ga er maar weer eens vandoor.'

Hij maakt zich breed en loopt als een soort bokito weg, terwijl hij nog even zijn hand opsteekt bij wijze van zwaai.

Thomas ziet me naar de petitfourtjes staren. 'Borstkanker,' zegt hij. 'Helemaal uitgezaaid. Gelukkig mocht ze haar laatste weken thuis doorbrengen en hebben we nog mooi afscheid kunnen nemen.'

Een serveerster met een zwart schort komt binnen. Ze zet een dienblad vol lege glazen voor ons neer.

'Gracias, Martha. Can you give us a minute?'

Martha maakt zich verontschuldigend uit de voeten.

'Ik weet gewoon dat jij Mik hebt,' zeg ik zodra ze weg is.

'Karen, zoals ik al zei, morgen begraven we onze moeder. Ga nou even zitten, volgens mij ben je een beetje in de war.'

Ik blijf staan. Gaan zitten zou voelen als een knieval.

'Mik is vanochtend uit mijn auto weggegrist. Door vier gewapende mannen. De enige criminelen die ik ken, die tot zoiets in staat zijn, zijn jullie. Ik weet dat je Belle hebt gebruikt om met hem in contact te komen.'

Thomas leunt met beide handen op het kookeiland. Zijn hoofd hangt tussen zijn armen.

'Mijn broertje bedoel je,' zegt hij.

'Ja,' zeg ik.

'Die jij bij ons hebt weggehouden.'

'Hierom,' zeg ik.

'Nadat je eerst mijn vader en toen mijn moeder van ons afnam.'

'Ik heb helemaal niks van jullie afgenomen. Daar waren jouw ouders helemaal zelf verantwoordelijk voor.'

'Dat is denk ik een kwestie van perceptie.'

Thomas kijkt me arrogant aan. Ik ken hem sinds zijn zesde. Een klein witharig ventje met astma, net als Mik.

'Luister, ik begrijp dat je boos op mij bent. En dat je het zo hebt ervaren.' Ik probeer het nu aardig. 'Maar moet Mik daarvoor boeten? Een kind? Je eigen broer?'

'Weet jij wel hoe belangrijk familie voor ons is? Zelfs als ze voortkomen uit verraders zoals jij? Mik is mijn bloed.' Hij klopt theatraal op zijn brede, afgetrainde borst.

'Maar wie heeft hem anders, Thomas? Als familie zo belangrijk voor je is, help me dan. Of help in elk geval Mik.'

Hij loopt naar de grote Amerikaanse koelkast en pakt er een blikje bier uit.

'En waarom ben je niet naar de politie gegaan, zoals je vroeger ook altijd deed?'

'Omdat Mik er dan aangaat. Dat is me heel duidelijk gemaakt voordat ze me buiten westen sloegen.'

Thomas giet het hele blikje bier in zijn keelgat terwijl hij me aan blijft kijken. Daarna zet hij het lege blikje op het marmer en slaat het met één hand plat.

'Ah, ik dacht al, heeft ze een ingreepje laten doen.'

Waar Thomas nauwelijks is veranderd, is zijn jongere broer Thies onherkenbaar. Hij stapt de keuken binnen in een zwart leren jasje, zijn vlassige, blonde haar tot over zijn schouders. Zijn hele hals vol tatoeages, behalve zijn adamsappel.

'Wat doe jij hier?' vraagt hij Thomas en terwijl hij eveneens een blikje bier pakt, vraagt hij: 'En wie is dit?'

'Karen. De moeder van ons halfbroertje.'

'Ongelooflijk,' antwoordt Thies. 'Ze heeft wel lef. Je komt zeker voor poen? Dat had ma al voorspeld. Maar niet dat je al op haar afscheid je hand zou komen ophouden.'

'Ik ben hier niet voor het geld. Ik wil alleen mijn zoon terug. Dat is het enige. Ik hoef geen geld, geen contact, ik hoef niks, als jullie me mijn zoon maar teruggeven.'

'Waar heb je het over?' vraagt Thies. Zijn haat voor mij is voelbaar.

'Ze beweert dat Mik ontvoerd is,' zegt Thomas.

'Oké. En wat hebben wij daarmee te maken?'

Ik haal diep adem. We staan hier kostbare tijd te verliezen. 'Hij is jullie halfbroer. Thomas zei net dat familie alles voor jullie is.'

'Jij bent geen familie.'

'Maar Mik wel.'

'O, ja, nu het je uitkomt? Eerst verstop je hem voor ons, negen jaar lang, en plots is-ie familie? Mik is een neukfout van mijn vader, geen familie.'

Thomas pakt Thies bij zijn schouders. 'Rustig, ouwe. Mik is een broer, ons bloed stroomt ook door zijn aderen. Daarom zouden wij hem dit nooit aandoen.'

Ik kijk van de een naar de ander. Ik weet nog dat ze in babyblauwe overhemdjes door de tuin dartelden. Nu zijn het twee zielloze wezen die een spelletje met me lijken te spelen. En terwijl zij met elkaar discussiëren over in hoeverre Mik wel of geen familie is, zet ik het op een rennen, langs het kookeiland naar de deur terug naar de hal, hun grote armen ontwijkend.

Ze roepen dat ik normaal moet doen, maar ik ben al weg, door de hoge taatsdeuren, en ik glijd bijna uit op de spierwitte gietvloer. Ik open snel alle witte kasten in de hal, ren de trap af die naar de onderkeldering leidt. Ook daar open ik gehaast alle deuren, van de waskamer, de gym, een thuisbioscoop. Ik roep Mik. In een koele, donkere voorraadkast realiseer ik me dat er iemand achter me aan is gekomen, die de deur van de voorraadkamer op slot draait. Ik draai me om, buiten adem. Ik loop erheen en voel aan de klink, hoewel ik het al weet. Ze hebben me opgesloten. Ik haal Sophie's oude telefoon uit mijn tas en zie dat ik geen bereik heb.

Minutenlang leun ik tegen een tweepersoons met badstof bekleed matras. Mijn vingertoppen tintelen en mijn ademhaling zit zo hoog dat ik er duizelig van ben. Ik moet rustig worden. Nadenken. Focussen op Mik. Waar is hij? Ik zie hem voor me. Zijn stralende kindergezichtje. De ogen bleekblauw. Dezelfde ogen als die van Thomas. Ik heb het gevoel dat hij niet ver bij me vandaan is.

Ik loop weer naar de deur, die nog altijd op slot zit, kijk nogmaals tevergeefs op mijn telefoon. Onrustig ga ik langs de schappen. Ik open laatjes vol schroeven en pluggen, schuif grote zakken hondenvoer opzij, herschik dozijnen blikken tonijn, tomaten, bonen, soep, bockworst, en dozen pasta en rijst. Wat verwachten ze hier? De zondvloed? Op de grond naast het matras staan vier paar gloednieuwe skischoenen, die ik ook weghaal, op zoek naar een luikje, een sleutel, naar iets waarmee ik uit deze kast kan ontsnappen. Maar ik vind niets. Het is zo schoon en netjes ingeruimd, alsof de werkster net is geweest. Maar wie heeft dat, zo'n secuur ingerichte kelderkast? Mensen die iets te verbergen hebben, die hebben dat.

Met mijn vuisten roffel ik op de deur, ik schreeuw, hoewel ik weet dat niemand me hier kan horen. Tenzij Mik hier ergens is. Dan wil ik dat hij weet dat ik hem zoek. En dat ik dat zal blijven doen tot ik hem heb gevonden. Ik pak een van de blikken en sla ermee op de deurklink. Ik sla en ik sla, mijn arm lijkt vanzelf te gaan. Met één veeg zwiep ik alles van het middelste schap. Weckpotten vol ingemaakte groenten vallen op de grond, de pakken pasta en rijst volgen. Ik trek alle laatjes uit de kast en kieper ze leeg op de grond, waarna ik ze naar de deur gooi. Ik schop tegen de grote zakken hondenvoer, tot ze barsten en de naar poep ruikende brokken uit de zakken stromen, samen met kleine zipzakjes vol lichtblauwe pillen waarop een grijnzend clowntje gedrukt staat.

Sophie

Ik voel een paniekaanval opkomen. Meestal overvallen ze me op momenten dat er totaal geen aanleiding voor is, maar deze keer is de aanval gebaseerd op een overdosis triggers. Ineens zit ik op een bed in een armoedige hotelkamer, die naar kippensoep ruikt die ze in verpleeghuizen serveren. Ik wacht op een telefoontje van mijn moeder. Ik heb friet en een kaassoufflé gehaald bij de snackbar waar we vroeger altijd rondhingen, maar hier op de kamer, die uitkijkt op een grimmige binnenplaats vol afvalcontainers, is alle honger me vergaan. Mijn keel is droog. Ik krijg mijn sombere gevoel niet onder controle. Het is alsof alles mijn schuld is. Ik bel Sonja. Ze neemt meteen op.

'Gaat het niet, liefje?'

Soms lijkt het alsof ze in een constante telepathische connectie met mij is.

'Nee,' stamel ik.

'Wil je dat ik praat, of wil jij praten?' vraagt Sonja.

'Jij praten. Alsjeblieft.' Ik zucht. Alleen al haar stem kalmeert me.

'Oké. Je weet dat wat jou nu overspoelt weer voorbijgaat, toch? Probeer daar je rust in te vinden. De paniek, de angst, de duizeligheid, het ebt straks allemaal weg. Ga nu maar ademhalen, zo diep als je kan, helemaal naar je schaambotje. En als je daar bent, hou je adem dan vast, vijf tellen.'

We tellen samen, en blazen uit met kracht. Als ik ooit een kind krijg, wil ik dat Sonja bij me is. Als ik ooit megarijk word, dan huur ik haar fulltime in.

'Waar ben je?'

'Op een hotelkamer in Bergen.'

'En waarom ben je daar?'

'Ik ben met mijn moeder mee. We hebben een heel groot probleem.'

'We? Je moeder, of jij?'

'Ik kan het niet vertellen. Maar mijn moeder is er nu naartoe.'

'Je kunt me alles vertellen, Sophie.'

'Dit niet.'

Sonja is lang stil. Ze denkt waarschijnlijk dat ik in een psychose zit.

'Sonja, ik ben niet gek geworden… Het is echt zo.'

'Ik ga niet aandringen. Ik respecteer jouw waarheid. Alleen ben ik niet zomaar iemand. Ik heb beroepsgeheim, dus het is veilig bij mij. En dat is het belangrijkste voor jou, Sophie, dat je je veilig voelt. Daar zit je pijn, daar werken we aan.'

'Daarom moet ik ook bereikbaar zijn. Voor als mijn moeder belt.'

'Wat wil je op dit moment van mij?'

'Ik wil weten hoe ik hiermee moet omgaan.'

'Waarmee?'

'Met deze verlammende angst. En het gevoel dat alles mijn schuld is.'

'Dat is je innerlijke saboteur die spreekt. Die zorgt ervoor dat je je woede op jezelf richt in plaats van op degene voor wie de woede bedoeld is.'

'Mijn moeder.'

'Waarom ben je boos op haar?'

Ik pak de waterkoker, loop naar de wastafel en vul hem met water.

Ik denk aan het verhaal dat mensen hun vuile onderbroeken erin wassen. Ik gooi het water weer weg.

'Mijn moeder is de liefste.'

'Ja, dat ook. Maar ze maakt je ook ziedend.'

'Omdat ze niet nadenkt. Ze stort zich halsoverkop ergens op, zonder plan, zonder bij ons stil te staan...'

'Bij jou. Zonder bij jou stil te staan.'

'Ze moet toch weten dat als haar iets overkomt, wij niemand meer hebben? Ik vraag me ook af waarom ze hem gekregen heeft.'

'Je broertje, bedoel je?'

Ik open de stoffige velours gordijnen en ga in het raamkozijn zitten. Ik baal nu al dat ik Sonja heb gebeld. Mikkie zit ergens bij vreemden in doodsangst, zijn leven is in gevaar, dat van mam misschien ook, en ik zit hier te janken over mijn gevoel.

'O, mam belt,' lieg ik. 'Ik moet ophangen.'

Ik zet de televisie aan en zap langs de talkshows. Om de vijf minuten kijk ik op mijn telefoon. Er komt niks binnen. Ook Annabelle laat niks horen, die voelt zich natuurlijk te schuldig. Ik googel op mijn telefoon 'wat te doen bij ontvoering'.

Probeer de ontvoering te dwarsbomen. De eerste paar minuten van een ontvoerings- of gijzelingssituatie zijn het gevaarlijkst en worden nog gevaarlijker als je je verzet. Denk rationeel en werk in dit soort situaties mee. Als er anderen in de buurt zijn, is dit het beste moment om terug te vechten op een manier die de aandacht van de anderen trekt. Nadat ze je hebben waar ze willen zal er hoogstwaarschijnlijk niemand zijn die kan reageren op je hulpgeroep.

Ik weet niet waarom ik deze bullshitadviezen, die ik zelf ook wel kan bedenken, lees. Mik heeft er in ieder geval weinig aan. Ik hoop dat ik iets vind wat we over het hoofd hebben gezien, waarmee ik mam kan helpen of geruststellen. Ik wil gewoon iets doen tijdens dit zenuwslopende wachten op haar telefoontje, maar aan deze WikiHow-wijsheden heeft Mik natuurlijk niks. Als ik aan hem denk, schieten de tranen me in de ogen.

Ik had niet verwacht dat ik zoveel liefde kon voelen voor een kind van een andere vader. Een vader die ook nog eens een pompeuze lul was zonder wie mijn eigen vader waarschijnlijk nog had geleefd. Door Mik te houden, eerlijk gezegd op ons aandringen, hadden we ons voor altijd verbonden met het kwaad. Moesten we nog een keer verhuizen en ons leven voor de vierde keer opbouwen. Maar Mik maakte dit alles de moeite waard. Hij gaf ons alle drie een nieuw doel: hem een zo rustig, veilig en gelukkig mogelijke jeugd te geven.

Annabelle

Mik zat in zijn blauwe pyjama in kleermakerszit op de bank, zijn ogen kleefden bijna aan de televisie, zijn mond halfopen, een headset op zijn hoofd, druk klikkend op zijn console. Ik had niet geslapen die nacht, en was zodra het licht werd opgestaan om naar mama te gaan. Ik moest vertellen dat ze ons gevonden hadden.

Mik keek nauwelijks op of om toen ik binnenkwam. Pas toen ik voor het beeld ging staan, stond hij op. Niet om me te omhelzen, zoals hij normaal gesproken enthousiast deed wanneer ik thuiskwam, maar om me opzij te duwen.

'Hé, lieverd, kom eens hier,' zei ik en ik tilde hem op om hem een kus te geven op zijn naar slaap ruikende wangen.

'Wat doe je?' was zijn antwoord. Kennelijk was zijn prepuberteit al begonnen.

Ik maakte een kop koffie en plofte naast hem op de bank.

'Mama slaapt nog,' zei hij zonder me aan te kijken. Ik keek met hem mee naar het televisiescherm, waarop hij driftig allerlei vechtende figuren aanstuurde.

'Hoe werkt dit spel?' vroeg ik.

'Ja, ik moet dit nu even uitspelen,' zei Mik.

'Maar hoe heet het?'

'Minecraft.'

Ik wilde hem over zijn rug aaien, maar hij ontweek mijn hand.

'Joh, ik heb je zo lang niet gezien! Je kunt toch wel even normaal hoi zeggen?'

Mama kwam naar beneden en slaakte een gil van blijdschap toen ze me zag. Ze droeg nog altijd dezelfde inmiddels tot op de draad versleten ochtendjas. Ik had haar erin zien huilen, duizenden broodjes zien smeren, over straat zien lopen terwijl ze de hond uitliet, en Mik zien baren.

We omhelsden elkaar.

'Kind, wat ben je dun,' zei ze.

Ze vroeg of ik een omelet wilde, of yoghurt, of een croissant. Ik wilde het allemaal. Daarna liep ze het beeld van Mik in en vroeg hem wat hij wilde ontbijten.

'Een ei,' zei Mik en hij ging stoïcijns door met gamen.

Ik liep achter mama aan, de keuken in, waar het een enorme troep was.

'Sorry voor de rotzooi,' zei ze ten overvloede. 'Als ik had geweten dat jij ineens zou komen... Wacht, ik ga je zus wakker maken, die zal ook zo blij zijn dat je er bent!'

Liever had ik haar even alleen voor mezelf gehad, maar mijn moeder was altijd erg van 'met z'n allen'. Zodra ik alleen met haar was, leek het alsof ze zich schuldig voelde naar haar andere twee kinderen toe. Sowieso verontschuldigde ze zich altijd voor alles. Zeker nu Soof een nieuwe therapeute had, die mama zelfs de schuld van de klimaatverandering gaf en van wie Soof handig gebruikmaakte in mijn ogen.

Ze kwam de keuken weer in met een wat somberder blik in haar ogen.

'Ja, sorry. Soof heeft migraine. Ze zit er even helemaal doorheen.'

'Ze zit er altijd doorheen, mam.'

'Niet altijd. Ik heb met haar te doen. Ze is zo kwetsbaar, jij en ik weten niet hoe dat voelt.'

Ik wist dat wel, maar deelde dat liever niet met mam. Ik was hier om te vertellen dat Thomas op zoek was naar Mik, maar ik zei niks. Ik wilde haar niet nog iets geven om over te tobben. Ze zou helemaal gek worden als ik haar vertelde over de foto van Mik die Thomas me had gestuurd. Dus spraken we over Mik en waarom hij op voetbal moest. Om hem van de bank en weg van het gamen te krijgen. We praatten zachtjes aan de keukentafel. Mama vertelde dat hoewel hij er niets van kon, en de andere kinderen hem nauwelijks zagen staan, hij er toch iedere woensdag en zaterdag zin in had. Hoe knap ze het vond dat hij zo optimistisch bleef. 'Hij leeft in een andere wereld,' zei ik. We keken allebei naar de bank, waarop hij aan zijn console geplakt zat, de headset over zijn bijna roze krullen. Hij leek in niets op zijn halfbroer.

We gingen wandelen met de hond. Soof bleef bij Mik. We liepen door de motregen langs de Brabantse Wal, zo nu en dan sloeg de stank van een varkensstal ons in het gezicht. Ik was blij dat ik hier niet meer woonde. Er was weinig charmants aan dit deel van Brabant, waarschijnlijk precies de reden dat mama juist hier was gaan wonen. Niemand zou haar hier zoeken. Tot nu.

'Denk je niet dat het goed voor Mik zou zijn om zijn halfbroers eens te ontmoeten?' begon ik.

Mam zweeg heel lang. Haar mond werd een streepje. Ze pakte een stok en wierp die halfslachtig voor zich uit. Bollie rende er enthousiast achteraan.

'Nee,' zei ze uiteindelijk.

'Mik zou het fantastisch vinden om drie broers te hebben,' ging ik door.

'Je moet hierover ophouden.'

We stapten door. Het begon harder te regenen, maar dat weerhield Bollie er niet van een modderige sloot in te duiken.

'Nee, Bollie, nee, godverdomme!'

De vloek was voor mij bestemd, en voor haar zelfverkozen isolement, dat nu al ruim negen jaar duurde.

'Soof en ik zijn inmiddels volwassen, mam. Waarom wil je ons niet vertellen wat je zo bang maakt dat je nog steeds hier woont, waar je niet gelukkig bent en Mik een buitenbeentje is en Sophie al jaren in therapie zit?'

Mam stopte, draaide zich naar me toe en keek me kil aan.

'Ik heb het kwaad in de ogen gekeken, Belle. Dat heeft me voor altijd beschadigd. En sindsdien is het mijn levensdoel om jullie alle drie hiertegen te beschermen, voor zover ik kan.'

Overdrijven, daar was ze goed in.

'Die jongens gaan heus niet hun eigen broer pijn doen of zo...'

'Belle. Die hele familie is crimineel. Hun vader is dood, hun moeder en hun opa zitten in de gevangenis. Met hen zullen we geen Kumbaya-achtige familiesessies hebben. Als ze willen, zullen ze ons vinden, al gaan we ergens in de Braziliaanse jungle wonen. En zodra ze het willen, moeten we bang zijn. Ze zijn niet uit op kennismaking met hun kleine broertje. Ze zijn uit op destructie. Ik weet dat je vindt dat ik overdrijf, en ik ben er trots op dat je zo gelooft in de goedheid van iedereen, ondanks alles wat we hebben meegemaakt. Maar in dit geval zul je op mij moeten vertrouwen.'

Bollie klauterde uit de sloot en schudde de modder van zich af, vlak bij onze voeten.

'Zoals jij het brengt, lijkt het alsof niemand van ons ooit veilig zal zijn. Ik heb helemaal geen zin om zo te leven. En als Mik groter is en wil weten of hij familie heeft, wat dan? Waarom heb je hem dan gehouden, terwijl je weet dat hij zijn hele leven voor zijn eigen familie moet vrezen?'

Mam haalde een oude handdoek uit haar jaszak en begon Bollie driftig schoon te wrijven.

'Jij en Sophie wilden het ook, hè? Jullie drongen erop aan, en ik was een wrak destijds. Ik kon het niet opbrengen nog meer te verliezen. En we waren ook heel blij met zijn komst, toch? Maar waarom ineens al deze vragen?'

Opnieuw kreeg ik de woorden niet uit mijn mond. Ze zouden haar verpletteren. Ik had een vreselijke fout gemaakt en voelde me een verrader.

We kwamen doorweekt thuis. Mam ging samen met Mik Bollie in bad doen. Sophie's migraine was wonderbaarlijk snel verdwenen, want ze was naar een vriendin. Ik had geen tijd te verliezen en haalde een rolletje zwarte tape uit de keukenlade en knipte er een klein stukje van af. Dat plakte ik over de camera van de televisie. Even was ik bevrijd van het gevoel dat Thomas me bekeek. Tot ik boven in de hoeken van het plafond drie kleine witte kastjes met zwarte lenzen zag hangen.

Karen

Ik leg mijn hoofd tegen de koude, betonnen muur en smeek God, in wie ik niet geloof, om mij niet te laten sterven. En Mik niet. Ik pak een van de blikjes lauwe cola, open het en zet het aan mijn mond. Ik moet rustig worden. Ze spelen een spel met me. Natuurlijk leeft Mik nog, ze hebben hem nodig mij iets te laten doen. En ik denk dat ik weet waar het over gaat. Het geld dat ik destijds, na Michels zelfmoord, in de trapkast vond.

Achter de deur klinkt een stem.

'Ben je gekalmeerd?'

'Ja,' zeg ik.

Ik hoor een hoop gerinkel van sleutels. Dan zwaait de deur open. In de opening staat weer een andere jongen, iets jonger dan de andere twee, met in zijn rechterhand een wapen, dat hij op mij richt. Hij komt me bekend voor.

'Niet nodig,' zeg ik. 'Ik kom alleen maar praten.'

'Een paar uur geleden kwam je alleen maar krijsen, dus dit lijkt me heel erg nodig.'

'Ik heb tijd gehad om na te denken.'

'En om er een flink zootje van te maken.'

Tegelijk kijken we naar de hondenbrokken en de zakjes pillen waarmee de vloer is bezaaid.

'Ik wil alleen mijn kind terug, dat zou jouw moeder ook willen.'

'Mijn moeder is dood.'

Hij heeft Justin Bieber-haar dat bijna in zijn ogen hangt.

'Kom mee,' zegt hij en hij wenkt met zijn wapen.

In mijn borstkast verzamelt zich de paniek weer. De jongen ontwijkt mijn blik.

'Thieu?' vraag ik en zijn schouders schokken even. 'Hij is je halfbroertje, hè? En ik ben zijn moeder. Hij is een heel kwetsbaar jongetje. Een beetje zoals jij vroeger.'

Ik sta op en volg hem door een soort garagekelder vol dure auto's.

'Hij voetbalt. Hij kan er niks van, maar hij vindt het zo leuk om te doen. En 's nachts is hij bang in het donker, dan komt hij bij mij liggen...'

Ik blijf praten over Mik, in de hoop dat het helpt hem een gezicht te geven. Het gezicht van hun broertje.

'Hou je bek,' zegt Thieu voordat we een brede, ronde trap op lopen. In de verte klinkt André Hazes.

'Morgen is de begrafenis,' zegt hij plots. Dan zwaait hij een hoge taatsdeur open, naar de woonkamer, waar in het midden, omringd door de metershoge kolossen van kaarsen die Patricia vroeger ook altijd brandde, badend in een wolk van Diptyque-roomspray, Patricia ligt opgebaard. Ik was er niet op voorbereid dat ik haar ooit nog zou zien. Dood weliswaar, maar toch, het is een schok. Hoe vaak heb ik gewenst dat ze dood was? Tien jaar lang en misschien wel langer. Maar hier ligt ze, als een prinses in een beeldschone couturejurk, bezaaid met zijden bloemen. Ze draagt een pruik van dof krullend haar op haar kleine hoofdje. Ze lijkt op een resusaapje.

'Ik dacht, jij wilt ook vast wel afscheid nemen,' zegt Thomas, die opstaat van de witte Minotti-bank. Ik was vergeten hoe extra large alles hier is. Op het televisiescherm achter de opgebaarde zijn nonstop filmpjes van een jonge Patricia te zien, met de jongens als baby, kleuter, peuter, scholier en puber. Simon komt ook voorbij. Beelden van hun trouwerij. Hoe hij haar beetpakt is hoe hij mij beetpakte. Zo pakte hij iedereen. En wij lieten ons pakken. Genoten er zelfs van. Het was zijn zelfvertrouwen. We hoopten dat het besmettelijk was.

'Vanuit Zuyderbos heeft ze alles geregeld. Allemaal precies zoals ze het wilde. Ze mocht thuis sterven. We waren er alle drie bij. Toch nog even onze moeder vast mogen houden.'

Thomas geeft me een glas witte wijn. Het is de chardonnay die ik me herinner. Boterig en zwaar. Ik wil de wijn niet drinken, maar ik wil hem ook niet weer op stang jagen.

Naast de baar gaat Thomas door de knieën en hij drukt een kus op zijn moeders voorhoofd. Even zie ik weer het kleine jongetje, dat altijd als een aapje aan haar arm hing.

'In de paar weken dat ze hier was, heeft ze ons alles verteld.'

Ik doe alsof ik een slok neem.

'Er zit heus geen troep in, hoor. Thieu, doe dat wapen weg. Slaat echt helemaal nergens op.'

Thieu steekt het wapen in de broekband van zijn spijkerbroek.

'En heb jij haar toen ook alles verteld?' vraag ik.

'Zoals wat?'

'Zoals je bijbaantje als drugsdealer?'

Thomas grinnikt, terwijl hij met zijn vingers over zijn voorhoofd strijkt. 'Jij trekt snelle conclusies.'

'Een garage vol dure wagens en een halve mud blauwe pillen in een zak hondenvoer... Zou ik niet bepaald een snelle conclusie noemen.'

'Bemoei jij je nu maar gewoon met je eigen zaken. Dat is de veiligste optie. Maar terug naar Mik. Ik snap het helemaal, dat je zo flipt. Zou mama ook doen. Sterker nog, ik flip ook. Weet je, je had hem niet zo moeten verstoppen. Dan hadden we meer voor jullie kunnen doen. Was dit misschien niet eens gebeurd. Waarom moeten kinderen boeten voor de fouten van hun ouders? Hij heeft drie broers. Hij hoeft niet eenzaam te zijn.'

'Mik is niet eenzaam. Hij heeft zijn zussen, vriendjes...'

'Hij gamet dag en nacht.'

Hoe weet hij dat?

'Alle jochies van zijn leeftijd doen dat,' zeg ik.

'Tegen ons zei hij dat hij eenzaam is. En dat-ie zo blij is dat wij hem gevonden hebben. We hebben heel goede gesprekken.'

Vanuit mijn kruin golft het bloed naar mijn hals, om zich te nestelen in mijn oksels. Ik kook. Ik duw het koele glas tegen mijn halsslagader.

'O god,' sla ik uit.

'Niet te vroeg juichen. We vonden hem online. Op Minecraft. Zo hadden we contact met onze bloedeigen broer. Maar we willen wel helpen hem terug te krijgen.'

Ik neem een flinke teug uit mijn glas.

'Hoe dan? Wat moet ik doen? Zeg het me! Ik doe alles.'

Thomas kijkt me aan met de blik die ik van Simon ken. Dat zelfingenomen plagende, als hij zijn zin kreeg. Maar ik ben niet meer die vrouw. Ik vermorzel ze, zodra ik de kans krijg. Maar eerst mijn kind terug.

Wanneer de bel gaat, schrikken we alle drie op. Thomas kijkt op zijn telefoon en knikt dan naar Thieu, waarop die zuchtend naar de deur loopt.

Sophie

Ik hield het niet meer, dus ik ben gegaan. Het is alsof ik in een tijdmachine ben gestapt die me terugbrengt naar tien of zelfs twintig jaar geleden. Hier brak ik op de trampoline mijn enkel. Hier zwierven we uren door het huis en de tuin, terwijl onze ouders dansten en dronken in de keuken. Een klein elftal aan kinderen, vooral jongens, die altijd uit waren op rottigheid. Ze schoten met een harpoen op het konijn van de buren. We rookten een sigaar van Simon, waarvan we allemaal de schijterij kregen. We scheurden naar Bergen aan Zee op een opgevoerde brommer zonder helm, om daar op het strand een fikkie te stoken. We leerden elkaar tongen. We zwommen in het zwembad waarbij broeken en topjes naar beneden werden getrokken en je als je pech had onder water werd geduwd. Flessen rosé stalen we uit de wijnkelder. Mees die ons in de speelkamer vertelde dat hij Hanneke, zijn moeder en mams beste vriendin, met Evert had betrapt. Toch was het ook een gelukkige tijd, juist omdat onze ouders het drukker hadden met zichzelf dan met ons. We voelden ons een roedel roverskinderen, verbonden in minachting voor onze ouders. Sinds de dood van Simon en de rechtszaak die daarop volgde, heb ik niemand meer gezien.

Ik druk op de bel en wacht. Er gebeurt niets. Op mijn tenen probeer ik over het hek naar binnen te kijken. Er brandt licht, maar de gordijnen zijn dicht. Van achter uit de tuin komen twee honden aanstormen, die hysterisch blaffen. Ze springen tegen het hek op, tot ze opeens jankend terug naar achteren rennen.

'Hallo?' klinkt het door de speaker.

'Mijn moeder is hier,' zeg ik.

'Dus?'

'Ik kom haar halen.'

Het hek zwaait langzaam open en ik rijd een voetbalveld aan wit grind op, badend in het licht van uplighters. Deze protserigheid vonden we vroeger normaal denk ik. In de deuropening staat een zwart silhouet, en aan de kromme houding te zien is het Thieu.

En dan staan we oog in oog. Ik en de jongen die me ooit met wodka-jus dronken voerde op klaarlichte dag. Tot op de dag van vandaag word ik alleen al van de gedachte aan de geur misselijk. 'Wij zijn rijker,' zei hij, toen hij op zijn zesde voor het eerst bij ons thuis kwam. Wat vonden we in hemelsnaam vroeger zo leuk aan deze ettertjes? Het was de vrijheid. Als we bij hen waren, leek tijd niet te bestaan, werden we niet door ouders in de gaten gehouden, renden we door het bos de duinen in, maakten we vuur en keken we horrorfilms waarvan onze ouders het bestaan niet eens wisten. En altijd was er snoep. Lades, kasten vol. Ik herinner me een paddenstoel vol Chupa Chup-lolly's op het kookeiland.

'Hoi,' zegt hij alsof we elkaar gisteren nog zagen.

'Hoi,' zeg ik.

'Hoe gaat-ie?' vraagt hij, en ik schiet in de lach.

'Serieus? Dit is wat je vraagt? Na alles wat er is gebeurd? Haha, lijkt wel een Tinder-chat...'

Ik loop hem voorbij. Ik ben altijd bang voor iedereen, maar nu niet. Ik wil mijn moeder en mijn broer terug. Ik wil zelfs terug naar het gat waar we ons schuilhielden.

Het hele huis baadt in het kaarslicht en net wanneer ik me afvraag waarom, zie ik het opgebaarde lichaam van Patricia midden in de kamer liggen. In deze woonzaal lijkt alles klein, dus ook mijn moeder die lijkbleek in een hoek staat, naast een tafel vol halflege schalen en glazen.

'Wat doe je nou?' stamelt ze.

'Mam, we gaan,' zeg ik. 'Kom op, *let's go*, hup.'

Ze kijkt me verbijsterd aan.

'Hé, Sophie,' zegt de gast die naast haar staat. 'Nog altijd een klein bijdehandje zo te zien.'

'Waar is Mik?'

'Niet hier.'

Ik snap niet wat Annabelle in hem ziet. Hij zou zo aan *The Bachelor* mee kunnen doen, met zijn te strakke broek en opgepompte schouderpartij. Enkelsokjes en getailleerd overhemd.

'Ik zou het prettig vinden als je wat meer respect betuigt. We staan hier naast het dode lichaam van mijn moeder.'

Ik herinner me Patricia als een enorm grote vrouw, maar hier ligt de gekrompen versie van haar op een zoemende koelmachine.

'Ach ja,' zeg ik, en 'gecondoleerd'.

Ik kijk naar haar hoofd. Ik zie haar nog in de keuken bezig, dansend op 'We Are Family' in een roze kaftan, salades voor bij de barbecue bereidend. 'Ik hou zo van jullie meisjes,' zei ze dan. 'Ik had zo graag ook een meisje gehad. Kom, dans een beetje mee!'

We mochten altijd blijven logeren, en mee in de cabrio. Ze lakte onze nagels, maakte vlechten in ons haar. Mijn moeder deed zulke dingen nooit, die lakte haar eigen nagels niet eens.

Patricia in de gevangenis, dat moet wat geweest zijn. Ik kijk naar haar grijze verschrompelde klauwtjes met vuurrode nagels die net zo'n kleur rode rozen vasthouden. Ik zie nu ook de filmpjes op het televisiescherm. Ze hebben er alles aan gedaan om het vocht uit de traanbuizen te trekken. Het raakt mij zelfs, terwijl dit toch de vrouw is die probeerde mijn moeder te vermoorden.

Ik loop weer terug en sla mijn arm om mijn moeder heen.

'Ik vind het ontzettend verdrietig voor jullie. Maar nu moeten mama en ik gaan, Thom.'

'Thomas,' zegt hij. 'Wij zijn hier nog niet uitgepraat, Soof.'

'Sophie,' zeg ik.

'Alsjeblieft, Sophie, verpest niet alles,' fluistert mijn moeder.

'Hebben zij Mik hier?' vraag ik haar.

Ze staart me met grote ogen aan. Ze zweet als een otter.

'We kunnen jullie helpen met Mik. We zijn tenslotte familie, of we het willen of niet. Verbonden door bloed.'

'Je bent nog net zo pathetisch als vroeger.'

'Lieverd,' begint mama.

Ik haat het wanneer ze lieverd zegt, want daarna komt er altijd iets kuts.

'Ga alsjeblieft naar huis. Ik regel het hier met Thomas, het komt goed, samen zullen we Mik vinden. Maar voor jou is het beter als je nu gaat, zoals we hadden afgesproken. Dat je bij de telefoon blijft.'

Ik zie dat ze zo normaal mogelijk probeert te doen, maar vanbinnen gek wordt.

'Die telefoon doet niets.'

'Laten we naar de keuken gaan, ik vind het niet prettig, dit gedoe naast het lichaam van mijn moeder.'

Thomas spreidt zijn armen en duwt ons met zachte dwang voor zich uit.

In de keuken zitten Thies en Thieu naar hun telefoon te staren. Hoe is het mogelijk? Vroeger waren het drie kopietjes en nu zien ze er totaal verschillend uit. Thomas de makelaar, Thies de getatoeëerde metalfan, Thieu de Justin Bieber-kloon.

'Jongens, we zitten allemaal in hetzelfde schuitje,' zegt Thomas. Hij gebaart dat we aan de tafel moeten gaan zitten.

'Wij geven ook om Mik. Zoals ik eerder tegen je moeder zei, we hadden al een tijdje contact met hem via Minecraft. Als wij hem kunnen vinden, dan kunnen anderen dat natuurlijk ook. Met minder goede bedoelingen. Alleen daarom al was het veel beter geweest als jullie gewoon met ons in contact waren gebleven, want mijn pa, en dus ook zijn pa, had nogal wat vijanden.'

'Oké, en die komen plots tien jaar later opduiken om Mik te ontvoeren.'

Thies zet een flesje bier voor mijn neus en opent het. Hij ontwijkt mijn blik.

'Hoe minder je weet, hoe beter, maar sinds mijn moeder uit de bak is om haar laatste dagen thuis met ons door te brengen, is er een hoop duidelijk geworden. Onder andere dat Michel, jullie man en vader, heel veel geld heeft verduisterd. En jij Karen, jij hebt met de politie gepraat. Dan ben je in de ogen van criminelen een 'rat'. Die bepaalde partijen willen hun geld terugzien, met rente. En ze willen wraak.'

Mijn moeder schiet in een hysterische lach, die overgaat in paniekerig huilen. Ik voel me schuldig. Hoe vaak heb ik haar uitgefoeterd, dat we zo ver weg waren gaan wonen, zo onder de radar, hoe ze ons keer op keer waarschuwde voor social media, voor vreemden, en hoe ik haar dan een parra wijf noemde. Nu realiseer ik me dat we niet ver genoeg gegaan zijn. Naar Nieuw-Zeeland hadden we gemoeten, Alaska, de Noordpool desnoods. Maar hier zitten we. Het is gebeurd. En het doodenge van alles is dat dit jongens zijn die ik ooit als vrienden zag, met wie ik crazy shit heb meegemaakt. Nooit zouden we zo worden als onze ouders.

'Ik heb dat geld niet,' zegt mama. 'Het is destijds al verdwenen.'

Thies springt van het aanrecht.

'Wij weten van niks. We hebben hem niet, we weten niet wie hem heeft, en we willen hier niets mee te maken hebben.'

Mijn kaassoufflé komt omhoog.

'Hij lult maar wat,' zegt Thomas.

'Maar we zijn niemand iets verschuldigd,' zegt Thies.

'Je broer,' zeg ik. 'Mik. Hem ben je je hulp verschuldigd.'

Thomas en Thieu kijken elkaar aan.

'Het gaat om een klein jongetje. Totaal onschuldig. Er staat hier voor een miljoen aan auto's in de kelder!' schreeuwt mam.

'Als jij gewoon contact had gehouden, als wij ons broertje hadden gekend, ja, dan hadden we dat gedaan!' Thies schreeuwt nu ook.

'Kom op,' begin ik. 'Dat doet er nu allemaal niet toe. We kunnen hem nu redden. Dat is toch het enige wat telt?'

Thomas loopt rondjes om de tafel. 'Wie hier ook achter zit, ze fucken met je. Of met ons.'

'Waarom gaan ze tien jaar na dato achter negen ton aan?' vraagt mam. 'Waarom niet toen meteen? Het moet iets met de dood van jullie moeder te maken hebben…'

'Twee miljoen,' zegt Thieu.

'Het was geen twee miljoen. Het was negen ton.'

'Toen het gestolen werd, was het twee miljoen volgens mijn moeder.'

'Ik heb het gevonden, het was negen ton,' zegt mam.

'Misschien liep je moeder je wel te fucken,' zeg ik.

'Jij moet je kleine bekkie houden,' antwoordt Thies.

'Zonder jullie hadden wij onze vader en onze moeder nog gehad. Sta je daar weleens bij stil?' zegt Thieu tegen mijn moeder.

'Laten we rustig blijven,' zegt Thomas. 'Het gaat hier uiteindelijk maar om één ding, en dat is dat ons broertje heelhuids terugkomt. En ik denk dat zij dat bloedgeld terug willen.'

'Hoezo noem jij het bloedgeld?' vraag ik.

'Je vader heeft dat gestolen van mijn vader. Waar is het, Karen?'

'Ik heb het vlak na Michels dood in mijn vriezer verstopt. In kippen.'

'Ja, hoor.' Thieu schiet in een verbaasde lach.

'Echt. In boterhamzakjes.'

'Hier? In Bergen? In het appartement boven de schoenenzaak?'

'Ja. Op de dag dat Simon werd gevonden, onder aan mijn trap, bleken de kippen leeg. Iemand heeft het geld gevonden.'

'Ik snap er geen reet meer van,' zeg ik.

'Dat hoeft ook niet. Het is heel simpel. Die gasten willen geld,' zegt Thomas.

'Ik ben dit gedraai zat.' Mijn moeder slaat met haar hand op tafel. Iedereen schrikt op.

'Waar is Mik? Ik wil zeker weten dat hij veilig is.'

'Hoe vaak moet ik nog zeggen dat je hier aan het verkeerde adres bent?'

'Ik kan naar de politie gaan. Die zijn vast zeer geïnteresseerd in wat er allemaal in jullie kelder ligt.'

'Oké. Ik dacht dat ze Mik zouden vermoorden als je naar de politie gaat. Maar *be my guest*.'

'Thomas, jij maakt het allemaal heel ingewikkeld, terwijl het volgens mij vrij simpel is. Jullie willen wraak, mijn vader heeft dat geld van jullie vader gestolen. Mam heeft met de politie gepraat, en jullie hebben je broertje gestalkt. Mik moet hier zijn. En ik snap niet dat je zo graag dat geld terug wil, terwijl jullie er overduidelijk in zwemmen. Als het jullie gaat om contact met hem, doe dan gewoon normaal.'

Thomas en zijn broer grijnzen.

'Ja, het lijkt heel wat, hè? Maar wij hebben nagenoeg niks. Bijna alles is van Babette. Zij heeft het gekocht. Zodat wij hier konden blijven, tot we gingen studeren.'

'Zij? Zij kocht het terwijl ze in een tbs-kliniek zat?' vraagt mama verbaasd.

'Evert had een flink aantal holdings op haar naam gezet, en ze beheert het fonds dat pap en Ivo ooit voor ons hadden opgezet. Wij krijgen daaruit een toelage. Ieder dubbeltje dat we willen opnemen, moeten we verantwoorden,' zegt Thomas.

'Aan wie?' vraagt mam.

'Aan Babette. Tot ons dertigste, dan komt het vrij.'

'Ik kan niet geloven dat zij, na alles wat er is gebeurd, jullie vermogen beheert. En die troep die ik in jullie kelder vond, daar weet Babette niks van, neem ik aan?' Ik heb geen idee waar mam het over heeft.

'Zoals ik al eerder zei, het is beter niet alles te weten. Laat dat nou maar gaan. Het lijkt me verstandig niet weer de rat uit te hangen.'

Annabelle

Ik had hem op social media overal gezocht. Zijn mobiele nummer was afgesloten, hij leek van de aardbodem verdwenen, maar ineens stond hij in mijn studio in Antwerpen. Ik was aan het leren voor mijn laatste tentamen Internationaal Belastingrecht en het was dertig graden in de stad, dus ik zat in mijn beha en een boxershort, met de fan op tien. 'Een pakje voor Annabelle Struyk,' klonk het door de speaker, dus ik drukte meteen de deur open. Nee, ik keek niet op het schermpje. Toen mijn deur openging en hij ineens in mijn kamer stond, schrok ik me kapot.

'Wat de fuck,' riep ik. 'Dit kun je niet zomaar doen!'

'Of wat?' zei hij. 'Ga je de politie bellen?'

'Bijvoorbeeld.'

Hij droeg een idioot warm donkergrijs pak.

'En hoezo weet jij waar ik woon?'

'Ik weet alles.'

Hij plofte op mijn bed en trok zijn jasje uit.

'Ik was in de buurt. Dingetjes. En ik wilde je sowieso spreken. Heb je een koud biertje toevallig?'

'Nee. Ik wil dat je weggaat.'

Ik klapte mijn laptop dicht en trok de kimono aan die aan de deur hing.

Hij liet zich op mijn bed achterovervallen en staarde naar het plafond.

'Mijn moeder gaat dood,' zei hij. 'Over een paar weken ben ik wees.'

'Shit.'

'Ja.' Hij keek me aan. 'Die foto die ik stuurde, daar schrok je van, hè.'

'Ja.'

'Was gewoon van je Insta. Uit een story. Screenshotje. Gewoon om je te waarschuwen dat je niet zomaar alles moet posten. Niks geks verder.'

'Thomas. Jullie hebben de webcam in onze televisie gehackt. Dat was geen screenshotje van mijn Insta. En waarom waren dan daarna ineens je socials weg, en je telefoonnummer ook?'

'Wij hebben helemaal niks gehackt. Zou niet weten hoe dat moet. En ik doe niet aan socials. Ja even, een weekje, om jou op te zoeken. Ik hoorde van Beau dat je nogal veel postte. En dat hij Mik erop had gezien. Ik wil gewoon contact met mijn broer. Is toch niet raar? Zeker nu.'

'Nu je moeder doodgaat.'

'Ja. Mag ik nu dat biertje?'

Ik liep naar de koelkast en pakte er twee koude blikjes Heineken uit. Eentje gooide ik naar hem. Ik ging tegenover hem zitten, op mijn bureaustoel.

'Wat heeft je moeder?'

'Uitgezaaide borstkanker. Ze komt naar huis, om daar haar laatste dagen door te brengen.'

'Vind je dat fijn?'

'Eerlijk? Nee.'

Over zijn gezicht trok een donkere gloed. Ik hield me maar stil en nam een slok van het koude bier.

'Weet je, mijn moeder... Dat is een verschrikking. Serieus. Een levende ijspegel.'

Ik probeerde me Patricia voor de geest te halen. Ik zag haar voor me in die enorme keuken in kleurige jurken. Ze maakte hotdogs voor ons. Een tafel vol kindjes. Ik vond haar mooi. En mondain. Totdat ze mijn moeder van kant probeerde te maken.

'Nu zit ze ineens in een soort mea culpa-fase. Ik vind het eigenlijk doodeng. Ze kan ook zomaar ineens níét doodgaan.'

Hij kwam omhoog om de veters van zijn schoenen los te maken. Hij schopte ze uit en gooide zijn sokken erachteraan.

Ik keek naar zijn voeten. Voor het eerst vond ik voeten sexy.

'O Belle, alles is zooooo…'

'Fucked up?'

'Ja.'

Er doemde een soort mist in me op.

'En waarom kom je hiermee bij mij?'

'Jij kent me. Van vóór alles… Je kent mijn vader, mijn moeder. Je weet hoe het ooit was. Dat het ooit ook fijn was.'

'Al die anderen, Beau en Luuk, Lotte, Daan, alle kinderen van toen weten dat toch ook?'

'Onze band was dieper, Belle. Ik was zo verliefd op jou. En jij op mij.'

'Ik was vooral heel erg verdrietig.'

'Ja, dat was je. Fucking hell. Ook dat hebben we gemeen. Dode vaders.'

Ik staarde naar hem. Hij had gelijk, onze aantrekkingskracht was gebaseerd op gedeeld verdriet, een verdriet dat weinig anderen zouden begrijpen, en op een diepe eenzaamheid die we als kind ervaarden. Onze ouders deden alsof wij ertoe deden, maar eigenlijk waren we bijkomstigheden, die koest werden gehouden met spullen, bijlessen en tientallen opgelegde hobby's. Daarom was ik soms jaloers op Mik, die een totaal andere jeugd kende, met een moeder die alleen voor hem leefde.

‘Maar toen mijn vader doodging, heb ik je niet meer gezien,’ zei hij ineens. Ik lag inmiddels naast hem. De toon in zijn stem was veranderd.

Hij boog zich over me heen. ‘Waarom niet?’

Ik rook zijn bieradem.

‘Het was toen heel ingewikkeld. Dat weet je toch…’

‘Ik weet vooral dat waar jouw moeder komt, de mensen bij bosjes omvallen.’

Hij kuste me. Ik hield mijn mond dicht.

‘Dode vaders, kutmoeders…’ fluisterde hij in mijn oor.

‘Mijn moeder is geen kutmoeder.’

‘Heeft ze je al verteld over het geld?’

‘Ze leeft van een heel klein salaris, in een huis dat aan alle kanten lekt en tocht, dus geld heeft ze niet.’

Hij legde zijn neus in mijn hals en snoof mijn geur op. Met zijn grote handen hield hij me vast bij mijn polsen.

‘Ik vind dit niet echt fijn, Thomas, wil je me loslaten?’

‘Lul niet,’ zei hij. ‘Je moeder heeft twee miljoen van ons gestolen. Dat is wat mijn vader bij jullie kwam terughalen.’

Met zijn tanden trok hij mijn beha omhoog. Hij likte mijn tepels.

‘Wil je nu stoppen, please?’

‘Ik stop niet. Ik vertel je de waarheid. Mijn vader die zijn eigen geld komt terughalen en dat met de dood bekoopt.’

Mijn lichaam verstarde toen hij omhoogkwam en zijn knieën op mijn armen zette. Ik moest met hem praten. Tot hem doordringen. Maar er kwamen geen woorden.

‘Vlak nadat hij haar bevruchtte heeft ze hem van de trap geflikkerd.’

Hij ritste zijn broek open. Zijn gewicht op mijn buik maakte dat ik nauwelijks kon ademen. Hij haalde zijn stijve pik uit zijn witte Calvin Klein-slip en sloeg me ermee in mijn gezicht. Daarna lachte hij.

‘Die blik...’

Hij schoof naar beneden met zijn knieën en zette zijn rechterhand op mijn keel. Niet te hard, maar hard genoeg. Met zijn andere hand duwde hij zijn pik in me, langs het pijpje van mijn boxershort.

‘Zie je wel, je bent kletsnat,’ zei hij.

Karen

We rijden weg, Sophie en ik. We zeggen niets. Het wordt al licht. En ergens is Mik. Ik zie hem voor me, zijn doorzichtig bleke huid, de angstige blauwe ogen. Hij zal benauwd zijn. Ik heb ze verteld van zijn astma, dat hij moet bewegen, en zijn inhaler nodig heeft. 'We gaan jullie helpen,' zeiden ze.

'Geloof jij ze?' zegt Sophie.

'Nee,' zeg ik. Daarna: 'Ik weet het niet.'

'Wat moeten we doen?'

'Dat weet ik ook niet.'

'Wat deed pap in godsnaam met al dat geld?'

'Dat weet ik ook niet precies, Sophie!'

'Waarom weet jij niks?'

Ze schreeuwt. En terecht. Het is de vraag die me al een kwart eeuw bezighoudt.

'Ik weet van Ivo dat je vader geld afroomde van alles wat via zijn bedrijf binnenkwam, voordat het weer werd doorgesluisd naar Simons holding. En ik wil heel graag geloven dat hij dat deed als een soort appeltje voor de dorst. Voor ons. Maar zeker weten doe ik het niet. Ik heb het losgelaten na de rechtzaak, wilde er niets meer mee te maken hebben.'

Sophie zit naakt met haar witte dunne lijf in het te kleine ligbad in de badkamer van onze hotelkamer, een blikje cola in haar hand.

'Zij moeten Mik wel hebben,' fluistert ze. 'Dat hele "bepaalde partijen" is natuurlijk bullshit.'

'Er waren altijd al "bepaalde partijen". Het doet er niet zoveel toe. Hoe krijgen we Mik terug, dát doet ertoe,' zeg ik vanaf de wc-pot.

'Twee miljoen, mam. We hebben niet eens tweehonderd euro. Of heb je dat geld nog wel ergens?'

Ik schud mijn hoofd. 'Natuurlijk niet. Het is verdwenen. Ik heb altijd gedacht dat zijn moordenaar dat geld heeft gevonden.'

'Je controleerde het pas na zijn dood. Dus het kan ook eerder zijn gestolen.'

'Ja.'

'*Why* de fuck heeft pap dat gedaan?'

'Papa was bezig zich te bevrijden uit die wurgconstructie met onder anderen Simon en Ivo. Hij heeft jarenlang hun frauduleuze boekhouding gekopieerd en opgeslagen. Daarmee wilde hij zichzelf 'vrijkopen' denk ik. Daarnaast...' Ik pauzeer even. Het is niet prettig over Michels donkere kant te praten met onze kinderen.

'Hij roomde dat geld dus af van wat er in de Brotherhood rondging. Cash geld dat via hun bedrijven werd rondgepompt.'

'Leg het me nog een keer uit. Ik snap helemaal niks van die hele Brotherhood...'

'Oké. De Brotherhood was een criminele organisatie, opgebouwd door Joop, de vader van Patricia. Hij spande ook zijn dochter en Simon voor zijn karretje. Het werd gebracht als een 'ondernemersnetwerk', gewoon een informele club voor mannelijke ondernemers om een beetje te ouwehoeren en zaken met elkaar te doen.'

'Hoezo alleen mannelijke ondernemers?'

'Dat doet er nu even niet toe. In eerste instantie investeerden Simon en Joop enorm in de bedrijven van de ondernemers, tot ze hen grotendeels in hun macht hadden met wurgcontracten en ze hen chanteerden om mee te werken aan witwasserij. Dat deden ze bijvoorbeeld ook door de mannen te fêteren in seksclubs en zo. Daar hadden ze zelfs een zusteronderneming voor: Diamond Dust. En dan deden ze nog van alles met vastgoed. Iets met aankopen tegen een lage prijs en een deel zwart betaald, en verkopen tegen een hoge prijs.'

'Witwassen dus...'

Sophie hangt met haar hoofd tussen haar opgetrokken knieën.

'Mijn hoofd suist helemaal. Waar zijn we in beland, joh...' zegt ze.

Ik leg mijn klamme hand in haar nek.

'Waarom vragen ze nu pas naar het geld? Willen ze tien jaar later wraak?' Sophie fluistert hard.

'Ik denk dat Patricia dit juist nu wilde, nu we ons steeds veiliger wanen. Wraak. Dat was denk ik haar laatste wens. De een wil zich op het sterfbed verzoenen, zij plot haar laatste misdaad. Ik heb het kind van haar man gebaard. Zij heeft haar kinderen in monsters veranderd.'

'Denk je dat die jongens in staat zijn Mik echt iets aan te doen? Of ons?'

'Nee,' lieg ik.

'Ze kunnen van Mik ook een monster maken,' zegt Sophie.

Ik knik.

'Ja. Dat wel.'

We liggen op bed. Sophie slaapt. Af en toe schokt haar been. Ik lig wakker, badend in het koude zweet. De hele tijd zie ik de kinderen voor me, rennend door tuinen, op een kluitje zittend voor de televisie, op van de zenuwen bij de Sinterklaasintocht, zandkastelen bouwend op het strand. Ik zie Mik ertussen. Hij had het prachtig gevonden opgenomen te worden in die groep uitverkorenen. Broers te hebben. Michel, zo gelukkig, in zijn tennisoutfit. Ik zie de doden. Hanneke, mijn eerste echte beste vriendin, sjouwend met schalen vol eten. We lachen. We hebben zo gelachen. 'We Are Family' - we zongen het, en zo voelde het ook. Zo mooi en jong als we waren, met schitterende kinderen en perfecte huwelijken, het geld dat binnenstroomde. Ik denk aan alles wat we niet wilden weten, niet wilden zien. We waren dronken van geld en macht. We hoorden de huilende kinderen niet, negeerden de blikken, de handen, het tijdelijk verdwijnen. Depressies, twijfels, verslaving, geheime liefdes, ontsporend kroost, het lag allemaal nooit aan ons. De eetclub. Het was als crystal meth. We wilden meer en meer en meer, en werden nimmer zo euforisch als in het begin. Voor altijd zouden we blijven zoeken naar die rush, en dat hadden we aan onze kinderen doorgegeven.

Om elf uur 's morgens hebben zich drommen mensen verzameld voor de ingang van het vredeskerkje in Bergen aan Zee. Sophie wilde eerst niet gaan.

'Ik denk niet dat wij daar echt welkom zijn.'

'Dat interesseert me geen ruk,' zei ik. 'Ik ga, en ik wil juist gezien worden. Ik wil die jongens er non-stop aan herinneren hoe ze Mik van zijn moeder hebben gescheiden.'

'En zijn zus.'

'Ja. En zijn zus.'

'Had je liever gehad dat ze mij hadden gepakt?'

'Doe niet zo mal, Sophie.'

'Ik zou het begrijpen.'

'We hebben geen tijd voor dit soort gesprekken. We gaan.'

Het verbaast me hoeveel mensen afkomen op de begrafenis van een vrouw die twee mensen om het leven bracht en daarvoor bijna negen jaar in de cel heeft gezeten.

'Ik moet de hele tijd aan Mik denken,' fluistert Sophie.

'Ik ook,' antwoord ik.

'Het maakt me gek. Ik wil iets doen. Wat doen we hier? Nu is juist hét moment om hem te zoeken.'

'We zijn hier om informatie te verzamelen,' zeg ik.

We schuiven achter in de kerk op een nog lege bank. In het vakje voor ons, waar vroeger bijbels lagen, ligt nu een zwartfluwelen gebonden boekje waaruit een rood touwtje hangt. Patricia Vogel, staat in zwierige letters voorop, en daaronder haar geboorte- en sterfdatum. Wanneer ik het opensla, zie ik een zwart-witportret van haar als peuter, naast een lachend portret van ongeveer tien jaar geleden. Daaroverheen in rode letters een gedicht van Remco Campert, 'Als ik doodga'.

Het is alsof ik in een droom ben beland, in één klap teruggeworpen in het oude, goed weggestopte leven. Ik zie zoveel bekende gezichten, ouder, dikker, met grijze haren en rode, gezwollen neuzen, maar ook veel onbekenden, nieuwe eetclubtypes, jonge mensen die grote zwarte zonnebrillen dragen, in loeistrakke zwarte jurken en getailleerde pakken, alsof ze naar een Dolce & Gabbana-fotoshoot zijn gekomen. Overal branden metershoge zwarte en rode kaarsen.

Naast ons op de bank schuift een man aan met halflang, grijs haar. Ook hij draagt een zwart pak op een zwart overhemd en een rode stropdas. Een dresscode is kennelijk de nieuwe trend bij begrafenissen. Wanneer hij zijn zonnebril afzet, kijk ik in de loodgrijze ogen van Kees.

'Kijk nou! Wie had dit gedacht?' zegt hij. Hij geeft me een ongemakkelijke kus op mijn wang en steekt zijn hand uit naar Sophie. Hij is mager en de groeven langs zijn mond zijn dieper geworden. Zo te ruiken rookt hij nog steeds.

'Toch mooi,' zegt hij, terwijl hij glimlachend Sophie in zich opneemt.

'Wat?'

'De kinderen. Zo groot. En zo knap! Net zo mooi als je moeder. En kijk, dit is Daan. Kijk, Daan, weet je nog, Sophie?'

Daan is zo mogelijk nog dunner dan zijn vader en een kop groter. Zijn lange, bruine haren draagt hij in een knot.

'Daan heeft een fantastisch vegan restaurant in Amsterdam. En wat doe jij, Sophie?'

'Pap. Wat doet dat ertoe,' zegt Daan. 'Sorry. Onwijs leuk om jullie weer te zien. En gecondoleerd natuurlijk ook.'

'Hé hallo!' zegt de vrouw die opdoemt achter hem en zich tussen hem en het kerkbankje wurmt om mij een knuffel te geven. Angela is ouder geworden. Ze is vijf jaar ouder dan ik, ze ziet er voor mijn gevoel twintig jaar ouder uit. Haar gezicht lijkt gelooid en zit vol 'fijne lijntjes', zoals mijn schoonheidsspecialiste rimpels noemt.

'O, Karen,' zegt Angela en ik voel haar lijf schudden. Ze pakt mijn hand en aait er met haar andere hand overheen. 'Hier staan we weer op een begrafenis. Verschrikkelijk toch?'

We nemen allemaal opnieuw plaats op de bank, ik nu tussen Kees en Angela in, Daan naast Sophie.

'Dat jullie hier samen zijn...'

Tien jaar geleden vertrok Angela naar Mallorca, nadat Kees hun huis in was getrokken met zijn nieuwe vriendin, wier naam ik even kwijt ben.

'Ja meid, we zijn weer bij elkaar.' Zowel zij als Kees glundert wanneer ze dit zegt.

'Na al die ellende, met de rechtszaak... Na zijn veroordeling ben ik meteen teruggekomen. Je denkt toch niet dat zo'n, hoe heet dat kind ook alweer, Janine?, bij hem bleef toen hij de bak in ging? Hij was er zo slecht aan toe. En dan valt alle bullshit weg. Dan blijft over wat je twintig jaar lang gehad hebt. Dus toen zijn we weer gaan investeren in elkaar. Luisteren, elkaar echt zien, hup, de verdieping in.'

'Karen,' zegt Kees, 'het is echt waar, in zulke tijden leer je je vrienden kennen. En je geliefde.' Over mijn schoot heen pakken ze elkaars hand.

'Het is een kwestie van overgave. Uit het verzet stappen en dan ineens zie je weer wat je hebt. En wat je bijna was kwijtgeraakt,' voegt Angela eraan toe.

Ik staar zoekend naar woorden voor me uit.

'Ik denk dat iedereen hier is om zich ervan te vergewissen dat ze echt dood is,' zegt Kees zachtjes.

'En voor de jongens,' zeg ik.

'Ja, de jongens. Toch een beetje familie van je, natuurlijk.' Angela grinnikt.

'En hoe is het met Lotte?' vraagt Sophie.

'Top,' zegt Daan. 'Zij runt nu de B&B op Mallorca.'

'Ik ben al oma,' zegt Angela stralend.

'Wat leuk, gefeliciteerd.'

'Ja meid, dat is toch zo mooi.'

Plots valt de kerk stil. Een ouder echtpaar nestelt zich op het podium, hij met een gitaar, de vrouw met een gouden microfoon. Zachtjes begint de man te spelen. De vrouw, gehuld in een dramatisch rood gewaad, zingt met de snik van het levenslied:

Zij is zigeunerkoningin
Zij heeft de trots van een vorstin

En toch zegt iedereen
La mamma

Langzaam schrijdt Babette de kerk in. Haar zonen, met hun halflange haren vol gel strak naar achteren gekamd, flankeren haar.

'Zijn dat Beau en Luuk?' fluistert Sophie.

Kees knikt.

'Die vrouw,' zegt hij. 'Ongelooflijk. Alsof zij de weduwe is.'

Ze draagt een zwarte smoking en rode satijnen blouse. Kees wijst ongegeneerd naar haar zonen.

'Die gasten zijn supergoed met crypto. Die harken echt tonnen binnen, als het geen miljoenen zijn. Ze doen het voor mij ook. Knap toch? Wat ze allemaal doen. Joh, deze generatie. Niet bij te houden voor oude knakkers zoals wij. Ze spreken echt een totaal andere taal,' zegt Kees zachtjes in mijn oor.

Achter Babette dragen Thomas, Thieu en Thies en nog drie jongens die ik niet ken de rode kist op hun schouders.

'Ach mijn hemel,' stamelt Angela. Ze haalt een pak zakdoekjes uit haar tas. 'Ondanks alles doet dit toch wat met je.'

Van kinderen met zigeunerbloed
Zij staan nu allen om haar heen
La mamma laat hen nu alleen
Ave Maria
Zij slaan een kruis en bidden zacht
Haar laatste dag wordt eeuwig nacht
Een laatste kus, zij moeten gaan
Zij kwamen overal vandaan

In mijn tas trilt de telefoon. De hele kerk snift wanneer ik opsta en verontschuldigend naar buiten loop. Ik gebaar naar Sophie dat ze moet blijven zitten. Alle ogen lijken op mij gericht. Ik wurm me langs de nieuwsgierige dorpelingen, de zwartgeklede jongeren die boeket na boeket naar binnen sjouwen om bij de kist te leggen, terwijl de telefoon maar blijft trillen.

Buiten neem ik hijgend op.

'Hier is je zoon,' zegt een vervormde mannenstem. En dan hoor ik hem. Mik.

'Mama?'

Ik loop als een kip zonder kop de rozenbottelstruiken in, waaraan mijn kleding en mijn haren blijven haken.

'Ja, Mik, met mama. O god, lieverd, Mikkie!'

Ik zuig de zeelucht naar binnen om enigszins te kalmeren. Ik mag niet huilen. Hem niet nog banger maken.

'Hoe gaat het, schatje van me?'

'Gaat wel,' zegt hij.

Ik spits mijn oren op ieder geluidje, iedere hapering, iedere vleug angst, verdriet, pijn. Het is er niet.

'Ben je bang, lief mannetje?'

Ik probeer hem met woorden te strelen.

'Nee hoor, mam,' antwoordt hij dapper.

En dan neemt de man met de vervormde stem het weer over: 'Hij leeft dus. Nog wel. Nu het geld. Morgenavond om zes uur. Iedere dag dat het langer duurt, komt er een ton bij. Wij bellen met verdere instructies.'

Sophie

Liever was ik met mam mee naar buiten gegaan. In plaats daarvan zit ik naast die oervervelende Kees en Angela met hun irritant positieve zoon, een soort liefdesbaby van Arie Boomsma en Giel Beelen. Kees doet er alles aan een gesprek tussen ons op gang te brengen, ondanks de zangeres die een sentimenteel lied over een dode moeder zingt.

'Pap, stil eens, we zijn hier op een begrafenis,' zegt zelfs zijn eigen zoon.

'We hoeven niet bang te zijn,' fluistert Kees in mijn oor. 'Niet meer. Die jongens...' Hij wenkt met zijn hoofd naar voren, naar de bank waarop de drie zonen als zombies voor zich uit zitten te staren. 'Zij zullen het allemaal niet zo ver laten komen. Die werken met verstand, niet vanuit emotie.' Hij lijkt het vooral tegen zichzelf te hebben.

Wanneer er een streep licht over het lange gangpad valt, kijkt iedereen om. Door de kerkdeuren wordt een stokoude man in een rolstoel naar binnen gereden. Erachter loopt een man in uniform.

'Godsamme,' zegt Kees. 'Dat is verdomme die ouwe. Jezus.'

'Wow,' mompelt ook Daan, en met hem de halve kerk.

'Daar zal je Joop hebben,' zegt Kees. 'Haar vader. Dacht dat-ie inmiddels wel dood was.'

De vader van Patricia. De man die samen met haar werd veroordeeld voor meerdere moorden, fraude en witwassen, maar vooral ken ik hem als de man die mijn moeder bijna vermoordde.

Hij wordt naast zijn kleinzonen geparkeerd. Om de beurt omhelzen ze hem. Bevend laat hij het toe en hij veegt zijn ogen droog met een grote zakdoek. Daarna begint de begrafenisonderneemster aan een obligate speech over hoe we bij elkaar zijn om een bijzondere vrouw te herdenken.

'Zij was ook moeder, dochter, vriendin. Ze heeft harten beroerd...'

'En er een paar om zeep gebracht,' fluistert Kees grinnikend.

Babette staat op, de begrafenisonderneemster geeft haar het woord. Ze neemt plaats achter het spreekgestoelte, zet haar zonnebril af en haalt een stapel opgevouwen papieren uit haar tas.

'Lieve Patries. En lieve Thomas, Thies, Thieu. Joop.'

De microfoon begint keihard rond te zingen.

'Haha, dat was denk ik een klein ingreepje van daarboven,' zegt verslaggever Kees.

De begrafenisonderneemster fluistert iets in Babettes oor en daarna zet ze haar iPhone uit.

'Sorry, mensen. Maar goed. Lieve iedereen. Ik ga er geen doekjes om winden: mijn vriendin, Patries, ging de gevangenis in toen ik er net uit kwam. Eerst zorgde zij voor mijn kinderen, en ik daarna voor die van haar. Vijf zonen, vijf jongens, die hun vader moesten missen. Over hun dood is genoeg gespeculeerd, de rechter heeft erover geoordeeld, allebei zaten we onze straf uit. Ik sta hier niet om alles op te rakelen. Ik sta hier om mijn dankbaarheid uit te spreken. Ik ben dankbaar voor alles wat mijn straf me leerde. Ik ben dankbaar dat onze jongens ons hebben vergeven. Ik ben dankbaar voor onze vriendschap ondanks alles. Ik ben dankbaar dat Patricia thuis mocht sterven. Ik ben dankbaar voor onze gesprekken, zij in het bed, ik ernaast, voor de laatste glazen wijn die we in vrijheid mochten nuttigen. Ik ben dankbaar dat ik me haar mag herinneren als het grote hart dat ze ook was. Ik ben dankbaar dat ze me haar uitvaart liet vormgeven. Voor de tweede kans die we kregen, en die we beiden aangrepen om het beter te doen. Ik ben dankbaar dat we ons grote verdriet konden delen. Ik ben dankbaar voor een afscheid in vrede en liefde.'

Babette kijkt de kerk in met een verheven glimlach.

'Ik weet dat de meesten van jullie hier zijn voor de verweesde kinderen die hier voor me op de bank zitten. Niet voor haar. En dat geeft niet. Het is genoeg dat zij weet dat de jongens zich gedragen voelen, het is genoeg dat haar bloed en dat van hun vader in hen doorvloeit. Ik hoop dat vandaag ook een dag is voor goede herinneringen. Ze is genoeg gestraft, laten we haar vandaag eren. Hier ligt een mens, een kind, een moeder. Die van dansen hield. Van haar man. Van haar kinderen. Van haar gezin. Rust in vrede, lieve schat.'

'Dancing Queen' schalt door de kerk. Ik kijk om. Mijn moeder is nog steeds nergens te bekennen. Iedereen kijkt ongemakkelijk voor zich uit. De begrafenisonderneemster vraagt Thomas naar voren te komen. Hij springt op en loopt losjes als een panter naar het spreekgestoelte.

'Je moeder blijft wel lang weg,' fluistert Kees.

'Denk een moeilijk telefoontje,' antwoord ik.

Hij schudt zijn hoofd. 'Ze kan het niet aan, deze poppenkast,' zegt hij. 'Misschien moet je maar even naar haar toe. Of zal ik even gaan?'

'Ik ga wel.'

Zo onopvallend mogelijk schuifel ik langs de zijkant van de kerk richting de entree. Ondertussen begint Thomas te spreken.

'Ik hou het kort. Mijn moeder hield niet van lange praatjes. "Kom to the point," zei ze dan. En the point is dat mijn moeder alles uit liefde voor ons deed. Alles. Dag mam, je bent onze held. En wij zullen ons best doen, ook alles uit liefde voor de familie voort te zetten. Ik heb je op je sterfbed beloofd dat ik "jouw jongens" bij elkaar zou houden. Het was je grootste angst dat wij zonder jou, zonder ons anker, uit elkaar zouden vallen. Mam, we hebben je zojuist op onze schouders gedragen, en we zullen altijd elkaar op onze schouders blijven dragen. Je kunt eindelijk zonder zorgen om ons rusten.'

Het is een opvallend mooie dag voor januari. Koud, maar zonnig. Mama zit op een bankje voor de kerk, met een plastic flesje water in haar handen. Ze heeft overduidelijk gehuild.

'Ik heb hem aan de telefoon gehad. Mik,' zegt ze. Ze steekt het flesje water omhoog. 'Deze kreeg ik van die aardige mevrouw daar.'

Ik begrijp de hint. We kunnen niet vrijuit praten.

'Hoe was het met hem?'

'Goed.' Ik zie haar kin trillen. 'Ik kon even niet…'

'Ik snap het, mam.'

Ik wrijf over haar rug. Ineens voel ik me rot over alle nare dingen die ik over haar heb gezegd tegen Sonja. Hoe ik van haar tijdens mijn therapie een karikatuur maakte. Nu ze hier zo gebroken zit, zie ik haar ineens echt. Mijn moeder, een diep eenzaam mens. Teruggeworpen naar de tijd die ze voorgoed achter zich dacht gelaten te hebben. Ik ben soms jaloers geweest op Mik, op de tijd die hij met haar had, de onvoorwaardelijke, geduldige liefde die hij kreeg, zo anders dan wij. Mik was een keuze, tegen alle rede in. Voor Mik vluchtte ze, voor Mik ging ze minder werken, voor Mik bleef ze alleen, altijd thuis, altijd met hem. Ze kookte, deed huiswerk, ze stond wekelijks langs de lijn. Ik dacht dat ze meer van hem hield en meer van zijn vader dan van de onze, maar nu zie ik dat het ook angst was. Voor het onvermijdelijke. Dat ze Mik op een dag zouden komen halen.

'Weet je hoe boos ik ben op je vader?' begint ze ineens.

Ik knik. 'Ik weet het, mam, je bent een vulkaan van opgekropte woede.'

'De bak ellende die hij ons heeft nagelaten. Deze shit, alles... Maar het antwoord ligt hier ook. Waarom had hij dat geld? Had hij het echt gestolen? Moest hij het bewaren voor iemand?'

'Ze zeiden toch dat hij de omzet afroomde?'

'Ze zeiden zoveel. Het maakt ook niet uit. We kunnen geen twee miljoen ophoesten. Vanaf morgen komt er iedere dag dat het langer duurt een ton bij.'

'Misschien kunnen we het lenen?'

'Lenen, van wie? Van deze mensen hier?' Ze schiet in een nerveuze lach. 'Hoe dan? Niemand is te vertrouwen. En ze zien mij als rat...'

De begrafenisondernemer gooit de kerkdeuren open en prachtige klassieke muziek golft naar buiten. Achter hem volgen de zes jongens met de bloedrode kist. Haar zonen, die van Babette en nog een man die ik niet ken. Daar achteraan loopt Babette naast Joop in zijn rolstoel.

'O mijn god, dat is Joop.'

Ze grijpt me bij de arm.

'Is hij ook vrij?'

'Hij kwam binnen met bewaking, dus ik neem aan van niet.'

'Hoezo lopen al deze mensen weer vrij rond? Hoezo hebben zij geld en villa's en auto's en maffiose begrafenissen? Hoe is het ze gelukt om erbovenop te komen?'

Kees, Angela en Daan komen aangelopen. Daan draagt sokken in zijn Birkenstocks.

'Ach, Karen, wat we allemaal niet meegemaakt hebben, hè meid?' zegt Angela in een halfslachtige poging mam te troosten. Ze legt haar hand op mama's schouder. Mam deinst achteruit. Ik weet niet of dat is vanwege haar afkeer voor Angela, of vanwege de doffe knallen die ineens klinken. In een trage beweging draaien we ons alle vier om.

Op het veldje voor de kerk liggen mensen op de grond, andere rennen ineengedoken weg. Er wordt gegild. We laten ons achter het bankje vallen. Kees ligt over mam heen, mam over mij, Daan en zijn moeder zitten ineengeklonken naast me. Ik hoor onze ademhaling samenklonteren, stokken, ik hoor mijn eigen longen piepen. Over het stenen bankje heen zie ik een omgevallen rolstoel op straat, met het oude lichaam van Joop in een plas bloed ernaast. Zijn bewaker sleept zich naar Joop, met een wapen in zijn hand. Met zijn andere hand checkt hij Joops pols. Daarna zakt hij in elkaar.

Patricia's kist ligt gekanteld voor de open deuren van de rouwwagen. Daarachter schuilen Joops kleinzonen en Babette. In de verte horen we een motor wegscheuren.

'Elke keer als jij hier opduikt, vallen er doden, Karen. Opvallend,' fluistert Kees.

Annabelle

Ik deed alsof het nooit was gebeurd. Dat voelde het allerbeste. Ik besloot het te zien als een erge nachtmerrie. Het was naar, die beelden in mijn hoofd, maar het was niet echt. En misschien had ik het ook overdreven. Tegenwoordig maakte iedereen overal maar een verkrachting van. Het was gewoon niet zulke leuke seks. We hadden eerder seks gehad, waar ik niet zo bijzonder veel van had genoten, maar Thomas zag het in elk geval als goede seks. Hij was naast me blijven liggen, broek op zijn knieën, en had zich om mij heen gevouwen. Hij sliep zelfs even.

Ik lag daar, mijn hoofd leek boven mijn lichaam te zweven, naar ons te kijken en zag hoe beschadigd we waren. Ik begreep zijn woede. Hij had van huis uit meegekregen alles met intimidatie en manipulatie op te lossen. Hij wist niet anders dan dat hij recht had op alles wat hij wenste. Thomas was opgevoed door privileges, spullen en onveiligheid.

En hier lag ik, alles goed te denken voor hem.

Voordat hij wegging, dronken we zelfs nog wijn. Hij zei: 'Ik vind het lekker met je,' en hij nam me in zijn armen.

'Eerlijk gezegd,' zei ik en ik rolde me uit zijn greep, 'vond ik het niet *nice*.'

Ik gebruikte een Engels woord om het wat minder zwaar te maken.

‘Hoezo?’

‘Het was...’ Ik weigerde het woord te gebruiken. ‘Niet zo fijn voor mij.’

‘Ach... Shit. Dat had je moeten zeggen.’

‘Wanneer?’

‘Toen we bezig waren.’

‘Daarvoor ging het een beetje te snel allemaal.’

‘Ik vind dat je een beetje ingewikkeld doet, Belle. Volgende keer maak ik het helemaal goed met je.’

Ik wilde niet dat er een volgende keer kwam.

‘Oké. Hou ik je aan.’

Bij de deur draaide hij zich nog een keer om.

‘Kut, Belle, nu voel ik me een soort verkrachter.’

‘Nee, joh.’

Ik kon het niet, ik kon het niet, ik kon hem niet laten vertrekken met een rotgevoel, zelfs niet nadat hij me net had verkracht. En daardoor had ik weer een hekel aan mezelf.

Hoe deed je zoiets? Hoe stapte je over je schaamte heen, hoe negeerde je je angst en zei je tegen een man dat hij moet stoppen, dat er in zijn aanrakingen agressie verscholen lag? Dat hij het niet goed deed, dat zijn lichaam je vertelde dat hij ergens anders was, in een pornofilm, in zijn eigen verhaal, waarin jij slechts een ding was dat graag werd vernederd? Geen enkele andere vrouw vertelde het hem kennelijk. Misschien vonden andere vrouwen dit wel zalig.

Dit soort dingen, daar wilde ik het met mijn moeder over hebben, maar dat kon niet. Ze zou gek worden. Dat was het moeilijke met haar, ze eigende zich al onze problemen toe. We konden er nooit over praten zonder haar oordelen of zorgen te moeten aanhoren. Zij moest het oplossen, zij lag er wakker van, zij adopteerde onze problemen.

We gingen een paar weken geleden uit eten, mijn moeder en ik. Ze kwam naar Antwerpen en bleef ook slapen, wat uniek was, want ze wilde Mik nooit zo lang alleen laten. Maar Sophie paste op en beloofde hem geen seconde uit het oog te verliezen.

We wandelden door de stad en ik voelde me trots dat ik deze stad zo goed kende, dat ik hier volwassen was geworden, en ik merkte dat zij ook trots was. We liepen langs de Schelde toen ze me vertelde dat het moederschap naast het mooiste wat haar was overkomen ook een van de wreedste dingen was.

'Het is afscheid nemen,' zei ze. 'Steeds weer. De baby, de peuter, de kleuter, ze verdwijnen uit je leven en maken plaats voor een groter kind, dat jou ook weer gaat verlaten.'

'Je hebt Mik, je hebt Sophie nog thuis...'

'Ik zeg het niet om zielig te doen. Ik zeg alleen dat het een wreed principe is, het ouderschap.'

'Waarom zie jij nooit het positieve?'

'Ik zie juist het positieve. Het hoort ook zo te gaan. Jij hebt je ontwikkeld tot een prachtig mens. Sterk, onafhankelijk, intelligent, knap. Je hebt me niet meer nodig en ik vind dat fantastisch, maar op een bepaalde manier ook verdrietig. Voor mezelf. Het is moeilijk uit te leggen. Verdrietig is het verkeerde woord denk ik, ik bedoel ontroerend. Het ontroert me. Dat je zo 'af' bent. Ondanks alles. En je vader zou megatrots op je zijn.'

Er schoten tranen in mijn ogen.

'Ach lieverd...' zei ze.

De tranen waren niet om pap. Ik voelde me allesbehalve sterk, intelligent of 'af', meer een domme ezel.

'Hoe is het in de liefde?' vroeg ze toen we in het restaurant waren.

'Niks,' antwoordde ik. 'En jij?'

'Ook niks,' grinnikte ze. We proostten en slurpten allebei een oester leeg.

'Het is niet goed hoor, dat er niks is. Voor mij maakt het niet meer uit, maar voor jou… Ik hoop maar dat het niet komt door vroeger, zeg maar.'

'Ik ben Sophie niet, ik heb niet zoveel last van vroeger.'

Mijn moeders zorgen waren voor mijn broer en zus. Van mij zou ze geen last hebben. Ik zou het kind zijn dat presteerde, dat zo wonderlijk ongeschonden uit de strijd was gekomen.

'Dat weet ik. Ik wil alleen maar dat mijn meiden tegen een leuke man aanlopen. Of een leuke vrouw. Dat is alles.'

'Dat willen wij ook voor jou, mam.'

'Ik ben te oud. En ik heb nog een klein kind. Dat is een dodelijke combi.'

'Wat een onzin, je wilt het gewoon niet. Zoveel gasten van vijftig hebben nog een klein kind.'

'Gasten van vijftig willen een vrouw van dertig, geloof me. En die krijgen ze ook. Zo is het nu eenmaal.'

'Denk je dat als papa nog leefde, hij nu met iemand van dertig was?'

Ze nam haar laatste slok witte wijn en spande haar kaken.

'Ja, ik denk van wel.'

'Waarom wil je zo graag dat ik een relatie krijg, terwijl je me tegelijkertijd met dit manbeeld hebt opgezadeld?'

Ze lachte. 'Touché.'

'Ik ga in elk geval niet met een gast van vijftig. Of veertig.'

'Je vader ging met iemand van in de twintig, vlak voor hij…'

'Jij ging met Simon.'

'Dat was anders.'

'Was je met Simon geweest als papa nog leefde?'

'Absoluut niet.'

'Volgens mij lieg je nu.'

'Nee. Ik geef toe dat ik een zwak voor Simon had. Maar het was een rare tijd en ik kan me er nu niets meer bij voorstellen.'

De ober kwam onze bestelling opnemen en begon een heel verhaal over het concept, waar we allebei niet naar luisterden. We bestelden saaie, bekende dingen. Een caprese, mosselen Thai style en friet.

'Weet je, schat,' ging ze verder. 'Ik heb er zoveel over nagedacht, twintig jaar lang. Ik heb weleens gedacht dat Simon misschien de liefde van mijn leven was. Ik heb ook gedacht dat hij een ontsnapping was, of een verslaving, ik heb mezelf binnenstebuiten gekeerd op zoek naar wat het zei over mij, dat ik als een blok viel op zo'n man, en inmiddels denk ik: hij was gewoon een geile vent en ik een geile vrouw. Als een man iemand aantrekkelijk vindt en ermee in bed belandt, denkt hij geen seconde na over het hoe en waarom. Maar wij vrouwen moeten er van alles omheen verzinnen. Omdat het kennelijk niet hoort pure lust te voelen. Voor ons moet het iets betekenen, en moet er een reden zijn om met iemand te neuken. Eenzaamheid, verveling, je onbegrepen voelen, verliefdheid. Al die dingen waren niet aan de hand. Als een man een vrouw wil, is dat volkomen gezond en normaal, ook als hij al een relatie heeft. En als vrouw ben je er dan volgens de norm voor verantwoordelijk dat het niet gebeurt. Nou ja, lang verhaal, maar ik was die vrouw die deze man ontzettend graag wilde. Niet als liefde voor het leven, maar voor het moment.'

Ik dacht aan wat er die middag met Thomas was gebeurd. Zijn lichaam wilde het mijne. Hoe erg was het? Ik had het hem gegeven. Ergens wilde ik het ook. Maar dan meer zoals het vroeger tussen ons was. Klein en lief. Niet lelijk en grof. Maar dat had ik inderdaad moeten zeggen. Ik sloot mijn ogen even om de beelden weer weg te duwen. Mijn moeder vroeg of er iets was. Ik schudde mijn hoofd en nam nog een slok wijn.

'Ik ben er eigenlijk wel klaar mee, zoveel schaamte te voelen,' zei mama. 'Ik vind dat ook niet eerlijk naar Mik toe. Ik wil dat hij weet dat hij uit iets moois is ontstaan, hoe klote het daarna ook werd.'

Ik glimlachte.

'Vind je het niet gek dat wij altijd over mannen praten? Mannen die ons gelukkig zouden moeten maken, mannen die ons ongelukkig maken... Laten we het eens hebben over onszelf. En over het nu, in plaats van dat eeuwige verleden.'

'Daar proost ik op,' zei mijn moeder. 'Maar jij begon, hè!'

Ze lachte, maar ik zag de verwarring in haar ogen.

'Oké dan. Hoe gaat het met je studie?'

Karen

Binnen enkele minuten zien we een twintigtal agenten, alsof ze in de duinen zaten te wachten op deze kille afrekening. Een agent vraagt alle gasten zich te verzamelen voor de ingang van het kerkje. Anderen draaien de kist weer op zijn goede kant en dekken het lichaam van Joop en zijn bewaker af. Babette wordt overstuur en onder het bloed naar een politiebusje geleid.

'Gaan ze haar nu arresteren?' vraagt Sophie.

Kees en Daan staan op en steken hun hand uit om ons overeind te helpen. Ik kijk om me heen. Het laatste wat ik wil is gehoord worden door de politie, maar het is onmogelijk om hier weg te komen. Iedereen heeft ons gezien.

'Hier kon je natuurlijk op wachten,' zegt Angela. Ze veegt het zand van haar kleding.

'O god,' zegt Sophie, en ze gaat weer zitten, met haar hoofd in haar handen.

'Gaan jullie maar,' zeg ik tegen Kees en Daan. 'Sophie moet even bijkomen.'

Ik sla mijn armen om haar smalle schouders. 'Gaat het, schatje?'

'Wat moeten we nu, mam? De politie, godverdomme. Ze gaan ons ondervragen, en dan?'

'Dan liegen we.'

'Ze zien het. Ze voelen het. Ik kan niet liegen.'

'Je kunt uitstekend liegen, weet je nog?'

Ze kijkt me aan. Haar gezicht staat strak gespannen. Haar zenuwtrekje, waarbij ze haar ogen steeds dichtknijpt, is terug. De laatste keer dat ik zulke stress op haar gezicht las, was toen ze me vertelde een tijd geen contact met me te willen.

Ik schrik op van een zachte hand op mijn schouder.

'Sorry, dames. Gaat het een beetje?'

Tegenover ons ploft een vrouw in een donkerblauw pak in het zand. Ze steekt haar hand uit. 'Ik ben Da Silva. Van de recherche. Jullie waren ook getuigen van deze schietpartij?'

We knikken. Da Silva trekt aan het zwarte kogelvrije vest dat ze over haar colbert draagt. 'Kutdingen,' mompelt ze.

'Luister, ik moet jullie verzoeken je bij de groep te voegen in de kerk. Mijn collega's gaan jullie dan een paar vragen stellen. Ik kan me voorstellen dat jullie enorm geschrokken zijn.'

Ze staart me aan met grote bruine poppenogen. Vanuit mijn stuitje trekt een vlaag hitte via mijn ruggengraat naar boven. Binnen enkele seconden gutst het zweet langs mijn flanken en vormt het kleine pareltjes op mijn voorhoofd en bovenlip.

'Opvlieger,' stamel ik.

'O schat, *don't get me started*, ik weet er alles van.'

Het is haar lieve, meelevende toon waardoor ik meteen begin te huilen. En daardoor begint Sophie ook.

'Ja sorry, wat er net is gebeurd, triggert allerlei dingen in mij...'

Met mijn mouw veeg ik het snot van mijn bovenlip. Wat zou er gebeuren als ik mijn hoofd in De Silva's schoot legde en alles vertelde?

'En wat triggert het dan allemaal?'

'Herinneringen aan de dood van mijn vader,' zegt Sophie. 'Dat het nooit ophoudt. Soort *Groundhog Day*, deze mensen.'

'Dat kun je wel zeggen, ja.' De rechercheur knijpt haar ogen tot spleetjes.

'Ik weet het goed gemaakt. Als jullie mijn vragen beantwoorden, en beloven morgen naar het bureau te komen, dan laat ik jullie zo gaan. Maar wel morgen komen, met handtekeningen, ID en alles. Oké?'

Ze steekt haar hand op. Sophie slaat ertegenaan.

'Mooi. En hierheen kijken, naar mij, want achter jullie gebeurt van alles wat jullie niet mogen of willen zien. Daarom moeten jullie eigenlijk in de kerk zitten. Oké, ik wil jullie namen en telefoonnummer.'

We geven al onze gegevens. Da Silva noteert alles razendsnel in haar opschrijfboekje.

'Wat is jullie relatie tot het slachtoffer?'

'We waren hier voor de begrafenis van Patricia,' zeg ik.

'Maar kenden jullie haar vader ook?'

Ik kan dit niet ontkennen. Eén keer googelen en ze komt erachter dat ik tien jaar geleden in de rechtszaal tegenover hem stond.

'Ja. Mede door mij is hij opgesloten.'

'Aha. Oké! En waarom ben je dan hier, in hemelsnaam?'

'Voor de jongens...'

'En het slachtoffer, hoe goed kende je hem?'

'Nauwelijks. Maar hij is de man die ooit een huurmoordenaar op me afstuurde, samen met zijn dochter. Ik dacht eigenlijk dat-ie allang dood was, maar ik denk dat je hier in het dorp weinig mensen gaat vinden die het vreselijk jammer vinden dat hij er niet meer is.'

'Je bent wel eerlijk...'

'Je komt er toch wel achter hoe het zit.'

'Hoe zit dat dan?'

'Je weet het heus wel. Met dank aan Joop en Patricia heeft mijn man Michel zich kapotgereden, en kunnen velen zijn misdaden niet meer navertellen.'

'Met andere woorden: *he had it coming*.'

'Ik hou niet zo van Engelse uitdrukkingen, maar ja, inderdaad.'

Silva kijkt me lang aan, terwijl ze met haar pen op haar notitieblokje tikt.

'Wat hebben jullie precies gezien?'

'Weinig,' antwoordt Sophie. 'We zaten hier te praten, toen we een paar keiharde knallen hoorde. Daarna zagen we die oude man in een plas bloed liggen. Iedereen gilde… En er reed een scooter weg, of een motor, ik weet het niet precies, en daarop zaten twee ik denk mannen, helemaal in het zwart. Het ging zo snel allemaal.'

Da Silva glimlacht. Ze steekt haar pen en notitieblok tussen haar vest en haar jasje. Dan schudt ze haar hoofd. 'Ga nou maar gauw naar huis. Via het fietspad, graag.'

Alle drie staan we op. Ik geef haar een hand.

'Dank je wel,' zeg ik en ik zou nog zoveel meer willen zeggen.

'Morgen. Bureau,' zegt Da Silva.

Sophie

In de auto zit ze naast me, haar armen om haar middel geslagen, haar hoofd op het dashboard. Ik vraag of het gaat.

'Ik probeer te bedenken of we iemand kennen die bereid is ons twee miljoen te lenen.'

Ik aai over haar rug. Zou betalen Mik terugbrengen? Of willen ze dan nog meer? Dat laatste, gok ik, maar ik zeg het niet.

'Zal ik een fles wijn halen voor op de hotelkamer?'

'Nee,' zegt mam. 'We gaan naar de Stories. Daar zaten vroeger de types met geld.'

Annabelle facetimet. Ik zet mijn telefoon op het dashboard.

'Zijn jullie nog boos op mij?' vraagt ze.

We zien haar bedrukte, verdrietige gezicht en bij mam wellen de tranen weer op.

'Ik kan toch niet lang boos op jou zijn, schat,' zegt mam met een dikke keel.

'Is er nieuws?' vraagt ze.

We schudden onze hoofden.

'Nee,' zeg ik. 'Maar er gebeurt wel veel hier. Heb je het gehoord?'

'Wat?'

'Die Joop, weet je wel, de vader van Patricia, die is dus net afgeknald óp de begrafenis. Weird, man.'

‘*Holy fuck*. Mam, ik vind dat jullie naar de politie moeten gaan. Het duurt veel te lang,’ zegt Annabelle.

‘Heb je dit met je zus bekokstooft? We moeten sowieso naar de politie morgenochtend. Als getuigen van die executie.’

‘Ik heb er heel veel over nagedacht, maar het kan niet anders dan dat Thomas Mik heeft,’ zegt Annabelle. ‘Ik voel me er zo, zo, zo kut over.’

‘Heb je nog contact met hem gehad?’ vraagt mam.

‘Hij reageert nergens op.’

‘Wij hebben hem gezien,’ zeg ik. ‘Hij sloot mam in de kelder op.’

‘Jezus… Ik trek het niet meer hier, ik kom daarheen.’

‘Nee, schat,’ zegt mam. ‘Blijf daar alsjeblieft. Je weet het niet, het geeft me zo’n rotgevoel als er niemand thuis is voor Mik…’

De Stories blijkt helemaal niet meer te bestaan. We lopen langs de Ruïnekerk, langs de nieuwe restaurants die allemaal op elkaar lijken. ‘Hier gebeurt het niet,’ zegt mam bij iedere halflege tent die we passeren. Veel gevels waarachter ooit winkels of kroegen zaten zijn nu dichtgetimmerd met spaanplaat.

‘Wat een armoe,’ mompelt mam.

‘De vergrijzing van de provincie is hier nogal zichtbaar,’ zeg ik. ‘Maar wat maakt het uit waar we wat gaan drinken.’ Het is inmiddels zachtjes gaan regenen.

‘Alles,’ zegt mama driftig. ‘Er moet toch een kroeg zijn waar ze bij elkaar komen. Waar geroddeld wordt. Waar we informatie kunnen halen. Ik ben benieuwd of de broertjes Vogel bijvoorbeeld bedrijfspanden hebben, zomerhuisjes, garageboxen, zuipketen… En wie zijn hun vijanden?’

‘Denk je dat Mik is ontvoerd uit een soort wraak op de familie Vogel?’

‘Zie jij hen panisch zoeken?’ vraagt mam sarcastisch.

We staan voor het eveneens dichtgetimmerde Park Hotel. Tien jaar geleden slopen we hier een keer 's morgens vroeg naar binnen, Annabelle, Thomas en ik, nadat we een hele nacht in de duinen hadden doorgebracht. We sloten aan voor het ontbijtbuffet, tot we herkend werden door de serveerster en we gierend van het lachen wegrenden. Thomas met zijn zakken vol croissants, plastic kuipjes jam en smeerkaas.

'Kijk,' zegt mam, 'daar lijkt wel wat gaande.' Ze gebaart met haar hoofd naar een café aan de overkant. Een groepje mannen staat te roken. 'Leef, alsof het je laatste dag is' schalt naar buiten iedere keer dat de deur openzwaait. Het lijkt niet bepaald een kroeg waar de Bergense jetset zich graag verzamelt.

'Precies wat we zoeken,' zegt mam en ze stapt de straat op zonder te kijken. Een automobilist moet vol in de remmen.

Ik ren verontschuldigend achter haar aan. Voor de deur van 't Strandmannetje trek ik aan haar arm.

'Stop even, mam. Je doet het weer.'

'Wat?'

'Ik zou het zeggen als je weer veranderde in een ongeleid projectiel, dus, bij dezen.'

'Stel je niet zo aan, Sophie! We zoeken je broertje! Is dit echt het moment om therapeutisch te gaan lopen doen?'

De rokende mannen draaien zich om.

Ik fluister. 'Mam, je bent niet alleen. Je bent met mij. We zijn twee volwassenen. Stop met me te commanderen en onder auto's te lopen.'

'Wel een beetje gezellig houden hoor, meiden,' roept een van de mannen. Voordat mam ook maar iets terug kan zeggen, pak ik haar hand en sleur haar naar binnen.

'Waar gaat dit over?' vraagt ze kwaad.

'Laat maar,' zeg ik. We zijn weer terug in de tijd. Zij de overstreste moeder, ik de weigerachtige puber.

‘We hebben geen plan, geen richting, geen informatie, en jij dendert maar door… Niets van wat ik zeg neem je serieus. Je doet alsof jij de enige bent die dit kan oplossen, alsof je niemand nodig hebt, alsof ik een blok aan je been ben.’

Mam hijst zich op een barkruk. Haar gezicht is vuurrood.

‘Ik hoor wat je zegt, Sophie. Maar dit is niet het moment waarop ik ook nog stil kan staan bij allerlei gevoelens. Sorry. Ik zet echt alle zeilen bij… Echt. Maar jij wilt een plan, dus hier is het. We gaan praten met de mensen hier. En nu wil ik een biertje.’

Ik houd van haar, maar ik kan haar ook haten, en dan kan het heel groot worden. Dan haat ik zelfs de manier waarop ze haar haar schikt, hoe ze slikt, ademhaalt, op de binnenkant van haar wang bijt, haar lippen op elkaar perst. Dat lichaam van haar, dat zoveel spanning in zich draagt. Hoe ze schokt als ik haar aanraak. Haar hoekigheid. Ik wil dat nu niet allemaal voelen.

Mam bestelt twee biertjes.

‘Ik wil liever een cola,’ zeg ik, maar ze hoort me niet.

‘Zo, meiden,’ begint de barman terwijl hij twee vaasjes voor ons op de bar zet. ‘Twee zussies op pad?’

Mama lacht aanstellerig.

‘Dit is mijn dochter,’ zegt ze.

‘Nou, dan was je er zeker vroeg bij,’ antwoordt hij.

Achter ons staat een groep jonge mannen om het hardst te praten.

‘Wat een toestanden weer, hè, in Bergen aan Zee.’

Ik was vergeten hoe makkelijk Noord-Hollanders praten, en veronderstellen dat iedereen ze direct begrijpt.

‘Nou,’ antwoordt mam.

‘Waren jullie daar?’

‘We waren bij de dienst, ja.’

‘Van die heks? Ongelooflijk. Stelletje maffiosi. Ik zeg altijd: laat ze mekaar maar afschieten, zijn wij ervanaf.’

Hij maakt een schietgebaar en loopt weg om een bestelling op te nemen aan de andere kant van de bar. De jongen die bestelt komt me bekend voor. Wanneer hij terugkijkt zwaai ik naar hem.

'Wie is dat?' vraagt mam, terwijl ze haar biertje alweer op heeft.

'Mam, we kunnen niet dronken worden. We hebben een plan, en we hebben geen tijd.'

'Eén biertje, Soof. En nog eentje, de laatste, dat beloof ik. Van twee bier wordt niemand dronken.'

'Jij wel.'

'Hoi,' zegt de jongen naar wie ik net zwaaide en die nu achter ons staat. 'Jij bent Sophie, toch?' Hij bestelt voor ons meteen een vaasje bier. 'Wat leuk dat je hier bent. En in deze kroeg, *of all places*!'

'Mees,' zegt mama. 'Jeetje joh.' Mam slaat haar handen voor haar gezicht. Ik ben bang dat ze ieder moment kan gaan huilen. 'Wat lijk je op je moeder!' roept ze uit.

Mees spreidt zijn armen en geeft ons allebei een knuffel. Zijn vlassige blonde haren ruiken naar zee en tabak.

'Wow,' zegt hij. 'Wat brengt jullie hier?'

'Patricia,' zegt mama.

Mees' gebruinde surfersgezicht wordt somber. 'O. Ja, tuurlijk. Pap ook. Hij zit daar nog. Althans, dat denk ik, want ik heb nog niks van hem gehoord. Moesten jullie daar niet blijven?'

'We waren net op tijd weg.'

'Maar dat jullie daarvoor helemaal hiernaartoe zijn gekomen ... Jullie waren toch min of meer gevlucht?'

'Ik wilde het met eigen ogen zien... Patricia in een kist.'

'Ja, dat zei pap ook. Iedereen, denk ik. Maar, ja. Er valt ook weer wat te halen, hè.'

'Wat valt er te halen?'

'Wat dacht je van miljoenen? Een gigantische erfenis, en die jongens zijn al steenrijk. Hoe ze het doen weet ik niet, maar dat geld moet ook weer ergens in geïnvesteerd worden. Dus vandaar dat de haaien zich weer verzamelen.'

'En jij? Wat doe jij nu?'

'Ik run sinds kort een surfschool in Bergen aan Zee.'

'Wie in Bergen is geboren, keert altijd weer terug,' roept de barkeeper.

'Ik ben helemaal niet in Bergen geboren, Jan,' zegt Mees lachend, en tegen ons: 'Maar *whatever*. Ik ben een tijdje naar Bonaire gegaan, toen pap moest zitten, zeg maar. Ik wilde een ander leven dan mijn ouders hadden geleid. Niet dat geijkte: studeren, op kamers, carrière maken, een geldwolf worden. Ik bedoel, wat heeft het hun opgeleverd? Dus daar ging ik in een café werken, duiken, beetje surfen. Topleventje. Tot pap dus een mega hartinfarct kreeg. Dan is Bonaire ineens ver weg.'

'Ach, jee,' zegt mam.

'Wat rot voor jullie,' zeg ik.

'Rot? Die jongen leeft als een luis op een zeer hoofd, met je "rot"!' roept barman Jan.

'Dus je vader woont ook nog hier?'

'Ja, om de hoek, boven de Aldi. Ons huis is destijds in beslag genomen… *Anyway*, laten we het over jullie hebben. Wat spook jij allemaal uit, Soof?'

'Niet veel. Ik woon een tijdje bij mam. Ik ben gestopt met de kunstacademie. Ben me nu een beetje aan het oriënteren.'

'Cool. Ga reizen, man. Daar knap je me toch een partijtje van op. En u?' Mees richt zich tot mama.

'Jezus, u, zeg alsjeblieft gewoon jij. Ik werk bij een reclamebureau. Heel braaf, van negen tot vijf. Maar Mees, vertel even, hoe is het nu met je vader? Is hij dat infarct goed te boven gekomen?'

'Tja, nee eigenlijk. Mijn vader is een gebroken man. Hij geeft niks meer om zijn gezondheid. Misschien heb je hem gezien vanochtend, bij de dienst? Hij is zo dik. Maar wee je gebeente als je er iets van zegt.'

De deur gaat open en Mees draait zich om. Alsof hij het ruikt. Beau en Luuk stappen binnen, hun haartjes nog steeds even strak naar achteren, hun dure pakken ongekreukt.

'Zal je ze hebben,' stamelt Mees.

De jongens lopen high fivend voorbij, Mees totaal negerend. Jan zet de muziek een tandje harder. Een penetrante parfumlucht vult het benauwde café. Meiden gillen: 'Wat de fuck, boys? Vertel? Hoe is het? Wat is er gebeurd?'

'Praten jullie niet met elkaar?' hoor ik mama aan Mees vragen.

'Jawel hoor, maar die boys hebben het druk, zoals je ziet.'

Karen

De luide stemmen. De eighties-playlist. De snelheid waarmee de glazen worden rondgedeeld. De gretige blikken. De onrust. Alles in deze kroeg brengt me terug naar de tijd dat ik hier woonde. Er is een nieuwe generatie, maar die gedraagt zich exact hetzelfde als de oude. Getailleerde overhemden, gebruinde siliconen borsten, een Rolex om de pols. Mees mag er dan uitzien als een nonchalante surfer, ook hij draagt er een. Het polsbandje van Bergen. Hij beweert dat hij probeerde te ontsnappen aan deze wereld, maar hier is hij. Nagenoeg alle nazaten van de eetclub wonen hier, ondanks alles wat er is gebeurd. Niemand lijkt zich te schamen of zich schuldig te voelen, zoals ik dat wel doe.

Wanneer Mees naar de wc gaat, vraag ik aan Sophie: 'Wat zien we niet? Wat verbergen deze mensen? Waarom zijn ze allemaal weer hier, waar ze zoveel hebben verloren?'

'Jij denkt steeds dat het één groot complot is? Het is toch niet de schuld van dit dorp? Ze hebben hier veel meegemaakt, maar zijn vast ook erg gelukkig geweest.'

Sophie kijkt me niet aan, omdat ze zich weer eens aan me ergert. Het maakt me nerveuzer dan dat ik al ben. En ik ben bang dat ze zich weer afsluit. Ik heb weleens het idee dat moederschap in mijn geval alleen maar bestaat uit het bijeenhouden van mijn kudde. Blijf bij me. Blijf bij elkaar. Blijf van elkaar houden. Met z'n drieën op de moederberg. Waarom eigenlijk moet je kinderen loslaten?

'Jij bent bang om alleen te zijn,' zei ze laatst tegen me. Sophie, het kind dat weer thuis woont. Dat toen ze op zichzelf woonde totaal de weg kwijtraakte. En ze heeft gelijk, ik ben bang om alleen te zijn. Net als zij. Blijkbaar heb ik dat overgedragen. Kinderen die van je af drijven, het is een liefdesverdriet dat zelden wordt erkend.

'Ik denk dat ze verslaafd zijn aan wat ze hier betekenen. Het aanzien dat ze hier hebben,' zeg ik. Het is makkelijk. Je hoeft jezelf nooit opnieuw uit te vinden, je bent altijd gekend.

'Alle kinderen worden zoals hun ouders, hoe hard ze ook proberen niet zo te worden,' zegt Sophie.

We kijken allebei naar de zonen van Babette en Evert, aan het einde van de bar, omringd door hun bewonderaars. Ook Mees heeft zich bij hen gevoegd. We zien hem wijzen naar ons. We proosten naar elkaar. Ik zie zowel Evert als Babette in hen.

'Kom,' zeg ik tegen Sophie en ik sta op. Met mijn glas in de hand manoeuvreer ik tussen de warme, dampige lijven hun kant op. Ik ben veruit de oudste in deze kroeg.

'Rustig aan, moeders,' zegt een jongen wanneer ik me achter hem langs wring.

'Dames!' roept Beau en hij steekt een hand naar me uit. Sophie krijgt drie zoenen.

'Ongelooflijk! Dat is zó lang geleden!' Hij klinkt corporaal schor. 'Bij hen hebben we dus ook nog een paar weken gewoond vroeger, weet je nog? Toen pap net... Weet je nog, na de brand.'

Hij roept dit tegen niemand in het bijzonder. Twee meisjes die vermoedelijk nog niet mogen drinken, gapen ons aan.

'Jullie waren toch ook bij de begrafenis?' vraagt Luuk.

We knikken.

'Wat de fuck gebeurde daar? Zo leip. Die ouwe. Bam. Dood. Ik zweer het je. Recht voor mijn ogen. Ik zag zijn hoofd... exploderen.'

'Mees, gast, waarom was jij er niet?'
'Je weet toch.'
'De Vogeltjes zijn toch je vrienden?'
'Absoluut. Ik was naar de avondwake. Vanochtend moest ik werken, helaas.'
'Kan ik jullie even spreken?' vraag ik.
'*Sure*,' zegt Beau. Sophie port in mijn zij. Ze zal me wel weer een kip zonder kop vinden.
'Liefst even privé.'
'Toe maar. Dan moeten we even naar de achterkamer.'

De achterkamer zoals zij het noemen blijkt een zijruimte achter een zwaar gordijn, waar twee ouderwetse gokautomaten staan en een grote ronde tafel met acht stoelen eromheen. Aan de wand hangt een enorme tv en het ruikt er naar verschaald bier en sigaretten.
'*This is where the magic happens*,' gniffelt Luuk en samen met zijn broer neemt hij plaats aan de tafel.
'Wel bijzonder om jullie weer te zien. Bijzonder. En leuk. En interessant.'
'Insgelijks,' zeg ik. 'Ik zou willen dat we de tijd hadden om bij te praten, maar dat heb ik helaas niet. Kees vertelde me dat jullie het heel goed doen in de bitcoins.'
'Tja. Wijzelf gaan vrij goed inderdaad. De bitcoins momenteel wat minder.' Beau lacht om zijn eigen grap.
'Wil je geld?' vraagt Luuk.
'Mam...'
'Ja, want als jij hier opduikt, wil je meestal geld. Onze moeder zei het ook. "Die zal wel weer blut zijn."'
'Mam, ik weet niet wat je aan hen wil vragen, maar ik vind het een heel slecht idee.' Sophie pakt me bij de arm.
'Jullie doen raar,' zegt Beau.

'Ja, omdat ik wanhopig ben. Ik heb hulp nodig.'

'Vertel ons gewoon wat er aan de hand is,' zegt Luuk.

'Mijn kind is ontvoerd.'

'Hoe heet ze ook alweer... Annabelle?' vraagt Beau.

'Mam, stop. Nu. Ik smeek het je.'

'Oké, jongens, nu even serieus. Sophie, doe eens chill. Als er iemand ontvoerd is, wat doe je hier dan? Moet je niet bij de politie zijn?'

'Hoe is jullie relatie met Thomas, Thies en Thieu?' vraagt Sophie.

'Die is top. We zijn als broers. De drie T's. Samen opgegroeid, en nu nog, we zijn in business.'

'Oké, mooi. Ga je nu mee, mam?'

'Als jullie zo hecht zijn, dan hebben zij jullie vast verteld dat mijn zoon, hun halfbroer, is meegenomen en dat de daders twee miljoen losgeld vragen.'

'Zo,' zegt Luuk.

'Dat is niet weinig,' zegt Beau.

'Halfbroer?'

'Hou toch op, Luuk, jullie weten dit allang,' zegt Sophie.

'Wat een dag,' zegt Beau en hij slaat zijn laatste slok bier achterover. Daarna kijkt hij zijn broer lang aan.

'Twee miljoen. Dat is toch precies het bedrag dat jouw dooie man stal van zijn vrienden?'

'Let's go, mam.'

Luuk pakt Beau bij de schouders in een poging hem tot bedaren te brengen. 'We vinden het echt rot voor jou. En voor je zoon, natuurlijk. Lijkt me dat de drie T's erbovenop zitten. Het is hun halfbroer. Zij willen niets liever dan hem leren kennen. Vertrouw hen nou maar. Twee miljoen hebben wij niet paraat. Maar al zouden we dat wel hebben, dan gingen we dat natuurlijk niet aan jullie geven, dat snap je zelf ook wel.'

Buiten is het inmiddels donker. Er staat een grimmige wind. Sophie is woest op me.

'Hoe kun je die jongens vertrouwen!' schreeuwt ze. Mensen die naar de Albert Heijn lopen, kijken om.

'Doe zachtjes,' fluister ik.

'Je hebt het allemaal verpest! Je zet zijn leven op het spel, weet je dat wel? Dacht je echt dat Beau en Luuk ons zo even twee miljoen zouden geven?' vraagt Sophie wanneer we in de auto zitten op het parkeerterrein achter de Albert Heijn. We eten een ciabatta caprese van de snackbar. Het broodje smaakt naar plastic.

'Eerlijk gezegd verwachtte ik wel iets meer empathie. Wat is er aan de hand met al die jongens?'

'Ze zien jou als een rat. Je hebt hun ouders verraden en bent ervandoor gegaan met een kind van Simon. Iedereen heeft hen in de steek gelaten tien jaar geleden, ze hadden alleen elkaar. En daarom hebben ze een soort idiote broederschapcultus ontwikkeld.'

'We moeten naar Ivo,' zeg ik.

'Hoezo? Ben je dronken?'

'Nee! Maar hij was destijds de accountant van alle bedrijven die in de Brotherhood zaten. Ik denk dat hij weet waar dat geld vandaan kwam en waar het naartoe moest. Dus hij weet ook wie het terug wil.'

'Jij denkt maar dat iedereen je hier met open armen ontvangt,' zegt Sophie.

'Schat, ik wil maar één ding. Mik terug. Zo snel mogelijk. Het idee dat hij ergens opgesloten zit, in het donker... Dat ze hem pijn doen... En dat hij denkt dat ik hem in de steek heb gelaten...'

'Mam, hij weet dat jij er alles aan doet om hem terug te krijgen. Er loopt denk ik niet één kind op deze aarde rond dat meer gekoesterd, beschermd en geliefd is dan Mik.'

Er staan zes naamplaatjes naast de deur die leidt naar de appartementen boven de Aldi. We staan in een donkere steeg en gaan ze met de zaklamp van Sophie's telefoon allemaal af. 'Smit' staat ertussen. Er zijn zoveel Smits in Bergen, zegt Sophie nog, maar ik druk op de bel en het duurt lang voordat we door de intercom Ivo's stem horen.

'Breng maar naar boven,' zegt hij.

We kijken elkaar verbaasd aan.

'Ook prima toch?' zegt Sophie heel zachtjes, en we duwen de deur open.

'Eén ding, mam: je zegt geen woord over Mik.'

'Jezus, Karen,' zegt Ivo in de deuropening van zijn appartement. Zijn buik hangt over de rand van een grijze joggingbroek. Daaroverheen draagt hij een vaalrood T-shirt. 'Ik dacht dat je de shoarmabezorger was. Jezus. Ik zie er niet uit.'

Ik stap langs hem heen naar binnen, Sophie in mijn kielzog. De kleine hal staat vol dozen.

'Ken je Sophie nog?' vraag ik.

'Ja, tuurlijk.'

Er hangt een zurige lucht in zijn appartement. De lucht van slaap en katers.

'Nou ja, kom binnen, wilde ik zeggen, maar jullie zijn al binnen.'

De bel gaat.

'Dat is dus mijn eten.'

Sophie en ik gaan zitten aan zijn eettafel, die ook vol staat met lege glazen en kommen. Op de bank ligt een berg kleren.

'Sorry voor de troep, Karen. Als je wilt, pak wat te drinken, ik eet even snel, want ik verga van de honger na al dat gedoe vanmiddag. Ben net pas thuis. Ja, jij was net op tijd weg. Ik zat de halve middag in die klotekerk. Weer politie, weer duizend vragen. Wees blij dat je weg bent, want het is er hier niet leuker op geworden.'

Ik sta op en loop naar de koelkast in de open keuken. Alles kleeft. Ik pak twee blikjes cola.

'Doe mij een biertje,' zegt Ivo. 'Ze liggen in de la.'

Sophie staart met afgrijzen naar de smakkende Ivo. Wanneer hij klaar is met eten, veegt hij zijn gezicht af aan de theedoek die over de stoel naast hem hangt.

'Zo,' zegt hij. 'Ik ben er weer een beetje.'

'Die shoarmabar is toch hier aan de overkant?' vraag ik.

'Ja. Maar ik had eventjes geen zin in mensen. Je weet hoe dat dan gaat.' Hij onderdrukt een boer. 'Mooi hè, hoe een begrafenis altijd weer iedereen bij elkaar brengt,' zegt hij met een cynische grijns. 'Ja, ik ben maar gegaan. Anders krijg je weer al die vragen. Niet gaan is een statement, wel gaan is een statement. Ik weet het allemaal niet meer. Was ik maar niet gegaan. Nu zit ik er weer tot over mijn oren in. Alsof ík die ouwe zou laten afschieten.'

'Heb je enig idee wie dat wel op zijn geweten heeft?'

'Of 'haar' geweten?' antwoordt Ivo. Hij haalt een pakje Marlboro uit zijn broekzak, neemt er een sigaret uit en biedt ons er een aan.

'Nee, dank je, dat doe ik al jaren niet meer. En jij rookte toch sigaren?'

'Goeie ouwe tijd,' zegt hij. 'Ik ben eigenlijk net weer begonnen. Ik heb zoiets van fuck it, als ik morgen dood neerval, dan zij het zo. Ik eet, ik drink, ik rook. De enige drie dingen waar ik nog van geniet.'

'En van je kinderen, toch?'

'Ja, Meesie, maar die heeft me niet meer nodig. Anna wil me niet meer zien. Die meid woont in Parijs. Voelt zich te goed voor haar vader. Precies haar moeder.'

'Ik wil wel een sigaret,' zegt Sophie. Dat doet ze om mij te stangen.

'Maar even terug, Ivo,' zeg ik en ik negeer het beeld van mijn kind dat een peuk opsteekt.

'Je zei "haar" geweten?'

Ivo inhaleert diep. 'Ja, ik heb wel zo mijn theorietjes. Ik was natuurlijk ooit een insider. Nu ben ik een nobody, maar je weet, ik was een heel grote.'

Ik knik. 'Een heel grote witwasser ja.'

'Nee, dat was Simon. Of eigenlijk Joop.'

'Je belandt niet voor niets drie jaar in de bak.'

'Anderhalf jaar, uiteindelijk. Ik heb gegoocheld met cijfers, dat kan ik nu eenmaal heel goed. Daar hebben ze me op uitgekozen. En daar heb ik me een beetje in vergaloppeerd. Me laten meesleuren door Simons enthousiasme. Ik wist ook niet hoe het echt in elkaar zat. Dat die trut hem totaal bij de ballen had. Wie had dat verwacht van Simon? Jij zeker niet! Was toch een held, die man. Ik zweer het je, ik mis hem nog iedere dag.'

'Jij denkt dat Patricia hierachter zit?'

Ivo slaat zo hard op tafel dat we ons allebei kapotschrikken.

'Natuurlijk! Zij had nog een lijstje liggen. "Ik eruit, dan hij ook, die hond" heeft ze besloten. Heeft zij volledig geregisseerd, weet ik zeker. Ze wist dat hij verlof zou krijgen voor haar begrafenis. En ze wist dat die ouwe haar jongens in de weg zou gaan zitten. En als het ergens makkelijk is een hitman te regelen, is het wel in de bajes.'

'Denk je dat ik ook op dat lijstje sta?' vraag ik.

'Nou, dat zou me niets verbazen. Je hebt ons toch ook verraden? En dan heb je ook nog eens Simons kind gebaard.'

'En jij? Sta jij er ook op?' vraagt Sophie aan Ivo terwijl ze haar peuk in een leeg colablikje gooit.

'Ik betwijfel het. Ik heb mijn mond keurig dichtgehouden en mijn straf uitgezeten. Het interesseert me ook geen reet. Ze doet maar. Zij wil na haar dood nog steeds regeren? Prima, meid. Ik hecht niet meer aan het leven.'

'Jee, Ivo, wat melodramatisch.'

'Er is toch wel iets waar je nog wel aan hecht?' vraagt Sophie. 'Je kinderen bijvoorbeeld?'

'Dat is waar. Daar moet ze met haar fikken van afblijven. Want dat vind ik mooi, Karen, hoe onze kinderen eruit gekomen zijn. Deze ook hier,' zegt hij en hij wijst naar Sophie.

'Ondanks het zootje dat wij ervan gemaakt hebben. En deden wij het niet allemaal voor hen? Zodat zij het goed hadden?'

'Ho,' zegt Sophie, 'dat is bullshit. Jullie wilden het vooral zelf goed hebben. Wij kinderen speelden een bijrol. Als jullie werkelijk het beste met ons voor hadden gehad, dan hadden we hier nu niet gezeten. Dan zat jij nu gezellig met je beide kinderen ergens in Parijs een hapje te eten. Zonder strafblad.'

'Ja. En dan had jij geen broertje gehad.'

'Nee,' zegt Sophie afgemeten.

'Ingewikkeld, hè, het leven. Uit al die lelijke dingen is hij voortgekomen. Snap je weer waarom ze het een wonder noemen. Maar goed, Karen. Volgens mij ben je hier niet om een beetje bij te kletsen.'

'Ik ben bang,' antwoord ik.

'Kan ik me voorstellen. Zeker na vanochtend. Ik vind het wel vreemd dat je dan toch helemaal hierheen komt. Met je dochter nog wel.'

Ik kijk naar Sophie, die haar blik afwendt.

'Hé meiden, kijk even om je heen. Ik ben eruit. Ik doe hier en daar wat administratie voor een paar sukkels, ik heb niks meer met de Vogels te maken. Lesje geleerd, boekje dicht. Blij toe ook, want ik zat totaal klem daar. Dat is hoe ze opereerden. Ze namen niet mijn hand, maar mijn twee armen. En benen. Dus je kunt me vertrouwen.'

'Tien jaar geleden zei je dat ook.'

'Hou eens op met dit malle gedoe, Karen. Je bent hier omdat je weet dat ik ongevaarlijk ben. Wat wil je?'

'Ik wil weten voor wie ik bang moet zijn.'

'Kijk, nou komen we ergens.' Ivo sloft naar de koelkast. 'Jullie nog wat?'

'Doe ook maar een biertje.'

Hij draagt sokken in zijn Adidas-slippers.

'Lijkt me dat je het meest te vrezen hebt van degene die je hierheen heeft gekregen. Ik neem niet aan dat je een rouwkaart in je brievenbus hebt ontvangen?'

'Wie voert dan haar lijstje uit? Haar zonen?'

'De drie T's? Ze zouden gek zijn. Die jongens knallen als een gek, hebben die hele toko schoongeveegd. Ze kopen alles op hier in het dorp, horeca, hotels, woningen, half Bergen aan Zee is van hen. Ze bouwen in Amsterdam, op Bonaire... Gaan ze allemaal niet op het spel zetten, lijkt me.'

'Maar hoe kan dat?' vraag ik. 'Alles was toch in beslag genomen?'

'Jij kende Simon. Dan weet je ook hoe geniaal hij was. Hij heeft een fonds opgebouwd voor zijn jongens, was-ie al jaren mee bezig. Jouw Michel heeft daar ook nog aan meegewerkt. Zo veel mogelijk uit de klauwen van die heks en haar vreselijke vader redden.'

'Waarom zou Patricia niet willen dat er iets voor haar kinderen geregeld was?'

'Alles waar zij en haar pa mee te maken hadden, zou besmet zijn. Simon bouwde aan een levensverzekering, waar zij niet aan konden komen. En dat deed-ie eerlijk gezegd niet alleen voor de jongens, maar ook voor zichzelf. Hij was, zeg maar, de weg naar zijn scheiding aan het plaveien.'

'Weet de politie dit ook?'

'Ik ben geen rat, Karen... De jongens hebben de kans gekregen met een schone lei te beginnen, daar gaat het om. Zij hebben genoeg geleden, vind je niet?'

'Mama heeft ook genoeg geleden,' zegt Sophie.

'Daar zijn de meningen over verdeeld. Jouw moeder praatte wel met de politie.' Ivo wijst met zijn vette vinger naar mijn neus. 'En daarna nam ze de kuierlatten. Nu is ze er ineens weer. Maar waar was ze toen ik in de gevangenis zat? Simon en ik hebben haar uit de penarie geholpen.'

'En vooral ook in de penarie geholpen,' zeg ik.

'Hé maar meiden, ik vond het supergezellig, maar ome Ivo is moe. Ik ga nog een potje voetbal kijken en dan pitten.'

Hij hijst zich omhoog en verplaatst zich naar de bank. Ik denk aan Hanneke, aan het overgestylde huis waar ze ooit woonden. Waar we dansten en lachten en flirtten met elkaars mannen. We voelden ons uitverkorenen. En nu zit Ivo hier in dit armoedige flatje, doodeenzaam te wachten op een volgend hartinfarct, als vleesgeworden teleurstelling.

'Ik heb nog één vraag...'

Sophie en ik staan al naast de tafel.

'Dus al dat geld waar ze nu in zwemmen, komt uit dat fonds van Simon?'

'Wat maakt het jou uit?' Hij kijkt me vragend aan met zijn walrussengezicht.

'Ah! Je zoon! Natuurlijk. Je denkt dat er voor hem nog wat te halen valt...'

'Nee. Ik hoef geen cent van hen. Ik vraag het me gewoon af: hoe hield Simon dit fonds buiten het zicht van de politie en van Patricia.'

'Haal je maar niks in je hoofd. Alle vastgoed staat op hun naam. Ze vangen een toelage en ze investeren dat goed. Er is nog een vennootschap, gevestigd in een of ander belastingparadijs. Wie dat beheert, geen idee, waarschijnlijk die roofkip, Babette. Maar verder ben ik blij dat ik er niets mee te maken heb. Het vragen stellen laat ik graag aan jou over.'

'Het was niet Michel dus, die het fonds geheimhield voor Patricia?'

‘We hielden het allemaal geheim voor Patricia. Alleen Michel koos ervoor het af te romen.’

‘Moest hij daarom dood?’

Ivo haalt zijn schouders op. ‘Daar koos hij toch zelf voor? Geen idee, Karen. Laat het rusten. Ga terug naar dat gat en koester die kleine.’

‘Dat gaat een beetje moeilijk als ze op de een of andere hitlijst van Patricia staat,’ zegt Sophie.

‘Misschien moet ze dan dat geld terugbetalen. Zo werkt dat wijf. Ze vergeet niets. Op een dag presenteert ze je de rekening, zelfs na haar dood.’

‘Ivo, ik zweer je, ik heb dat geld niet. Het is verdwenen op de dag dat Simon, je weet wel…’

‘Morsdood onderaan jouw trap lag,’ vult Ivo aan.

‘Ja.’

Hij ligt er weer, in mijn gedachten. De vreemde knik in zijn nek, zijn paarse gelaatskleur. Een pop. Niet echt. Niet meer Simon.

‘Je hoeft mij niet te overtuigen. Het maakt mij allemaal geen ene flikker meer uit.’

Ik zucht. Ik voel alle kracht, alle afweer uit me vloeien, op het grauwe, versleten laminaat van Ivo’s troosteloze appartement.

‘Ze dreigen mijn zoontje iets aan te doen. Geloof me, als ik die poen had, had ik die allang teruggegeven.’

‘Hm,’ murmelt Ivo. Hij komt weer overeind en loopt naar het raam, waarvoor beige lamellen hangen. Hij schuift ze opzij en kijkt naar buiten.

‘Dat is volgens mij bluf, Karen. Bovendien, jouw zoontje is bloed.’

‘Joop was ook bloed.’

‘Slecht bloed en oud. Beter kwijt dan rijk, toch? Maar je had je zoon niet weg moeten houden van de jongens.’

'Ik maak uit jouw woorden op dat het de drie T's zijn voor wie ik bang moet zijn?'

'Kan me niet voorstellen, echt, serieus, het zijn boefjes... maar wel met een hart.'

'Zullen we gaan, mam?' vraagt Sophie dwingend.

'Waar haal ik twee miljoen vandaan?'

Ivo lacht. 'Niet hier! Kijk effe om je heen.'

'Mam!'

'Je dochter wil weg, Karen.'

Ik kijk hem smekend aan. De tranen glijden over mijn wangen.

'Ik zou Angela bellen. Die andere lafaard die ineens naar Mallorca vertrok. We hebben ons allemaal afgevraagd waar zij de poen vandaan haalde.'

'Maar ze is terug.'

'Hahaha, ja bij die sukkel. De poen was zeker op.'

Wanneer we weer buiten staan en Sophie haar telefoon checkt, zegt ze: 'Annabelle heeft gebeld.'

'Nou, bel haar terug dan!'

Sophie belt haar, en daarna nog een keer. Ze neemt niet op.

'Blijven proberen,' zeg ik, terwijl we naar het hotel lopen.

'En app haar het adres van ons hotel.'

Annabelle

Ik sliep niet meer. Geen nacht. Ik deed er alles aan. Mijn telefoon uit na acht uur 's avonds. Geen koffie meer na twaalf uur. Helemaal geen koffie meer. Liters slaapthee. Druppels valeriaan. Melatonine. Een slaapmeditatie-app. Een vrolijk boek lezen in bed. Slaapmasker. Oordoppen. Ontspannende yoga-oefeningen. Ademhalen. Temazepam. Temazepam met een glaasje rode wijn. Masturberen. Het lukte niet. Ik kwam niet meer klaar. Zodra ik ging liggen en het licht uitknipte, doemden de gedachten op, en daarmee een giftige stortvloed van angst, zelfhaat, schuld en schaamte. In de eerste plaats voelde ik me een verrader. Ik had geneukt met de vijand, de halfbroer van mijn broertje, feitelijk had ik zijn onschuld bezoedeld en zijn veiligheid op het spel gezet. Was het slechte seks, of verkrachting? En wat was dat vage gelul over twee miljoen die mijn moeder zou hebben? Had zij Simon van de trap geduwd? Nee, natuurlijk niet. Alles was tot in den treure besproken in de rechtszaal. Deze vragen maakten van mijn brein een grauwe brij vol gitzwarte herhalingen van wat er was gebeurd. Ik leek Sophie wel. Alles groter maken, iedere kwestie omkeren, uithollen, terugkoppelen naar ons verlies. Wensen dat we normaal waren. Ik begon mezelf lelijk te vinden, en vies, en ook dat haatte ik dan weer. Soms viel ik in een korte slaap en droomde ik dat hij zijn piemel in mijn mond stopte, waardoor ik stikte. Of dat ik hem vermoordde. Dan schrok ik wakker en begon alles weer opnieuw. Ik wilde hem pijn doen, maar ik wilde ook dat hij me begreep.

’s Morgens rond een uur of vier stond ik op om mezelf af te leiden van deze gedachte-orgie. Ga een boek lezen. De was doen. Schrijf in je dagboek, sprak ik mezelf toe. Ik probeerde te begrijpen waarom de man op wie ik vroeger zo verliefd was nu zo’n eikel was geworden. Ooit zetten we ons samen af tegen de heisa van onze ouders, ooit voelden we ons diep met elkaar verbonden. En zo voelde ik het nog. Maar nu diep verbonden door iets grimmigs.

Aan het einde van zo’n nacht kwam ik tot de conclusie dat ik me aanstelde en het totaal verkeerd had begrepen. Ik maakte een grote denkfout. Het was niks. Nog geen kwartier van mijn leven. Iets in mij gaf hem de schuld van mijn labiele staat, maar misschien was ik gewoon een beetje overspannen. Er zat al veel stress in mij, de seks met Thomas had het alleen maar erger gemaakt. En nu moest ik weer tot mezelf komen. Door er zo min mogelijk aan te denken, en er zeker niet over te praten met mijn vriendinnen, die het alleen maar erger zouden maken, laat staan mijn moeder. Om nog maar te zwijgen over wat het met haar zou doen. Als ik er al over wilde praten, dan moest ik dat met hem doen. Hij zou de angel eruit kunnen halen.

Het zou ook kunnen dat hij een probleem had. Zoveel mannen hadden dat tegenwoordig, een soort seksverslaving. Dat hij het niet kan helpen, dat de drang te groot is. Dat zou in zijn geval helemaal niet raar zijn, want hij was een getraumatiseerd mens. Ik googelde iedere psychische stoornis die hij mogelijkerwijs kon hebben. Seksverslaving, narcisme, posttraumatische stressstoornis, gaslighting. Volgens internet had hij het allemaal.

Vervolgens vroeg ik me af waarom ik zo obsessief met hem bezig was. Ook die antwoorden waren te vinden op Google. Het kwam erop neer dat ik een liefdesverslaving had, of aan het Wendy-syndroom leed. Maar ik wist dat ik eigenlijk de oude Thomas zocht. De jongen met wie ik uren op de bank lag te kletsen, en die nummers van Frank Sinatra opzette. Hij had mijn vader gekend, ik de zijne. Ik hield van zijn lach.

Ik las alles wat ik online kon vinden over de strafzaak destijds. Nergens stond iets over een verdwenen twee miljoen, noch over mijn moeders vermeende betrokkenheid bij Simons dood. In mijn herinnering is alles uit die tijd een grote *blur*. Het ongeluk van pap, onze verhuizing, daarna de dood van Simon. Eén grote aaneenschakeling van verdriet, mensen die zich met alles bemoeiden, vragen stelden, een continue staat van angst die me nooit helemaal heeft verlaten. Hoewel Patricia en haar vader werden veroordeeld voor de moord op Simon, vroeg ik me af wat ik ervan vond als het waar was wat Thomas had gezegd. Zou mijn moeder daartoe in staat zijn, om iemand te doden?

Ik ging uit eten met mijn enige single vriendin: Sterre. Ze vond me er moe uitzien. Zij zag eruit zoals ze er altijd uitzag, nonchalant knap. We dronken een Aperol Spritz op de Grote Markt en ik vroeg naar haar seksleven.

'Non-existent,' antwoordde ze.

Ik vertelde over mijn onenightstand met een zogenaamde Tinderdate, en dat hij mij bij de keel had gepakt.

'Ja, dat doen ze tegenwoordig,' antwoordde Sterre. 'Dat zien ze in pornofilms. Choken, in je tepels bijten, op je kut of je billen slaan, aan je haren trekken. Heel irritant. Zeker als je hair-extentions hebt.'

We lachten erom.

'Dus dit is het nieuwe normaal?' vroeg ik.

'Blijkbaar. Ik hoor er van andere vriendinnen ook over. Ze willen ook allemaal meteen anaal. Die gasten hebben twee jaar porno op hun computer gekeken, tijdens de lockdown...'

'We zitten weer lekker te generaliseren,' zei ik.

'Ja. Zo krijgen we nooit een man!'

We bestelden nog een Aperol Spritz. De drank gaf me moed.

'Eerlijk gezegd, ik voel me er rot over. Als ik mijn ogen dichtdoe, doemen die beelden meteen op...'

'Ja, die schaamte,' zei ze. 'Die is ons aangeleerd. Maar je hoeft je nergens voor te schamen, hoor. Zoiets hebben we allemaal weleens meegemaakt, toch? Volgende keer beter. Gewoon terug choken.' Sterre grinnikte terwijl ze met haar handen een fictieve gast wurgde. Daarna verstrakte haar gezicht.

'Nee, maar serieus nu. Denk je dat je verkracht bent of zo?'

Ik scheurde een tweede bierviltje in stukjes.

'Dat vind ik een heel naar en groot woord.'

'Zo, nou, is het ook. Ik vind het ingewikkeld. Soms is seks niet leuk. Dan is het lelijk, of mislukt. Zoals een soufflé. Plof. Leek zo mooi, maar binnen een minuut stort het in. Is het dan verkrachting?'

'Nee, natuurlijk niet.'

We staarden allebei even naar onze telefoon.

'Ik vraag me vooral af of hij ook schuld, schaamte en spijt voelt.'

'Heeft hij nog iets laten horen?'

Ik schudde mijn hoofd.

'Gewoon een klootzak dus.'

Ik had spijt dat ik erover was begonnen.

'Laten we gaan eten,' zei ik.

'Ja,' antwoordde Sterre verheugd. 'En daarna gaan we de kroeg in en zoeken we een paar leuke gasten.'

's Nachts belde ik dronken mijn moeder.

'Belle? Wat is er?' riep ze paniekerig.

'Ik kan niet slapen,' zei ik. 'Al heel lang niet.'

'O god, kind... Ik schrik me dood, werkelijk.'

Voor mijn moeder telden alleen grote rampen. Nachtelijke telefoontjes betekenden ongelukken, ernstige ziektes, brand. Ongelukkig zijn behoorde daar niet toe.

'Ach arme schat... Wat rot voor je. Heb je melk met honing geprobeerd?'

Ik meende een lichte irritatie in haar stem te horen. Natuurlijk had ik dat gedaan. En alle andere dingen. Ik kon haar onmogelijk vertellen over Thomas, en al helemaal niet over onze *awkward* seks. Ze zou gek worden.

'Lieverd, kom morgen lekker bij ons. Dan ga je in bad, en maak ik kip met frietjes...'

Dit was haar uiting van moederliefde. Koken. In de watten leggen. Mijn lievelingsgebakjes in huis halen. Mijn moeder had altijd te veel andere zorgen. Morgen zou ze die allemaal met mij delen. Mik werd gepest, Sophie at niet. Haar werk was saai. Ze moest alles alleen doen. Meer kon ze er niet bij hebben.

'Maar wie zorgt er voor mij?' zou ze zeggen na een paar glazen rode wijn.

Wij, mam. Al jaren.

'Oké, mam dat doe ik. Kom ik lekker op tijd.'

'Misschien wil je mee naar voetbal, met Mik?'

'Dat is iets té op tijd.'

Ik zag plots voor me hoe ze seks had met Simon. Hem met de tas vol geld betrapte. Hoe ze worstelden. Het leek ineens zo logisch. Ik voelde ook mijn moeders teleurstelling in hem. De man die ze eindelijk veroverd dacht te hebben, bleek alleen maar uit op de poen die pap van hem stal. Ik hield zoveel van mijn moeder. Ik werd misselijk van deze gedachten. Ik baalde dat Thomas deze twijfels in me had geplant en van de verwijdering die dit zaadje zou veroorzaken. Mijn moeder was mijn held, een toonbeeld van veerkracht. Steeds moest ze opnieuw beginnen. Maar misschien had het haar ook afgestompt, een vechter van haar gemaakt, iemand die zich niets meer liet afnemen. Onder de juiste omstandigheden is ieder mens in staat tot moord, dat zei ze zelf ooit tegen me, over Patricia. Misschien ging dat ook over haarzelf.

Sophie

We zijn terug op onze hotelkamer. Hotelkast is een beter woord voor deze beige vierkante meter. Mam probeert het smalle raam verder open te krijgen dan het kiertje dat is toegestaan.

'Het stinkt hier,' zegt ze.

'Mam. Laat gaan. We moeten aan het werk.'

Ik pak de twee blikjes bier die ik in de snackbar had gekocht uit de minikoelkast.

'De gedachte dat Mik ergens wacht tot wij hem komen redden, terwijl wij ondertussen geen steek verder komen, het is onverdraaglijk,' zegt ze.

'Het is die lijst van Patricia... Ik geloof dat Ivo gelijk heeft.'

'Je bedoelt dat dat geld helemaal niks uitmaakt?'

Ze knikt. Ze zit erbij als een geknakt takje. 'Dit is haar wraak. Over haar dood heen regeren. Mij pakken op mijn kwetsbaarste punt.'

'Maar iemand voert het uit. Haar zonen, denk ik.'

Mam schudt haar hoofd. 'Ze zou haar jongens nooit zulke risico's laten nemen. Wellicht Beau en Luuk...'

'Babette?'

'Nee, die is niet gek, die heeft de binnenkant van de gevangenis al eens gezien. Ik denk dat ze iemand van buiten heeft ingehuurd om ons af te straffen.'

Ik geef haar het koude blikje en aai over haar rug. Het voelt ongemakkelijk. Ik vraag me af wanneer de intimiteit tussen ons is verdwenen. Ooit leefde ik op haar schoot, aan haar arm, tegen haar zachte buik aan. Waarom voel ik dan nu zo'n weerzin bij het aanraken van haar intens ongelukkige lijf?

Haar rug begint te schokken. Er rolt een soort vreemde grom uit haar longen. 'Ik wil gewoon mijn kind terug,' huilt ze, als een bange, gewonde hond. Ze klauwt zich aan me vast, haar neus in mijn hals, haar snot en tranen op mijn wangen. 'Wat moet ik doen? Kan iemand me dat vertellen? Ik doe alles.'

'Mam,' stamel ik en ik streel haar kleine hoofd, haar dunne haren, ik omhels haar door mijn weerstand heen. 'Luister, lieve mama, we gaan Mik terughalen. Hij komt terug, hoe dan ook. Hoe jij je nu voelt, dat is precies wat ze willen.'

Ik neem haar gezicht in mijn handen, zoals ze vroeger bij mij deed. Ik veeg de tranen van haar vertrokken gezicht en kus haar op haar voorhoofd. Ze ruikt naar appel en angstzweet.

'Kijk eens wat ik heb meegenomen,' zeg ik en ik haal het verfrommelde pakje Marlboro van Ivo uit mijn zak.

Ze schiet in de lach.

'Nou ja.'

'Wil je?'

'Dit is echt idioot.'

Met een trillende hand pulkt ze een sigaret uit het pakje.

'Ik kan toch niet gaan roken met mijn kind naast me.'

'Deze kamer schreeuwt erom,' zeg ik.

'Alles schreeuwt erom,' zegt zij.

'Ik ben ook geen kind meer,' zeg ik.

Bij het kiertje van het raam blazen we om de beurt de rook naar buiten. We weten nog steeds niks, zegt ze.

'Nee, mam. We weten best veel.' Ik neem een slok uit het blikje.

'Wat dan?'

'We weten dat er een lijst is, waar jij vermoedelijk op staat.'

'Dat brengt ons nog niet naar Mik, of naar twee miljoen. Googel jij Angela eens.'

'Oké, wat is haar achternaam ook alweer?'

'Bijlsma. Hoewel, ze is gescheiden... Ik heb geen idee wat haar meisjesnaam is.'

'Misschien via de Insta van een van haar kinderen? Die saaie vegan sliert van vanochtend?'

'Daan.'

Ik tik bij de zoekbalk van Instagram de naam Daan Bijlsma en hoppa, hij komt meteen tevoorschijn. Een tijdlijn vol foto's van Daan in een bad vol ijsblokjes, Daan die in de regen een marathon rent, Daan die met skibril en zakdoek voor zijn mond over Burning Man fietst, Daan in yoga-pose op een Ibiziaanse rots, voor zijn restaurant House of Veggies en stralend met zijn moeder en zus voor de entree van Finca Angelina.

'Mijn hemel,' zegt mam. 'Weet je nog die kerstavond, toen pap net dood was, met oma. Volgens mij was Angela lam toen ze binnenkwamen. Het geld zat in die kippen in de vriezer.'

Mam vergroot met haar vingers de foto van Angela en Daan. 'Ik weet zeker dat ze dat toen heeft gezien. Ze zat steeds in de koelkast te rommelen.'

'En dan gaan we haar nu bellen en zeggen: "Yo Angela, heb je nog wat over?"'

Mam loopt naar het nachtkastje en pakt het notitieblokje en een pen uit de neplederen map waarin de hotelinformatie zit.

'Wat ga je doen?' vraag ik.

'We moeten het overzichtelijk maken.'

Ze geeft me het notitieblokje. Ik schrijf al hun namen op, met daaronder de namen van hun kinderen.

'Ze zijn óf dood, óf gescheiden,' zeg ik.

'Ja. Al dat geld, al die macht... Het heeft niemand gelukkig gemaakt.'

'Misschien hun kinderen wel...'

'Dat is het verhaal, hè, dat is wat je jezelf wijsmaakt. Dat je het doet voor hen, zodat zij het beter hebben. Twee keer per jaar skiën, omdat het zo enig is met je kinderen. Een grote dure auto, omdat het zo veilig is voor je kinderen. Appartementje in Amsterdam, voor later, voor de kinderen. Buiten wonen, zodat de kinderen op straat kunnen spelen. Een huis met een tuin, nog groter, met een aparte badkamer voor de kinderen. Op safari, want dat vinden de kinderen natuurlijk fantastisch. Een trampoline, een dure witte school, jassen gevuld met ganzendons, op hockey of skiles, surfkamp, een eigen paard, als het maar duur is. Alsof kinderen schreeuwend om spullen uit de baarmoeder komen.'

'Ja, mam, ik snap het. Jullie waren niet anders, hè. En nu we volwassen zijn, ons verwijten dat we niks aankunnen en ons *snowflakes* noemen.'

Ik leg het briefje met alle gezinnen op het hoofdkussen.

'En die Angela,' zeg ik. 'Als jullie theorie van de lijst klopt, is zij ook haar leven niet zeker...'

'Ivo wees me niet voor niets op het feit dat zij het geld gepakt heeft.'

'En Ivo zelf?'

'Ivo doet geheimzinnig, maar hij kent alle details, was overal bij betrokken, dat zielige gedoe in zijn armoedige appartement... Ik denk dat het wel meevalt.'

Mam pakt het pakje sigaretten, gooit er een scheut bier in en smijt het in de prullenbak.

'Zo. Weg hiermee.'

'Maar Angela en ik zijn uit de eetclub gestapt,' zegt mam. 'Wij zijn de verraders.'

'En Babette, met haar vierendertigduizend euro kostende Birkin Bag?'

'Jij hebt haar toespraak niet gehoord,' zeg ik. 'Ze was op het laatst Patricia's beste vriendin. En ze zorgden voor elkaars kinderen.'

'Ik weet het. Ik heb haar gesproken bij hun huis.'

'Nou, in haar toespraak was het een en al dankbaarheid. Misschien hebben ze haar ook in de tang.'

Mam loopt naar de stoel waarop we onze jassen hebben gegooid, en zoekt in alle zakken.

'Hier, ze gaf me haar kaartje.'

We staren naar de tekst.

Babette Struyk
Real Estate & Interior Design
Rondelaan 9
1861 XX *Bergen* NH

'Jezus joh, ze woont gewoon weer op haar oude adres. In hun huis, dat ze zelf heeft laten affikken.'

Ik heb het koud en voel een zeurende pijn in mijn bovenbenen opkomen. Precies wat ik nu niet kan gebruiken.

'Heb jij tampons of zo?' vraag ik mam.

'Lieverd, die heb ik al een jaar niet meer...'

'Het is ook laat,' zeg ik. Wat dat met ongesteld worden te maken heeft, weet ik niet. Ik merk dat de moed me in de schoenen zinkt.

'Ik kan niet gaan slapen, Soof,' zegt mama. 'Ik moet bezig blijven. Ieder uur is er een.'

'Maar nu zitten we elkaar alleen maar gek te maken. We zien een heel complot, terwijl... Is het niet wat het is? Ze hebben Mik ontvoerd omdat ze die poen terug willen. Criminelen hebben een lang geheugen, en misschien heeft Patricia's dood iemand doen ontwaken. Durven ze er nu pas achteraan te gaan. Ik kom steeds weer terug bij de vraag: waarom gaan we niet naar de politie?'

'Nee,' zegt mam. 'Nee. We kunnen dat risico niet lopen.'

'Zouden ze Mik echt iets aandoen?'

'Ze hebben hem al iets aangedaan. Of vind jij een dergelijke ontvoering normaal?'

'Het zou ook kunnen dat je het niet wilt omdat je dan moet uitleggen dat je dat geld nooit hebt opgegeven.'

'Wat is dat nou voor kutopmerking!'

Als we in bed liggen in het donker, zo ver als mogelijk uit elkaar, en beiden doen alsof we slapen, zegt mam ineens: 'Waarom horen we niets van Belle?'

'Ze appt me wel, hoor,' zeg ik. 'Ik denk dat ze zich enorm schaamt.'

Karen

Niemand kan mij meer kwetsen dan Sophie. Sinds zij in therapie zit, en dat zit ze al een tijdje, is haar assertiviteit soms niet te verteren. Alsof ze me niet vertrouwt en ik het slechtste wezen ben dat ze kent. Al haar ongemakken komen kennelijk voort uit haar jeugd, uit mij om precies te zijn, want haar vader, die er zelden voor haar was, heeft ze tot een heilige verklaard. Ze heeft geen idee hoeveel pijn ze me hiermee doet. En ik weet heus wel dat ze vaak gelijk heeft. Ik heb fouten gemaakt. Ik heb mijn dochters te vaak niet gezien en gehoord. Ik was bezig met andere dingen. Verhuizen, werken, geldzorgen, een nieuw leven opbouwen, weer verhuizen. Ze deden het altijd goed. Ze aten, ze sliepen, ze lachten, ze maakten vrienden, ze waren aanhankelijk, ze leerden goed. Maar makkelijke kinderen maken nog geen makkelijke pubers, en al helemaal geen makkelijke volwassenen.

Het is nog donker wanneer ik het hotel uit sluip. Sophie slaapt eindelijk. Wanneer ik in de auto stap, gaat de telefoon. Met trillende handen neem ik op.

'Heb je het geld?' vraagt de vervormde stem.

'Bijna,' zeg ik.

'Je liegt. Je zoon heeft het goed. Hij weet nu wat je gedaan hebt.'

Ik hoor gerommel, een ruis, en dan ineens: 'Heb jij papa vermoord?'

Het is Mik. Hij stikt bijna in zijn tranen. Ik wil door de telefoon kruipen. Net als ik hem gerust wil stellen, is de mannenstem terug.

'Vanavond om zeven uur verwachten we het geld in biljetten van vijftig. Je rijdt naar de McDonald's Alkmaar West en gooit de tas in de op een-na-laatste prullenbak, de blauwe container. Als de tas er niet in ligt, gaat zijn eerste vinger eraf.'

'Nee! Ik heb het, echt! Ik kom eraan hoor, Mik!' roep ik.

'Mik, wil je mama nog spreken?'

'Nee, nooit meer. Ze is mijn mama niet meer. Ze is een moordenares.'

'Je hoort het. Hij wil je niet meer.'

Pas wanneer ik op het strand ben schreeuw ik. De gedachte dat Mik, mijn Mikkie, mijn kleine jongetje kapot wordt gemaakt, maakt me gek. Ik had nog veel verder weg moeten gaan.

Ik loop met mijn handen onder mijn oksels geklemd om mezelf bij elkaar te houden. De wind zandstraalt mijn gezicht. Ik denk aan mensen die de zee in lopen, en ik begrijp ze. Ik begrijp Michel. Laat het ophouden, dit leven. Neem mij, niet Mik. Begrijpen is één ding, het doen een tweede. Ik heb Michel erom gehaat. Ik haat hem nog steeds. Als hij dit niet had gedaan, zaten we nu niet in deze situatie. Als ik dat geld meteen had teruggegeven waarschijnlijk ook niet. Waarom hield ik het? Ik heb er alleen slechte excuses voor. Appeltje voor de dorst. Een nieuw leven, iets minder hard werken. Voor de kinderen later, het enige tastbare dat Michel ons naliet. Bloedgeld.

Mijn voeten slepen zich door het hoge zand. Het wordt langzaam lichter. Ik probeer met diep inademen van de zilte lucht rustig te worden. Ik moet kalmeren om nuchter te kunnen nadenken. Afstand nemen en overzicht krijgen. Dat heb ik nodig. Ze zullen Mik niet doden, maar wel tegen me opzetten. Ze hebben hem aan hun kant gekregen. Een giftig, zwart zaadje van haat in hem geplant.

Ik weet niet hoelang ik loop. In de verte doemen de rook uitstotende torens van Tata Steel op. Ik plof neer in het vochtige zand en staar over de grijze zee. Het lijkt alsof iemand of iets daar zwemt. Ik focus op het bewegende bolletje en dan zie ik dat er meer bolletjes zijn. In eerste instantie denk ik aan zeehonden of dolfijnen. Tot ik een klein bootje zie dobberen en de bolletjes dichterbij komen. Ik kijk om me heen. Er is niemand op het strand. Op enkele honderden meters rechts van me blijken de bolletjes mensen in duikpak. Ze rennen in de ochtendschemering het strand op, naar de houten keet die tegen de duinen staat. Als ik weer naar de zee kijk, is het bootje verdwenen. En de mensen in duikpak ook. In de houten keet blijft het donker.

Mijn billen zijn versteend van de natte kou, en ik moet plassen. Ik sta op en veeg het zand van mijn broek. Met de wind in mijn rug loop ik richting de keet. Mijn hart gaat als een bezetene tekeer. Ik weet niet wat me meer verontrust: dat ik zojuist getuige was van een drugsdropping, of dat ik zo de weg kwijt ben dat ik niet zeker weet of wat ik zag ook werkelijk plaatsvond. Wanneer ik bij de keet kom, zie ik dat het de surfschool van Mees is. Ineengedoken haast ik me uit het zicht.

Waar drugs is, is geld. Veel geld. Ik herinner me ook de zak hondenvoer vol pillen in de kelder van de drie broers. En aan de woorden van Sophie. 'Je bent een heel complot aan het uitdenken.' Maar er ís ook een heel complot. Mees maakt deel uit van een heel nieuwe Brotherhood, bestaande uit de nazaten, en deze nieuwe Brotherhood is van de witteboordencriminaliteit van hun vaders afgezakt naar de echte onderwereld.

Achter me hoor ik het gehijg van een jogger. Babette holt me ineens voorbij alsof ik er niet ben, zogenaamd diep in gedachten, luisterend naar de witte EarPods in haar oren. Ik herken haar parfum, haar kwieke tred, de wapperende blonde paardenstaart. Onmiddellijk zet ik het ook op een rennen. Ik hol en roep haar naam. Babette jogt gestaag door. Ik versnel en ploeg voort, mijn hele lichaam gooi ik erin. Mijn longen beginnen te branden, maar ik kom dichterbij.

Wanneer ik haar inhaal en mallotig voor haar spring, valt ze bijna om van de schrik.

'O mijn god,' roept ze hijgend uit. 'Karen!'

Ze peutert de EarPods uit haar oren en stopt ze keurig in het doosje dat ze uit haar tijgerprint legging tevoorschijn tovert. 'Was je ook aan het hardlopen? Ik heb je helemaal niet gezien, sorry, ik was even helemaal in gedachten verzonken.'

'Ik was aan het lopen,' zeg ik. Mijn natte broek schuurt om mijn dijbenen, mijn haren waaien op als uitgekauwd touw.

'O ik hou hier toch zo van,' zegt ze, terwijl ze haar handen in haar zij zet en haar benen uitschudt.

'Waarvan?'

'Hup, mijn bed uit en naar het strand. Stukje zwemmen, stukje hardlopen. Zo verfrissend. Ik wil de meute vóór zijn. Zie je? Daar komen ze al. De senioren met hun hondjes.' Ze wijst naar de hoofdafgang. 'Maar goed je te zien, schat. Kom.'

Ze spreidt haar armen en drukt me tegen zich aan.

'Heb je tijd voor een koffietje?' vraag ik. Koffietje. Dat woord heb ik in geen jaren meer gebruikt.

'Tuurlijk. Ja. Leuk! Ik weet alleen niet of er iets open is op dit tijdstip.'

'Vast wel.'

We lopen langs de vloedlijn en praten wat over elkaars kinderen. Het valt even stil nadat Babette zegt dat haar jongens het zakelijk talent van hun vader hebben.

‘Mijn kinderen hebben geen enkel zakelijk talent,’ zeg ik. Gelukkig, denk ik daarbij.

‘Jullie waren altijd al de creatievelingen,’ zegt Babette. ‘Maar hoe bijzonder is dat, dat we ze mogen zien opgroeien, en hoe ze zich ontwikkelen tot volwassenen, tot individuen met een geheel eigen mening en eigen inzichten.’

‘Heel bijzonder,’ zeg ik en het verbaast me weer hoe deze mensen alles heel bijzonder noemen, en fantastisch of subliem, terwijl het ondertussen één grote, rotte puinhoop is. Faillissementen, dode ouders, afrekeningen, drugs dealende kinderen worden niet benoemd. En maar blijven doen of ze zowel doodnormaal als superbijzonder zijn.

Uiteindelijk vinden we een hotel waar in de bloedhete serre al koffie wordt geserveerd. Babette lijkt niet op haar gemak. Met mij koffiedrinken hoorde duidelijk niet bij haar plan. Ik bedenk dat het wel erg toevallig is dat ook zij bij Mees’ surfschool liep net toen er een lading drugs werd geleverd.

‘Pfff, wat een muffe hitte, ik krijg hier TBS-vibes,’ zegt ze wanneer de serveerster ons een slappe cappuccino met een in cellofaan verpakt koekje voorzet.

‘Ik hoorde dat je een mooie toespraak hield gisteren.’

‘O ja? Dank je. Was je er niet bij dan?’

Ik haal het cellofaan van het koekje. Ik heb geen honger, maar ik moet iets eten.

‘Ik kon het even niet meer aan,’ lieg ik.

‘Snap ik. Voor mij was het ook heel moeilijk. We hebben te veel begrafenissen meegemaakt. Maar niemand wilde iets zeggen. En ik wilde toch, voor de jongens…’

‘Bij het huis noemde je haar een “heks”.’

‘Was ze toch ook? We kunnen toch eerlijk zijn onder mekaar?’

Ik moet nog steeds plassen, maar ik ben bang dat als ik naar de wc ga, ze ervandoor gaat.

'Ik begrijp dat Patricia een hitlijst heeft nagelaten.'

'Met wat?'

'Met mensen die haar hebben verraden.'

'Hoe kom je daar in hemelsnaam bij?'

'Denk je dat jij er ook op staat?'

'Ik heb mijn prijs betaald. Vijf jongens opgevangen, geheel in haar stijl. Ik heb voor haar gezorgd, de laatste paar weken. We hebben alles uitgesproken, alles gezegd. Het was ontzettend mooi, eigenlijk. Niets is aan de oppervlakte gebleven. Zo transparant, zo liefdevol.'

'Liefdevol,' herhaal ik en ik schiet bijna in de lach.

'Ja, dat kan. Bij leven is Patricia voor sommige mensen niet zo goed geweest. Ook door haar afkomst, haar vader. We herkenden dat in elkaar. Zoals je weet is mijn verleden ook niet brandschoon, mijn jeugd was ook niet al te florissant. En jij, jij was ook niet altijd even betrouwbaar. We hebben elkaar verraden. En toch, hier zitten we, aan de koffie. Mensen verdienen toch ook een tweede kans? Ik heb die van haar gekregen, en ik vond dat Patricia die ook verdiende. En het is allemaal zo lang geleden.' Ze sluit haar ogen kort en laat haar hoofd naar achteren vallen.

'Je kunt moord en doodslag niet vergelijken met wat ik heb gedaan...' zeg ik.

'Jij hebt twee miljoen verduisterd.'

'Negen ton,' zeg ik voor de zoveelste keer. 'Waarom heeft iedereen het over twee miljoen? Het was negen ton dat ik aantrof in Michels tas.'

Babette zucht.

'Whatever, je hield het achter, terwijl je alle anderen verraadde. Ik snap ook niet zo goed waarom je niet gewoon 'Ja, dat was ontzettend stom van me' kunt zeggen. Zoals wij dat inmiddels wél kunnen.'

Ik sla mijn benen over elkaar. Mijn blaas staat op knappen.

'Dat leer je natuurlijk in de gevangenis.'

'Inderdaad.' Ze brengt het kopje naar haar mond en neemt een kleine slok.

'Jij zei ooit tegen mij: "Je kunt de eetclub niet achter je laten," weet je nog?'

'Klopt.'

'Je zei: "Ze kunnen je gek maken. Ze kunnen je doden. En daarom is het beter om niets te zien en niets te weten."'

'Karen, ik herinner me ons gesprek net zo goed als jij. Wat is je punt?'

'Ik ben bang dat ik op die hitlijst sta, en ik denk dat jij er meer van weet, door je intieme relatie met Patricia.'

'Maar wie zegt dat, van die hitlijst?'

'Dat hou ik liever voor mezelf.'

'Die malle Ivo zeker met zijn gezuip. Dat jij na al je ervaring zo'n figuur nog steeds gelooft, Karen.'

Ik staar naar haar. Haar mondhoeken krullen omhoog. Ze legt haar hand om haar hals, die nog steeds zo glad is als tien jaar geleden. Haar arm is een tanig afgetraind stokje. Ze is het diapositief van Ivo.

'Weet je wat ik nou zo mooi vind, lieverd? Kijk ons nou. We zijn er nog steeds. We overleven iedereen. In ieder geval de mannen.' Ze glimlacht zoals alleen zij kan glimlachen. Beeldschoon en onpeilbaar. 'Wat ik wel kwijt wil,' gaat ze verder, wenkend naar de serveerster om nog een kop koffie. 'Dat de jongens zo graag hun kleine broertje willen leren kennen. Waarom hou je hem zo ver bij hen vandaan?'

'Ik denk dat jij dat prima begrijpt.' Het bloed stijgt naar mijn wangen. 'Er is zoveel gebeurd... Ik wilde alles uitwissen. Helemaal opnieuw beginnen. Een betere moeder voor mijn kinderen zijn, zo ver weg als mogelijk van die familie.'

Er valt een stilte. Babette pulkt met haar lange, roodgelakte nagels aan een hangend draadje van haar trainingsjasje.

'Maar ben je wel een goede moeder als je hem...'

'Mik,' zeg ik. 'Hij heet Mik.'

'Als je Mik bij zijn halfbroers weghoudt?'

'In dit geval vind ik van wel.'

'Heb je een foto?'

'Ja,' antwoord ik, maar dan realiseer ik me dat ik geen telefoon heb. 'Maar die ligt thuis... op de hotelkamer. Laat ik de volgende keer zien.'

'Wie is er nu bij hem?'

'Annabelle,' lieg ik. Babette kijkt me glimlachend aan. Als ze al weet van Miks ontvoering, dan weet ze dat goed te verbergen.

'O, die leuke meid. Zulke schatten, die meiden van jou. Wees er maar blij mee. Een stuk makkelijker dan jongens!'

'Vertel,' zeg ik. 'Wat is er zo moeilijk aan die jongens dan?'

'Poeh. Heb je even?' Ze rolt met haar ogen. 'Nee, ik zeur maar wat. Het zijn toppers, stuk voor stuk. Maar wel zonder vader, hè. En Thomas, Thieu en Thies hebben nu ook geen moeder meer. Dat heeft ze een enorme knauw gegeven. Vooral de jongste. Met zijn rare blog of vlog of hoe heet zoiets.'

'Thieu, bedoel je?'

Babette knikt.

'Hij heeft zo'n behoefte aan gezien worden... En dat wordt hij nu. Ja, die jongens hebben wel wat woede in zich.'

'Zou het genetisch zijn?'

'Serieus, het ís genetisch, dat kan bijna niet anders.'

'Sorry,' zeg ik. 'Ik moet zo nodig plassen... Niet weggaan!'

Ik haast me een lange hal door en twee trappen af en plas zo snel mogelijk. Ik moet het haar vragen, denk ik. Ik heb geen keuze. Voor het eind van de middag heb ik het geld nodig.

Bij terugkomst zit Babette niet meer aan onze tafel. Godverdomme. Onder haar kopje ligt vijftien euro. Haastig loop ik naar buiten en daar staat ze, rokend tegen de verweerde muur.

'Ik hield het daarbinnen niet meer,' zegt ze. 'Wil je ook?'

Ze houdt me een pakje sigaretten voor en ik haal er eentje uit.

'Karen,' zegt ze, terwijl ze een aansteker uitsteekt. 'Ik weet het. Van je zoon.'

'Wat? Wat weet je precies?'

'Duh. Hij is ontvoerd, jij hebt geld nodig. De jongens hebben het me verteld.'

Babette ontwijkt mijn blik.

'Ironisch, niet? Dat je dit nu uitgerekend aan mij moet vragen?' Babette inhaleert diep en blaast dan de rook vlak naast mijn gezicht uit.

'Ik heb nog helemaal niks gevraagd.'

'Lieverd, luister. De jongens van Patries zijn geen lieverdjes. Ze zijn beschadigd en verwend. Ze hebben contact gezocht met Mik en ik heb ze gezegd: "Doe dat nou netjes. Via zijn moeder." Helaas hebben ze niet naar me geluisterd. Maar ik weet zeker dat zij hem nooit op zo'n manier zouden meenemen. Ze willen echt helpen. Ik ook. Dus vertel me wat je nodig hebt.'

Met haar lange vingers frunnikt ze aan haar paardenstaart. Ik schuif met mijn voet een bergje zand heen en weer.

Plotseling slaat ze haar armen om me heen en drukt me stevig tegen haar harde lijf.

'Ik vind het echt afschuwelijk. En ik snap wel wat je bedoelt met Patricia's hitlijst. Maar zo *evil* was zelfs zij niet. Ze zou nooit een kind laten ontvoeren, maar ook niet haar vader af laten knallen op haar eigen begrafenis. Hoe slecht die man verder ook was. Haar wraak zou subtieler zijn...'

'Als ik aan het eind van de middag het geld niet heb, gaat een van zijn vingers eraf...'

'Zie je? Dat is bepaald niet subtiel...' Haar hand streelt mijn natte, zoute wang.

'Hoeveel heb je nodig?'

Ik durf het niet te zeggen.

'Zeg het nou maar. Ik zorg ervoor.'

'Twee miljoen.'

Niets in haar gezicht schrikt van dit bedrag.

'Oké, schat, luister.' Ze haalt haar rinkelende telefoon tevoorschijn. Ik zie dat Beau haar belt. Ze drukt hem weg. 'Ik ga het regelen. Vertrouw me. Laten we rond een uur of twee afspreken op het parkeerterrein bij Huize Glory, weet je nog?'

'Waarom daar?'

'Ik moet daar zijn vanmiddag, omdat ik ben gevraagd de restyling van het hotel te doen. Momenteel staat het leeg, dus lekker rustig daar. Geen pottenkijkers. Laat het nu maar aan mij over.'

'Twee uur, Huize Glory, check.'

Annabelle

Hun blikken toen ik vertelde dat ik contact met Thomas had gehad, zal ik nooit vergeten. Ik, de verrader. Alles verpest. Alles waar ze zo verschrikkelijk veel moeite voor hadden gedaan, zo miserabel door waren geweest. Verhuizen, weer van school en vrienden wisselen, allemaal voor mama's parel, haar koningskind. Allemaal voor niks.

De woede in mama's ogen. Onvergeeflijk, had ze het genoemd. Sophie beet me toe dat ze me haatte. Ik zag hoe die twee direct samenklonken, in dezelfde groef schoten en mij buitensloten. Zoals het wel vaker was gegaan. Ze maakten vaak ruzie, maar dat kwam doordat ze hetzelfde waren. Ik was als pap, een eenling met geheimen.

'Jij blijft hier,' snauwde mijn moeder. 'En probeer die gast te bereiken.' En weg waren ze. Zo van streek dat ik bang was dat ze zich onderweg dood zouden rijden.

'Laten we nu eerst rustig nadenken,' had ik nog gezegd.

'Had dat zelf gedaan toen die eikel je een bericht stuurde!' schreeuwde Sophie.

Voor de miljoenste keer checkte ik het telefoonnummer van Thomas. Afgesloten. Zijn Instagram-account weg. Ik nestelde me in de bank, in het holletje waar Mik zich altijd ingroef, nam zijn kussen op schoot nadat ik eraan had geroken, en zette Miks Xbox aan. Buiten was het alweer donker. Mam en Soof waren nu al twee dagen weg.

Dit was wat Mik deed, zo gauw hij de kans kreeg. Ik had mam er vaak op aangesproken dat ik het niet normaal vond hoe vaak hij gamede.

'Ik vind het ook niet normaal, Annabelle,' zei mam geïrriteerd. 'Maar wat moet ik doen? Ik heb het al terug weten te brengen naar max. twee uur per dag, hij zit nu op voetbal, ik stimuleer hem vriendjes mee naar huis te nemen... Hij is gewoon anders.'

Volgens mij was Mik helemaal niet zo anders, maar groeide hij anders op. Met een bange, oudere moeder die niet meer de energie en het ego had om hem iets te ontzeggen. Wier hele leven om hem draaide. Ze was allang blij als hij zich binnen enkele meters van haar bevond.

In zijn account ging ik met de knopjes op de console door zijn gamevrienden, maar ik had geen idee waar te beginnen. Iemand aan de andere kant, die zich Transformer1861196 noemde, typte: 'Yo, bro.'

Ik wist niet eens hoe te antwoorden.

'Headset?' typte hij.

Ik keek om me heen en zag Miks headset in de mand vol kranten en tijdschriften liggen. Ik pakte hem en zette hem op mijn hoofd.

'Wanna join?' zei een jongensstem.

'Who are you?' vroeg ik, en boem, weg was hij.

In Miks kamer stortte ik in op zijn schattige, lelijke groene dekbedhoes die zo naar hem rook dat het was alsof hij er nog in lag. Naar banaan en biscuitjes en het zoete zweet van zijn stugge krullen. Alles raakte me. Zijn legobouwsels, het boek van *De gebroeders Leeuwenhart* naast zijn bed. Mam las dat voor, zoals ze het ons ook had voorgelezen. Hij leefde een onschuldig leven. Nooit zou het meer zo zijn. Als hij al terugkwam.

Dit was allemaal mijn schuld. Hoe kon ik, na alles wat we al hadden meegemaakt, zo naïef zijn? Niet naïef, maar hunkerend. Ik weet niet eens wat ik werkelijk zocht. De oude Thomas. De verbinding die we vroeger hadden. Maar dit zelfmedelijden ging Mik niet terugbrengen. Ik hees mezelf omhoog, veegde mijn tranen weg en begon te zoeken. In de kleine laatjes vol stiften, in doosjes waarin hij zijn technisch lego bewaarde, tussen de boeken die hij nooit las maar steevast van mama kreeg, in zijn kast vol naar verse was ruikende kleertjes, zijn blauwe Nike-rugzak, de lades onder zijn bed, door zijn schriften en uiteindelijk opende ik het spaarvarken dat ik hem zelf voor Sinterklaas had gegeven. Ik haalde er een briefje van twintig en twee briefjes van tien uit. En nog een stukje papier, duidelijk uit een tijdschrift gescheurd. Erop stond geschreven, in het brave schoolhandschrift van Mik: @transformnow.

Ik tikte het in op mijn telefoon. Het bleek een TikTok-account van een jongen die een zwarte hoody tot ver over zijn ogen droeg. Het account was privé. Ik googelde nogmaals, deze keer op transformnow. Ik swipete langs interimmanagementsites, privéklinieken, een Instagram-account met nul volgers en nul berichten, tot ik na lang scrollen bij een Twitter-account uitkwam dat me een naam gaf. En die naam zei me iets. Theo Bird. Ik ging snel terug naar Insta, typte Theo Bird in en daar was hij. De jongste broer van Thomas.

Theo Bird noemde zich een Wakkere Vogel. Onder de vraag 'Ben Jij Al Wakker?' stond een verwijzing naar een website: DeGroteOntwaking. Ik klikte op de link.

'DE GROTE ONTWAKING. Toonaangevend in Transformaties,' stond eronder. Gevolgd door een YouTube-filmpje waarin hij opriep tot een 'meet-up voor wakkere mensen', die klaar waren met de duistere agenda's. Voor tien euro kon je je inschrijven en leerde je alles over reptielen die zich hadden getransformeerd tot mensen, die leven met de natuur en wenselijke zaken affirmeren.

'Er zijn onlichte krachten bezig, die op een heel ander speelveld acteren dan dat jij aan het acteren bent. Wat goed dat jij nu de hand die God naar je heeft uitgestoken aangrijpt door deze link aan te klikken. Kom naar ons seminar, want het is heel belangrijk dat jij, nu je net bent ontwaakt, je niet alleen stort in je onderzoek naar verwerpelijke agenda's. Laten we dat samen doen! Wij gaan jou in staat stellen een bijdrage te leveren aan de grote ontwaking.'

Ik keek naar zijn gezicht, dat tien jaar geleden nog hoekig was en nu bleek zag van het blowen. Inmiddels had hij een ronde kop met Justin Bieber-coupe en droeg hij in het filmpje een te strak zittend wit overhemd met zwarte stropdas.

Op Twitter was zijn alter ego Theo Bird iets minder liefhebbend. Daar was hij vooral bezig met schelden op politici, het retweeten van fakenieuws en dreigen met tribunalen. Ik stuitte op een tweet aan Beau van Erven Dorens, waarin hij schreef dat iemand zijn kinderen zou moeten weghalen uit het duister, om ze te heropvoeden in 'het licht'. Het gaf me kippenvel. Was dat wat hij met Mik had gedaan? Zou Thomas ook zo denken? Welke bizarre afslag hadden deze jongens genomen?

Ik ging terug naar de website en klikte op de aanmeldingslink. De bijeenkomst was de volgende dag. Ik tikte een valse naam in en maakte een nieuw e-mailadres. Daarna stortte ik de gevraagde bijdrage van tien euro. De bevestigingsmail kwam direct in mijn inbox.

Hallo! En goedemorgen! Heb je lekker geslapen? Blij dat je wakker bent, want nu kunnen we aan Het Echte Werk beginnen! Je transformatie. Helaas moet ik de meet-up van morgen cancellen, want mijn moeder is naar de Hogere Wereld gegaan. Zodra er een nieuwe datum is, ontvang je een mail om je opnieuw aan te melden. Tot die tijd: laat je niet meer in slaap sussen! Hieronder wat links die je ogen nog meer zullen openen!

Onder het bericht stond een hele lijst met links naar vlogs, TikTok-accounts en vage YouTube-documentaires.

Nadat ik opnieuw Miks Minecraft opende, en in zijn contacten naar Transformer1861196 zocht, trof ik niets meer aan. Het hele account en alle bijbehorende berichten waren gewist.

Sophie

Mama is weg. Ik heb enorme spijt van wat ik tegen haar zei, vlak voordat we gingen slapen. Waarom moet ik altijd zo scherp tegen haar zijn? Waarom heb ik soms zo'n behoefte haar pijn te doen, haar te wijzen op haar fouten en tekortkomingen?

Omdat je je wilt losmaken, zegt de Sonja in mijn hoofd. Als je je emotioneel losmaakt van haar, hoop je dat het minder pijn doet, voel je je minder machteloos en angstig.

Daar blijkt helemaal niets van waar te zijn. Ik voel me juist wel al die dingen, machteloos en angstig, naast enorm schuldig. Ik wil deze last helemaal niet op mama leggen, naast alles wat ze al moet dragen. Ik wil ook helemaal niet dat we ons weer allebei terugtrekken, ieder in onze eigen loopgraaf, zinnend op de volgende aanval.

Op het tafeltje naast de deur ligt een briefje. 'Ik ben even uitwaaien. Zo terug, *love you*, mam.'

Gek dat we altijd 'love you' zeggen, en maar zelden 'ik hou van jou'. 'Love you', je slingert het er zo uit, maar 'ik hou van jou' is andere koek. Dat klinkt meteen beladen en dramatisch.

Ik haal een croissant en koffie uit de ontbijtzaal die vol zit met ANWB-stellen en ga buiten zitten. De kou raakt me niet, integendeel, ik wil die juist voelen omdat die me kalmeert en beter doet nadenken. Op mijn telefoon check ik nu.nl.

Bij het Vredeskerkje aan de Kerkstraat te Bergen aan Zee zijn gistermiddag de heer Joop van der Kooij en agent Mark de Beer neergeschoten tijdens de begrafenisdienst voor zijn dochter, Patricia Vogel-van der Kooij. De politie meldt dat beide slachtoffers onderweg naar Medisch Centrum Alkmaar zijn overleden. Een traumahelikopter werd opgeroepen voor medische bijstand, maar dat mocht niet meer baten.
Joop van der Kooij, bijnaam 'De Sloper', zat een gevangenisstraf uit voor zijn leidende rol in de 'Brotherhoodfraude', voor afpersing, aanzetten tot moord, moord, verduistering, witwassen en omkoping. Hij kreeg bijzonder verlof om de begrafenis van zijn dochter bij te wonen. De agent die hem begeleidde, Mark de Beer, laat een vrouw en twee dochtertjes (4 en 7) na.
De politie verstrekte een signalement van de mogelijke daders: rond de een meter tachtig en een meter negentig lang, beiden gehuld in zwarte motorhelm, zwart leren motorjack, zwarte (spijker)broek, en zwarte laarzen type motorlaars, en een deel van de nummerbordplaat beginnend met de letters UP. De politie heeft een groot onderzoek ingesteld en roept getuigen op zich te melden.

Mijn nieuwsgierigheid wordt vooral gewekt door een gelinkt bericht daaronder, van zo'n halfjaar geleden.

'Spaanse politie: schietpartij in centrum Bergen aan Zee was afrekening drugscircuit.'

Het slachtoffer, een Colombiaan, werd kennelijk midden in het kleine centrum neergeschoten en liet zes ton aan contanten achter in zijn hotelkamer.

Sinds wanneer is Bergen aan Zee het Medellín van Noord-Holland? vraag ik me af, terwijl ik mezelf dwing de droge croissant weg te werken.

Tien minuten voordat we ons moeten melden op het politiebureau komt mam terug op de hotelkamer. Ze lijkt alles wat ik vannacht tegen haar heb gezegd vergeten te zijn, want ze omhelst me uitbundig.

'Ik heb het geld,' zegt ze, buiten adem.

'Hoe dan, mam?'

'Babette,' hijgt ze. Ze ruikt naar de zee. Haar spijkerbroek is nat en ze zit onder het zand.

'Wat heb je gedaan?' De knopen in mijn maag roeren zich.

'Ik ben eerlijk geweest. Ik kwam haar tegen op het strand...' Ondertussen trekt mam haar trui uit, haar hemd en haar beha, en gooit alles op de grond. 'Ze belden. De ontvoerders. Ze dreigden dat als ik vanmiddag niet over de brug kom, ze zijn vinger... eraf... '

Ze hinkt op één been door de kamer.

'Help even.'

Ik pak haar broekspijp en trek eraan. Het is lang geleden dat ik haar naakt zag. In huis laat ze zich zelden nog bloot zien, omdat ze haar ouder wordende lichaam verafschuwt. Maar zoals ik haar nu zie, vind ik het allemaal wel meevallen. Ik had erger verwacht.

'Mam, je moet even chillen,' zeg ik, terwijl ze door de kamer ijsbeert en ik haar geratel niet meer kan volgen. 'Ga nu snel douchen, rustig ademhalen... En dan praten we verder in de auto, oké? Maar wat waanzinnig goed... van dat geld!'

Ik rijd. Mama heeft zich in een recordtijd opgekalefaterd en zit frisgewassen naast me in haar grijze trui met col.

'Oké. Vertel.'

'Nou, ik reed naar het strand, want ik kon niet meer slapen en ik voelde me in- en inslecht, ook door onze ruzie, en alles. Ze gaven me ook Mik...'

'Aan de telefoon?'

'Ja, aan de telefoon. Het was afschuwelijk. Mik zei dat hij me haatte. Dat ik zijn moeder niet meer ben. En dat ik zijn vader heb vermoord.'

'Wat?'

'Ze indoctrineren hem.'

Ik denk aan Mikkie, die tot twee jaar geleden op elke brief aan Sinterklaas vroeg om een vader.

'Maar dat komt wel weer goed, hoop ik. Met onze liefde... Toch, Soof?' mompelt mam voor zich uit.

'Tuurlijk,' zeg ik en ik pak haar hand.

Rechercheur Da Silva haalt ons op nadat we ons hebben gemeld bij de receptie in de kale hal, die wel een lik verf kan gebruiken. Het ruikt er naar de wc's op Schiphol. Kennelijk bestaat er een schoonmaakmiddel dat ruikt naar kots. We lopen naar een verhoorkamertje zonder ramen en Da Silva verontschuldigt zich hiervoor. Alle andere spreekkamers zitten vol. 'Er waren nogal wat getuigen, namelijk.'

Een agent brengt ons koffie. Da Silva vraagt of het oké is als ze ons gesprek opneemt. We geven aan dat prima te vinden.

'Mooi. Dat scheelt een hoop schrijfwerk.' Ze lijkt hetzelfde broekpak te dragen als gisterochtend. 'Ik heb me natuurlijk nu iets meer verdiept in jullie. Of althans, in u, mevrouw Van der Made.'

Karen

De blik in haar ogen is anders vandaag. Gister was-ie nog vol mededogen, en wilde ik me het liefst huilend in haar schoot werpen, nu is die achterdochtig.

'Ik heb eigenlijk maar één vraag. Waarom kwam u helemaal uit Brabant om hier een begrafenis bij te wonen van iemand die u zoveel verdriet heeft aangedaan?'

Ik sla mijn handen om het kartonnen koffiebekertje. Ik ben totaal versteend en heb het gevoel dat iedereen tegen me is. Sophie, Mik, deze vrouw Da Silva.

Ik probeer even ongenaakbaar te zijn als Babette. Ik glimlach en staar naar de tafel. Dan kijk ik Da Silva aan.

'Ik was nogal fel gister. Natuurlijk ben ik niet blij dat Patricia dood is. Dat wilde ik eerst even zeggen. We zijn gegaan, omdat we gevraagd werden door Patricia's oudste zoon. Om hen te steunen. Zij zijn tenslotte halfbroers van mijn zoontje.'

'Zoiets had ik begrepen, ja.'

'Ik leef voor mijn kinderen. Ik zou nooit iets doen dat hen in gevaar brengt, of mijzelf. Ik ben de enige ouder die ze nog hebben.'

De tranen die nu in mijn ogen schieten, zijn niet nep.

'Ik begreep van andere getuigen dat u uw zoon zo ver mogelijk weg wilde houden van deze familie.'

Ik knik. 'Uiteraard. Maar mijn zoon heeft behoefte aan contact.

Ik kan hem niet eeuwig wegstoppen. Dus ik wilde ook eens kijken hoe zijn broers zich hadden ontwikkeld.'

'En?'

'Daar heb ik duidelijk weinig gelegenheid toe gehad.'

Da Silva staat op en loopt een rondje om de tafel.

Ze pakt haar klapstoel op en zet hem tussen mij en Sophie in. Ze gaat zitten en leunt met haar ellebogen op haar knieën. Ze praat zachtjes.

'Ik sta aan jullie kant,' zegt ze en ze sluit haar ogen. 'En ik heb geen zin tijd aan dit gelul te verspillen. Dus vertel me de waarheid. Alsjeblieft.'

Sophie en ik kijken elkaar aan.

'Ik begrijp het niet,' zegt Sophie. 'Het is toch overduidelijk dat die Joop heel veel vijanden had. Net als Patricia... Waarom zitten wij hier dan als een soort... verdachten? Mam is een slachtoffer van die familie. Ze dacht het goede te doen door naar de begrafenis te gaan en voorzichtig contact te maken met Miks halfbroertjes. Nou, dat is mislukt. Dat is de waarheid. Volgens mij moeten jullie de daders heel ergens anders zoeken. Bijvoorbeeld bij de echte criminelen die zich klaarblijkelijk graag in Bergen aan Zee bevinden.'

'Klopt.'

'Ik las over die Colombiaan die er een halfjaar geleden is doodgeschoten. Daar lijkt me eerder een verband te zitten dan hier, bij ons.'

'We onderzoeken alles,' zegt Da Silva, nu een stuk harder pratend. 'Dus dat ook. En we zouden dolgraag een einde maken aan deze spiraal van geweld in de regio, voor eens en altijd.'

'Hadden jullie dat niet al gedaan met de arrestatie van Joop, en die hele Brotherhood, tien jaar geleden?'

'Helaas niet. Dit soort criminele organisaties zit diep vertakt in de bovenwereld, het is als onkruid. En ook al trek je boven de grond alles eruit, ondergronds woekert het daardoor alleen maar harder.'

Ze krabt op haar hoofd met een pen.

'Ik zou ook graag naar huis willen,' zeg ik. Mijn ogen branden.

'Wij hopen dat u nog even in de buurt blijft. De dood van Patricia heeft een vreemde reeks van, naar wij vermoeden, afrekeningen in gang gezet. Met als laatste die autobrand nu.'

'Autobrand?'

'Ja. De auto stond geparkeerd bij Het Plein. Het was de auto van Kees Bijlsma, jullie ook welbekend.'

Da Silva kijkt me lang aan. Ik kijk terug, zo uitdrukkingloos mogelijk.

'Mijn collega's zijn daar zojuist naartoe geroepen.'

'Jezus,' zegt Sophie.

Direct trekt de hitte vanaf mijn kruin naar beneden. In een nanoseconde staat het zweet op mijn bovenlip en voel ik het uit mijn oksels stromen.

'Jij bent daar vanochtend gezien,' zegt Da Silva.

'Poeh.'

'Gaat het, mam?'

'Ja, tuurlijk. Ik schrik gewoon.'

Een agente in uniform loopt naar binnen en overhandigt Da Silva een gele kartonnen map. Ze legt de map op tafel en kijkt er even in.

'Jij was op het strand,' pakt ze het gesprek weer op.

'Ik was op het strand, ja. En ik liep over het plein. Zoals nog honderden mensen vermoedelijk. Joggers, wandelaars.'

Ik zie hoe Sophie op haar onderlip bijt.

'Hoe laat?'

'Het schemerde nog… Ik denk zeven uur of zo. En rond acht uur nog een keer.'

'Nou, op dat tijdstip lopen er niet zoveel wandelaars.'

'Ik kwam Babette Struyk tegen.'

'Jullie hebben koffiegedronken. Zij was aan het hardlopen.'

'Hoe weet je dit allemaal? Word ik gevolgd of zo?'

'Een getuige die anoniem wenst te blijven heeft dit verklaard.'

'Ik kon niet meer slapen en ging even een frisse neus halen. Zoals ik vroeger altijd deed, toen ik hier nog woonde.' Terwijl ik praat, hoor ik zelf hoe totaal ongeloofwaardig dit klinkt.

'Zijn er gewonden?' vraagt Sophie.

'Gelukkig niet. Het gebeurde vlak voor mevrouw Bijlsma in kon stappen.'

Da Silva legt haar hoofd in haar handen, zucht en vraagt: 'Waarom zijn jullie hier? Waarom, na tien jaar afwezigheid? En waarom begint alle ellende met jullie weer van voren af aan? Hebben ze jullie in de tang? Of jullie hen? Wat is het?'

Ik adem diep in. Ik wil haar om hulp vragen en tegelijk wil ik hier wegrennen. Ik durf geen enkel risico te nemen, niet nu we zo dichtbij zijn en het leven van Mik op het spel staat. Als ik nu zwicht, is alles verpest.

'Nee,' zeg ik, met de meelevende blik van Da Silva op me gericht, die ze vervolgens op Sophie richt.

'Om eerlijk te zijn...' begint Soof, terwijl haar ogen volschieten. 'Zijn we hierheen gekomen voor hulp.' Mijn hart staat stil.

Sophie kijkt me aan en perst er een geruststellend glimlachje uit. 'Mam redt het gewoon niet meer.' Haar schouders beginnen te schokken.

'Ach jee,' zegt Da Silva en ze klopt Sophie bemoedigend op haar rug. 'Vertel maar gewoon. Je bent veilig hier.'

'Ze haat me als ik het vertel. Ze schaamt zich zo...'

'Wil je nu ophouden, Sophie?'

'Mam. Het is oké. Laat het los.'

'Sophie. We zijn er bijna...'

'Mama dacht dat ze, omdat ze zo graag hun broertje wilden leren kennen, wel zouden bijspringen. Financieel. Daarom zijn we hier. Om daar met hen over te praten. We hadden geen idee dat Patricia stervende was, en dat het hier nog steeds hetzelfde zootje was.'

'Jullie wilden geld?'

'Een bijdrage in de zorg voor hun broertje.'

'En Mik is nu waar?'

'Bij mijn zus. Zij past op.'

Annabelle

Ik kon hier geen minuut langer blijven. Ik belde Sophie, maar ze nam niet op. Ze nam nooit op, zelfs niet nu het echt belangrijk was. Ik besloot mijn spullen te pakken. Daarna stuurde ik haar een bericht waarin ik alles vertelde wat ik had gevonden over Thieu. Ik bracht de hond naar de buren en nam de bus naar het station. Tijdens de reis checkte ik mijn telefoon iedere vijf minuten. Sophie had mijn bericht nog niet eens gelezen.

Ik verwonderde me erover dat Sophie en ik in twee moeilijke tieners veranderen zodra het om mam gaat. Zou het ooit overgaan, deze rivaliteit? Waarom altijd die angst dat de ander meer aandacht en liefde kreeg, afgewisseld door het verlangen los van mama te komen? Sophie en ik waren dol op elkaar. Met niemand kon ik zo lachen en klagen over mam en haar bemoeizucht, maar zodra we met het hele gezin bij elkaar waren, werden we twee puppy's vechtend om dezelfde tepel. Zelfs nu, terwijl er iets veel groters aan de hand was.

Bergen bleek een stuk minder idyllisch dan dat ik me herinnerde. Het waaide en miezerde en de schemer trad al in. Tien jaar geleden was het dorp een en al lichtjes en gevulde terrassen, zelfs in de winter. Nu bleken veel panden en horecagelegenheden dichtgetimmerd, wat het centrum een grimmige sfeer gaf, alsof er oorlog woedde.

Ik had geen idee waar ik naartoe moest. Sophie nam nog steeds niet op en had zelfs mijn bericht nog altijd niet gelezen. Ik besloot eerst iets te eten te halen bij snackbar Bello, achter de bushaltes. Ik bestelde een kaassoufflé, een Cola Zero en een frietje Joppie-saus en even later nestelde ik me met mijn eten op een van de banken. Een groep aangeschoten jongens rolde uit een zwarte Mercedes-bus. Tegelijk met de jongens arriveerde een in joggingpak gehulde gast op een scooter. Hij zette zijn helm af, stapte af en deed die in de opbergkoffer. Vervolgens ging hij weer op zijn zadel zitten, starend naar zijn telefoon.

Er werd een hoop gehugd, geduwd, getrokken en op schouders geslagen. Net toen ik bedacht dat mannen eeuwig kinderen blijven, stapte een van hen uit de groep en keek me aan. Ik herkende hem onmiddellijk, omdat ik een halve nacht naar zijn YouTube-filmpjes had liggen kijken.

'Zal je d'r hebben!' riep hij. 'Ik zie je, hoor! Zelfs onder die pet!' Hij kwam naar me toe lopen, zijn borst vooruit als een gorilla, zijn armen iets van zijn torso af. Hij was een kop kleiner dan zijn broer, wat hij compenseerde met dit loopje. In de YouTube-filmpjes leek hij groter, slanker.

'Zijn jullie op familieweekend of zo? Je moeder en je zussie waren ook al bij ons. En bij de begrafenis, waarom was jij er niet?'

'Hé, Thieu! Hoe is het met jou?'

'Nou, ja. Niet zo goed dus. Moeder net begraven, zoals je vermoedelijk wel weet. En dus net die schietpartij.'

'Wat? Welke schietpartij?'

Thieu vertelde vrij onaangedaan dat zijn opa na afloop van de begrafenis was doodgeschoten.

'Holy fuck,' was het enige wat ik wist uit te brengen.

'Zeg dat. Maar hij had heel veel vijanden. Met zijn 'achtergrond', laten we het zo maar even noemen.'

'Ach, wat vreselijk voor jullie. Jezus. Ik weet even niet wat ik moet zeggen…'

'Nou, bijvoorbeeld gecondoleerd, hahaha.'

Thieu bewoog onrustig, en zijn ogen schoten alle kanten op.

'Ja, nou ja. Mijn moeder had er zelf vrede mee. Liever dit dan nog tien jaar in de bak, zei ze.'

Hij ging naast me zitten.

'Maar verder,' vroeg ik. 'Gaat het?'

'Met mij wel. Ik ben met grote dingen bezig.'

'Ik heb het gezien op je TikTok.'

'Het is wat hoor, wat er allemaal aan de hand is in de wereld. Als je het eenmaal ziet… Dan kun je niet meer terug.' Hij wreef met zijn handen over zijn bovenbenen en mompelde: 'Man, man, man.'

'Maar jullie,' pakte hij de draad weer op, 'wat brengt jullie hier?'

'Volgens mij weet je dat donders goed.'

Thieu keek weer schichtig om zich heen.

'Ik was gek op dat mannetje, hoor,' zei hij zachtjes, terwijl hij een hand op mijn been legde.

Ik bevroor.

'Was?'

'Ben,' corrigeerde hij zichzelf.

'Dus jij was het echt?'

'Wat?'

'Jij gamede met hem.'

'Wij allemaal, Annabelle. Wat is daar gek aan? Hij is onze broer. Zelfde bloed. Is toch vrij onschuldig, gamen?'

'In het licht van wat er is gebeurd, is het verre van onschuldig.'

'Daarvoor moet je niet bij ons zijn. Onze eigen broer… Zoiets zouden wij nooit doen. Er spelen andere krachten. En reken maar dat wij ermee bezig zijn.'

Thieu stond weer op. Zijn schouders leken aan zijn oren vast te zitten.

'Thomas zou het leuk vinden je weer te zien,' zei hij. 'Hij is thuis.'

'En waar is "thuis"?'

'Zelfde adres als vroeger.'

Ik wilde lopen op deze druilerige, winderige avond. Ik dwaalde, langs de huizen, de Ruïnekerk, het restaurant met de pilaren, waaraan in twintig jaar tijd helemaal niets was veranderd, de Hoflaan op, terwijl mijn rugzak me overeind hield. Alles leek ineens kleiner, zelfs de hoge bomen langs de Eeuwigelaan bleken minder imposant dan in mijn herinnering. Ik nam het pad dat ik vroeger ook nam, toen ik nog niet in het bezit was van een iPhone met flashlight, en mijn puberhart nog geloofde dat Thomas en ik voor elkaar bestemd waren. Toen we elkaar vertelden hoe we niet konden wachten om aan de benauwdheid van het dorp te ontsnappen en fantaseerden over een grootser leven, in een stad, waar mensen elkaar minder in de gaten hielden, de kroegen tot later open waren. Liefst in het buitenland. We spraken over New York, Los Angeles, Parijs, Kaapstad. Hij droomde van een penthouse, boven iedereen uit, ik van een klein, romantisch oud huisje met een trap en een geveltuin vol bloemen.

Ik herkende het huis niet. Het was wederom verbouwd, nu tot zo'n huis dat je zag in al die woonprogramma's op Netflix. Hout, flagstones en glas. Alsof ze de gewone mens dag en nacht hun rijkdom wilden tonen. Gordijnen dicht leek niemand meer aan te doen in Bergen.

Uit de reusachtige woonkamer straalde warm oranje licht en klonk het dreunen van Ibiza-housemuziek. Ik stond aan het hek, aan de achterkant van het huis. Vroeger zat hier ook een poortje, dat Thomas openzette als hij wist dat ik kwam. Maar het poortje was weg. Ik overwoog naar voren te lopen, via het bospad, maar dan zou ik moeten aanbellen. Wat had ik verwacht? Dat Thomas nog steeds op zijn kamertje zou zijn, liggend op bed, sigaretje in zijn mond, wachtend op mij? Het was totaal idioot wat ik hier deed.

Ik hees net mijn rugzak weer op mijn rug, toen twee grote zwarte honden blaffend op het hek afstormden. Ik schrok zo dat ik achteroverviel, de bramenstruiken in. Ik probeerde mezelf weer los te trekken, maar dat lukte niet.

'Hé! Tommy, Shelby! Koest!'

Het was Thomas.

'Wie is daar? Tommy, Shelby, kom hier!'

Ik hoorde een andere stem schreeuwen. Er klonk paniek in door.

'Hé, motherfucker! We zien je wel! Ik schiet je helemaal lek, weet je!'

'Doe eens normaal, gast,' zei Thomas.

De honden sprongen tegen het hek op. Ik kwam niet los van die struiken. Ik wurmde mezelf uit de rugzak. Mijn haren zaten verknoopt aan de takken.

Ineens begonnen de honden te piepen en gingen ze keurig naast elkaar zitten.

'*Good boys*,' zei Thomas.

Direct daarna werd ik verblind en hoorde ik een vreemde klik.

Sophie

Wanneer ik Annabelle voor de zoveelste keer probeer terug te bellen neemt ze weer niet op. Ik besluit hierover niks tegen mam te zeggen. Die staat toch al op omvallen.

We zwijgen lang wanneer we weer in de auto zitten, allebei verzonken in onze eigen gedachten. Totdat het zo hard begint te regenen en onweren dat we de auto even aan de kant moeten zetten.

'Mik is zo bang voor onweer,' zegt mam.

'Ik weet het,' zeg ik.

'Jullie waren dat ook vroeger. Dan kropen jullie bij ons in bed, weet je dat nog?'

'Zeker.'

Ik kan het bijna weer ruiken, het rommelige warme nest van pap en mam. Parfum, alcoholadem, slaapzweet.

'Ik kan dat soms zo missen,' zegt mam. 'Die lijfjes, de intimiteit. Dat je zo... samengeklonken bent.'

'Maar je hebt Mik nog,' zeg ik.

'Ik ken ze hoor, moeders die zeggen hoe heerlijk ze het vinden dat hun kinderen uit huis gaan. Ik vind het afschuwelijk, echt afschuwelijk.'

'Dat komt ook doordat je geen man in je leven hebt, mam.'

'Ik wil geen man meer. Mannen maken bepaald niet het beste

in mij los. En ik zou het verlies van een geliefde ook niet meer aankunnen. Ik wil maar één ding. Mik terug.'

'En je hebt er ook goed over nagedacht dat je Babette straks twee miljoen verschuldigd bent?'

'Zodra we hem terug hebben, ga ik natuurlijk wel naar de politie.'

'En daar is Babette oké mee?'

Mam legt haar voorhoofd op het dashboard. Het regent inmiddels minder hard.

'Je zult dan ook aan de politie moeten uitleggen dat jij ooit negen ton achterover hebt gedrukt.'

'Natuurlijk.'

Aan het strand breekt de hemel open. Het waait nog hard en het is ijskoud, maar het is gestopt met regenen. We parkeren en lopen richting de hoofdafgang van het strand. Vlak voor Het Plein houdt de politie ons tegen. Samen met andere ramptoeristen zien we een brandweerwagen langsrijden, en daarachteraan een takelwagen met een volledig uitgefikte Mercedes. Ik vraag aan een oudere, grijze man in een groene waxcoat wat er precies is gebeurd.

'Het is godgeklaagd,' vervolgt hij. Zijn kaken spannen zich en hij knijpt zijn ogen samen tot spleetjes. 'Eén groot drugshol hier. Een narcostaat, dat zijn we geworden!'

Hij heft zijn hand in de lucht, in de veronderstelling dat iedereen wil horen wat hij zegt. 'Ik woon hier al dertig jaar, maar dit! Mijn geliefde dorp is een verzamelplaats van criminelen geworden. Wat hier allemaal rondhangt! Vooral in die rare surftent. Iedere zomer vechtpartijen. Strandtenten waar bewakers staan! Ons mooie dorp, helemaal naar de gallemiezen.'

Driftig draait hij zich om en geeft een ruk aan de riem van zijn bruine labrador.

'Fijne dag, hoor!'

‘Mensen! Willen jullie allemaal naar huis gaan! Er valt hier niets meer te zien!’ roept een agent. Hij spreidt zijn armen om aan te geven dat we een paar stappen naar achteren moeten zetten. We zien Kees een politiebusje in stappen. Angela zegt nog iets tegen hem en komt dan onze kant op lopen. Mam zwaait naar haar.

‘Ik moet haar spreken,’ zegt mam.

Karen

'O, Karen,' zegt Angela zes keer achter elkaar terwijl ze me omhelst.'O mijn god, meid.' Ze pakt mijn hand en aait er met haar andere hand overheen.

'We zijn aan de beurt hoor. Ik opende het portier… En ik weet niet, ik hoorde een raar tikje en het rook naar kortsluiting. Ken je dat, die geur? Ja, en dan moet je het van je intuïtie hebben. Ik liep zo achteruit, in één beweging, weg van die auto. En toen… Boem.'

In grand café Maz bestellen we drie tosti's, en thee voor Sophie en mij. Angela neemt een glas rode wijn.

'Ja, sorry, ik heb dit even nodig,' verontschuldigt ze zich.

Ik kijk naar de klok. Over ruim een uur moeten we het geld ophalen.

'Ik blijf maar trillen,' zegt Angela, terwijl ze haar sjaal afpelt. In haar gezicht is iets woedends gekropen.

Ik blaas in mijn hete thee en kijk naar Sophie, die haar blik afwendt. Daarna haal ik heel diep adem.

Angela slaakt een bibberige zucht en neemt een grote slok van haar rode wijn. 'Het is zo fijn, Karen, dat je zo goed bent met je dochter. Toch, Sophie? Ik ben dat ook. Dat is een geschenk hoor, dat moet je koesteren.'

'Dat doen we ook,' zegt Sophie.

Angela zwijgt even, terwijl ze weer een slok wijn neemt.

'Jij denkt het ook, hè?' zegt ze dan, mij zorgelijk aankijkend. Haar rode lippenstift is in de lijnen van haar bovenlip gelopen.

'Wat denk ik?' Ik leg mijn klamme handen tegen mijn wangen, die lijken te koken.

'Dat dit een aanslag op mijn leven was.'

Angela wuift naar de serveerster en houdt haar inmiddels lege glas omhoog.

'Of op Kees' leven?'

Angela schudt haar hoofd. 'Nee, ik rijd altijd in deze auto. Hij gaat nooit mee naar het strand. Dat explosief moet geplaatst zijn toen ik daar aan het wandelen was.'

Ik hoor mijn nekwervels kraken.

'Waarom nam de politie Kees mee?' vraag ik.

'De auto staat op zijn naam, weet ik veel... Mij hebben ze ter plekke verhoord, en daarna vroegen ze hem mee naar het bureau. Ik mocht daar niet bij zijn.'

'Zouden ze hem verdenken?'

'Welnee zeg... Hij was aan het golfen. Als hij mij koud zou willen maken, dan had hij daar wel een iets eenvoudiger methode voor gekozen.'

Angela buigt zich naar ons toe en begint te fluisteren. 'Alles wat er nu gebeurt, deze aanslag op mijn leven, die ouwe die overhoopgeschoten is... Het is bijltjesdag.'

'Bijltjesdag?' vraagt Sophie.

'Bijltjesdag, ja,' antwoordt Angela snibbig. 'De afrekening. Ik zweer het je. Patricia dacht: ik dood, dan iedereen naar de tering.'

'En waarom precies zou zij met jou moeten afrekenen?'

'Geen idee. Echt niet. Kijk, jij hebt met de politie gepraat. Jij hebt haar man geneukt, en zelfs een kind van hem gebaard. Feitelijk zijn haar vader en zijzelf door jou in de bak beland. Die snap ik allemaal. Maar wat hebben wij precies misdaan?'

'Wat dacht je van: negen ton jatten en vervolgens op het vliegtuig naar Ibiza gestapt?' flap ik eruit.

Angela staart me met opengevallen mond aan. Dan schiet ze in een nerveuze lach.

'Nou ja… En wanneer zou ik dat dan van wie gejat moeten hebben?'

'Van mam,' zegt Sophie gedecideerd.

Angela zet haar glas op het tafeltje en bijt op haar lippen.

'Wie zegt dat?'

'Ik.'

Angela legt haar hand in haar nek, alsof ze daarmee zichzelf in bedwang wil houden.

'Jezus, Karen. Dat je zoiets van mij denkt. En al die tijd hebt gedacht, blijkbaar… Uitgerekend in die tijd, waarin ik het zo moeilijk had. Ik dacht toen dat jij mijn enige vriendin was, de enige die ik kon vertrouwen. Maar kennelijk niet. En jij dan, Karen, hoe kwam jij eigenlijk aan dat geld?'

'Ik vond het onder onze trap. Vlak na Michels zelfmoord.'

'Zelfmoord? O ja? Ik dacht een ongeluk… Of zeg maar een door Joop georkestreerd ongeluk.'

'Het geld is uit ons huis verdwenen. Vlak nadat jij bij ons huis was. Je had de sleutel, weet je nog? Om wat spullen op te halen.'

Angela staat op en wurmt zich gehaast in haar jas.

'Nou ik laat me niet zo beschuldigen, net nadat er een aanslag op mijn leven is gepleegd. Dit is een totale verspilling van onze kostbare tijd. Maar even *for the record*: ik heb géén geld van jou gestolen. Denk jij maar even na over alle echte criminelen door wie je destijds werd omringd. Sorry hoor, maar je ligt te neuken met een dief, en daarna denk je dat ik je heb bestolen.'

Sophie

We zitten in de auto op een verlaten parkeerterrein omringd door reusachtige dennenbomen. Hoewel het midden op de dag is, lijkt het al te schemeren. We wachten en horen alleen het knorren van onze magen. Om twee uur zou Babette hier zijn met het geld. Het is twintig minuten over twee. Om zeven uur verloopt de deadline.

Iedere keer dat er ineens een jogger of een wandelaar uit het kleine bospaadje opduikt, lijkt het alsof mijn hart ontploft.

'Zou je aan de zenuwen kunnen sterven?' vraagt mam.

'Dat zou me niets verbazen,' zeg ik.

'Dit is toch veel te groot voor ons, mam,' zeg ik. 'Volgens mij moeten we toch naar de politie gaan.'

'Je hoorde Angela, toch? Ik sta hier al te boek als de grote verrader. Ik ga pas naar de politie als we Mik terug hebben. Ik ga niet eigenwijs lopen doen met het leven van mijn zoon als inzet. En we zijn nu zo dichtbij...'

'Maar wat als ze niet komt?'

'Ze komt.'

'Heb jij nog sigaretten?' vraagt mam even later.

Ik haal het nieuwe pakje Marlboro's uit mijn binnenzak.

'Wat is dit voor gezin?' mompelt ze.

Ik maak het pakje open, geef haar een sigaret en een vuurtje. Allebei draaien we ons raampje open.

'Jouw gezin, mam, helemaal zelf gemaakt.'

Ik kijk naar haar en zie dat er tranen over haar wangen rollen. Ze blaast de rook bibberig uit.

'Weet je hoe schuldig en totaal mislukt ik me voel, Soof? Hoe anders ik het me allemaal had voorgesteld op jouw leeftijd?'

Dit is het moment waarop mam wil dat ik haar zeg dat ze het allemaal best goed heeft gedaan.

'Ik vind het rot voor je, mam.'

'Hoe vaak wil je nog dat ik sorry zeg? Sorry voor alles.'

'Mama, ik heb me allang verzoend met ons leven, met vroeger, met papa's dood. Alleen jij nog niet.'

'Wel,' zegt ze, 'maar ik word er nu toch weer in gesleurd. Daar kan ik toch niet zo heel veel aan doen?'

'Niet echt...' Ik kan er niet tegen als ze in de slachtofferrol schiet, ook nu niet, nu ze echt slachtoffer is. Ik moet haar pijn doen. 'Maar als je niet inziet hoe dit allemaal een gevolg is van jouw eigen gedrag, dan houdt het nooit op.'

'En hoezo is het mijn gedrag dat leidde naar de ontvoering van Mik?'

'Je verduisterde negen ton. Je neukte Patricia's man. Je hield Mik bij zijn halfbroers vandaan.'

'Stop hiermee, Sophie, echt.'

'En nu wachten we hier op de vrouw die jou bijna heeft vermoord.' Ik heb het nog niet gezegd of een zwarte Range Rover rijdt langzaam het terrein op en parkeert pal naast ons. Babette stapt uit, gehuld in haar beige teddyjas. Ze negeert ons, loopt naar de achterkant van haar auto, waarna ze twee prachtige Australian Shepherds loslaat. De honden verdwijnen luid blaffend het bos in. Daarna wenkt ze mam. Ik snap het. We gaan doen of we elkaar spontaan in het bos tegengekomen zijn.

We stappen uit en spelen de toevallige ontmoeting. Mam en

Babette gaan voor, ik achter hen aan, en zo lopen we een stukje het bospad op, tot we bij een open heideveld aankomen. We zijn de enigen. Het is er zo stil dat ik mijn eigen ademhaling hoor. Babette staat stil, draait zich om en kijkt mij aan. Ik herinner me haar van vroeger, toen ze enkele dagen bij ons verbleef vlak nadat hun huis was afgefikt. Ze is nog steeds mooi, en daar werkt ze ook overduidelijk hard aan. Alles aan haar is aaibaar, ook haar kleding: zachte kasjmier, donzige teddy, soepel suède. Haar haar valt luchtig geföhnd in glanzende krullen, haar parfum ruikt als vers gewassen linnen.

'Waarom heb je haar meegenomen?' vraagt ze aan mama.

'Omdat we hier samen als gezin zijn. En we samen Mik op zullen vangen,' antwoordt mama.

'En als jullie zo'n perfect gezin zijn, waar is Annabelle dan?'

'Zij is onderweg hierheen.'

'Moeilijk hè, om de boel bij elkaar te houden, toch? Het kan zo pijnlijk zijn, als je kinderen ineens niet meer op één lijn zitten…'

'We zitten wel op één lijn, hoor,' zeg ik.

'O, nou, mijn jongens vechten elkaar de tent uit.' Babette graaft met haar rechterhand in haar totebag van Louis Vuitton, tot ze een sleutelbos opdiept, met daaraan een soort parelmoeren stick, die ze er in één beweging afhaalt.

'Ik snap ook niet waarom ze hier blijven hangen, zo incestueus allemaal. Ze zijn het dorp niet uit te slaan. Hier zijn ze heel wat, begrijp je.'

Ze overhandigt het nonchalant aan mam, die verstart.

'Het geld,' zegt ze.

'Wat is dit?'

'Crypto ter waarde van twee miljoen. Bitcoin en Ethereum. Dat is toch wat je nodig had?'

Ik zie hoe mama's hele gezicht langzaam rood wordt. Ze neemt de stick met trillende hand aan.

'Jezus, Babette...'

'Vertrouw je me?' vraagt ze.

We hebben geen keuze.

'Ja, natuurlijk,' zegt mama.

'Hoe betalen we je dat ooit terug?' vraag ik.

'Het is niet van mij. Althans, niet allemaal. Het is van mijn jongens. Als Mik weer vrij is, halen we dat geld weer terug,' zegt Babette. 'We bedenken samen wel hoe. Ik ben je dit ook verschuldigd, Karen, na wat ik jullie heb aangedaan.'

Mams blik vindt even de mijne.

Ik kijk om me heen en verbaas me erover hoe makkelijk dit gaat. Waar zijn de twee Australian Shepherds? Ik zie hoe Babette haar armen spreidt om mam te omhelzen.

In Babettes bewegingen zit een vreemd soort stramheid. 'Vergeef je me nu dan echt?' vraagt ze.

'Natuurlijk,' zegt mam.

Ik krijg het gevoel dat Babette tijd aan het rekken is. 'Let's go,' zeg ik en ik pak mams arm. We moeten hier weg, zo snel mogelijk.

Babette staat daar maar te dralen. Ik zeg nogmaals dat we weg moeten. Over drie uur moet ik het geld afleveren. We moeten naar Mik, we hebben geen tijd te verliezen. Wat wil die vrouw nog kwijt? Ik voel me bespied, alsof duizend ogen ons volgen. Dit dorp waarin iedereen op elkaar let, iedereen alles weet, vaak eerder nog dan jijzelf. Het is eigenlijk vreemd dat hier, onder al die spiedende ogen, zoveel criminele activiteiten plaatsvinden.

Ik zie hoe mam zich probeert los te weken van Babette, die kennelijk nog meer vergeving nodig heeft. Wanneer drie doffe klappen onze oren doen suizen, wordt het hele tafereel zo'n droom waarin je wilt wegrennen maar je benen het niet doen en er steeds weer een vertraging of hindernis opdoemt. Ik moet me wel omdraaien om te zien hoe mam achteruitdeinst en hoe Babette voorovervalt, langs haar, en een rode vlek in de teddyjas snel groter wordt. Ik pak mams hand, die steenkoud is. Onze stemmen klinken ver weg. Volgens mij trek ik haar mee, al rennend.

Annabelle

Hij was pissig. Waarschijnlijk omdat hij me bijna had neergeschoten. We waren in de keuken, hij schonk een glas wijn voor me in aan het reusachtige kookeiland. Tommy en Shelby, de twee zwarte herders, draalden hijgend rond Thomas' benen.

'Heeft je moeder ooit een marmergroeve opgekocht of zo?' grapte ik, terwijl ik met mijn handen het luxe keukenblad streelde. Ik wilde de sfeer wat losser te maken, maar hij kon er niet om lachen.

'Wat mankeert jullie?' vroeg hij verbeten. 'Eerst je moeder, dan je zus, nu jij. Wat moeten jullie steeds hier?'

'Zegt de man die mijn huis binnendrong onder valse voorwendselen.'

'Dat was een geintje.'

'Dit is ook een geintje.'

Thomas pakte een biertje uit de koelkast. Ik ging aan het kookeiland zitten. Thomas draalde onrustig rond.

'Kan ik ze aaien?' vroeg ik, terwijl Tommy en Shelby zich aan mijn voeten nestelden.

'Sure,' zei Thomas. 'Ze zijn best chill. Als ze je kennen.'

Ik streelde voorzichtig hun warme koppen.

'Ja! Jullie zijn braaf, hè?' Kwispelend schuurden ze langs mijn benen.

'Wij hebben je broer niet. Je mag het hele huis uitkammen, hij is hier niet.'

'Je hebt hem wel via mij gevonden. En met hem gechat.'

'Is dat raar? Om contact te willen met je halfbroer?' Zijn hele lichaam kookte van spanning, leek het. Elk moment kon hij in duizenden woedende stukjes uit elkaar vallen.

Ik nam nog een slok wijn. Nog geen halfuur geleden keek ik in de loop van een pistool. Ik verbaasde me erover dat ik me nu zo relaxed voelde, veilig bijna. Misschien was het omdat ik het herkende, deze chaos, het onveilige, het gevoel dat je leven elk moment een totaal andere wending kon nemen.

'Gecondoleerd,' zei ik. 'Ik vind het verschrikkelijk voor jullie.'

'Ja, nou ja, ze was er natuurlijk al heel lang niet.'

'Misschien is het dan nog wel erger.'

Thomas leunde met zijn ellebogen op het marmer en liet zijn hoofd tussen zijn armen hangen.

'Alles is zo fucked up. Weet je hoe intens dit is? Politie die in mijn nek hijgt, aasgieren overal, teringtyfusbroertjes die alles verneuken.'

'Waarom hijgt de politie in je nek?'

Hij bleef lang stil.

'Ik weet niet, hoor… Zou kunnen omdat mijn opa net is neergemaaid op ma's begrafenis? Omdat mijn broer de achterlijkste onzin uitkraamt op TikTok? Omdat iedereen in dit dorp lult over ons, blij dat er eindelijk weer eens iets te lullen valt?'

'Nou ja, jullie lopen hier gewapend rond… Lijkt me wel reden genoeg voor de politie om jullie in de gaten te houden.'

'Beau en ik hebben de toko van onze vaders van de grond af weer opgebouwd. Steentje voor steentje. En nu is het halve dorp van ons. Dus veel mensen denken: die jochies, hoe flikken ze dat? Dat moeten wel criminelen zijn.'

'En hoe flikken jullie dat?'

Thomas keek me aan en kneep zijn ogen tot spleetjes.

'Wat denk je zelf?'

'Geen idee.'

'Het is ons met de paplepel ingegoten, Belle. Geld maken met geld. Simpel. Laag inkopen, hoog verkopen. Pap zei altijd: "Het is een spel en je hebt er slechts één skill voor nodig: koste wat het kost willen winnen."'

'Ik snap dit soort taal niet. Eigenlijk zeg je hiermee niets. Geld maken met geld? Daarvoor moet je om te beginnen toch geld hebben?'

'Ja. Risico's nemen.'

'Maar hoe dan? Waarmee?'

'Wat wil je nu horen, Belle?'

'Het echte verhaal.'

'De laatste keer dat je bij me was...' begon ik. Ik wilde het beeld van het getormenteerde jongetje rijmen met die zelfingenomen, dwingende man die zich op me stortte, de laatste keer dat ik hem zag.

'Ja, dat verdient geen schoonheidsprijs.'

'Nee,' zei ik. 'Waarom deed je dat?'

'Ik verloor mezelf. We hebben zo'n rare connectie, Belle. Al van kinds af aan... We begrijpen elkaar. Ik vind je bijzonder mooi. En soms haat ik je - als je alles beter weet, en moralistisch gaat lopen doen. En omdat je me in de steek hebt gelaten, toen. Wist jij dat onze ouders met elkaar neukten?'

Ik knikte. Ik wist het door de sms'jes die ik in mams telefoon had gezien. Ik was ook degene die misschien wel de veroorzaker was van Simons dood. Toen ik in de gaten had dat hij weer bij mam zat, heb ik Patricia via Facebook vanuit een anoniem account een bericht gestuurd. Enkele uren later lag hij dood onder aan onze trap.

'Ik wist het ook,' zegt hij. 'Omdat hij zo overdreven positief over haar sprak. Als hij zo over een vrouw praatte, wist ik al genoeg… Ze was in elk geval niet de enige.'

Eindelijk ging hij zitten, hij leek zich te ontspannen, zijn schouders zakten een beetje. Hij had gelijk, wij hadden een vreemde band. En wij hadden elkaars vaders nog gekend. Niemand van mijn nieuwe vrienden wist zoveel over mij als hij. We deelden het holle, hunkerende verlangen naar rust en veiligheid, waarin we tegelijkertijd nooit konden berusten.

'Ik moet je iets bekennen,' begon hij. 'Ik heb ooit bij jullie ingebroken. Met Beau. Dat deden we toen wel vaker. Was een soort hobby. Kijken hoe ver we konden komen. Bij jullie was het het makkelijkst. Weet je nog? Dat appartement boven de schoenenzaak? Maar toen kwam dus mijn vader binnen, of all people.'

'Jezus.'

'Ja. Wij ons verstoppen op het balkonnetje bij jullie badkamer. Toen we daar naar beneden klommen heeft Beau nog zijn enkel opengehaald.'

'Wat ging hij daar doen?'

'Geen idee. Neuken met jouw moeder, denk ik.'

Ik kreeg een zeer ongemakkelijk gevoel bij dit gesprek.

'Of hij zocht het geld,' zei ik.

'Ja,' zei Thomas.

'Waarom vertel je me dit nu?'

'Ik wil dat je mij vertrouwt. Dat je gelooft dat we aan dezelfde kant staan.'

'Hoe kan ik dat geloven? Zoals je mij en Mik benaderd hebt? Hij is een onschuldig kind, Thomas. Hij weet van niks. Als jullie echt om hem geven, dan hadden jullie hem met rust gelaten.'

'En toch vertrouw je me,' zei Thomas. Er verscheen een pesterige glimlach op zijn gezicht.

'Nooit,' zei ik, een glimlach onderdrukkend.

'Wel,' zei hij. 'Anders had je nooit dat glas wijn zo achterover gegooid. Zo onverstandig, Belle, zomaar een glas van vreemden aannemen.'

Ik spuugde het laatste slokje terug in het glas.

'Wat de fuck.' Het zweet brak me uit. De klootzak.

Thomas sloeg op zijn knieën van het lachen. 'O, man, jouw gezicht. Hahahaha.'

'Het is een grapje!' riep hij erachteraan. 'Sorry Belle, het was zo'n schot voor open doel...'

Ik wilde hem in zijn gezicht slaan, of het lege glas naar zijn hoofd gooien. 'Gore etter,' herhaalde ik een paar keer, terwijl de tranen van schrik en schaamte me in de ogen sprongen.

'Niet zo boos, Belle, dit is gewoon een goeie grap. Echt, niet zo serieus. Was je vroeger ook niet. Kom hier.'

'Blijf daar,' zei ik en ik stak mijn hand uit. Thomas stopte halverwege, nog steeds huilend van het lachen.

'Ik weet niet eens meer wie jij bent. Eikel. Wat de fuck is er gebeurd met jou?'

'Sorry,' zei hij. 'Serieus, sorry. Er zit niks in die wijn. Doe nou maar rustig.'

Langzaam liep hij achteruit.

'Ik meen het, Thomas. Dit is niet oké. Eerst loop je met een pistool te zwaaien, daarna begin je over vertrouwen te janken. Hoe kan ik jou vertrouwen?'

'Je zal wel moeten. Ik ben de enige normale hier. Thieu is totaal wappie geworden, Thies heb ik vanochtend naar Schiphol gebracht, hup, enkele reis naar Zuid-Afrika. Weet je wat dat kost, zo'n afkickkliniek?'

'En wie was die jongen die "hé motherfucker, ik schiet je helemaal lek" riep in de tuin?'

'Luuk. Van Babette, weet je nog? Die is hier gecrasht, slaapt in Thies' kamer.'

Natuurlijk kende ik hem nog. Luuk en Beau, de twee stille, mollige jongens die de brand overleefden en die nadat hun oma overleed bij Simon en Patricia kwamen wonen.

'Het is allemaal zo raar,' zei ik. Het was zo'n droom waarin je ineens weer je vorige huis in loopt, en dan blijkt dat het leven daar precies zo is door gegaan.

'Wilde niemand van jullie weg uit dit dorp?' vroeg ik.

Thomas pakte een nieuw biertje uit de koelkast. 'Jij durft nu vast geen wijn meer,' zei hij grijnzend.

'Doe ook maar een biertje.'

'Hoe kon ik weggaan? Met twee, maar eigenlijk vier broertjes die totale randdebielen waren, zonder ouders? Heb je enig idee hoe het voor ons was, dat proces tegen mijn moeder en opa, en Ivo, vlak nadat onze vader was vermoord? Fucking hell. En die schaamte. In dit kankerdorp waar iedereen over je, maar niemand met je lult. Denk je dat wij sympathie of steun kregen? Welnee. De tering krijgen, dat konden we.'

Hij reikte me het flesje bier aan en stak een sigaret op.

'Eindelijk lekker binnen roken,' grinnikte hij en hij ging verder. 'Het heeft ons wel heel sterk gemaakt. We zijn zo versmolten, met zijn vijven. Het zijn mongolen, maar we hebben het gered. De zaken gaan als een speer, we lachen dit hele tyfusgehucht uit. Iedereen wil in business met ons. Mijn vader begon de Brotherhood. En hier zijn we: Brotherhood 2.0.'

'Daarop terugkomend,' zei ik en ik slikte mijn opkomende zenuwen weg. 'Waar is míjn broertje?'

Thomas leek achteruit te deinzen.

'Als ik dat toch eens wist, Belle.'

'Jullie lopen hier met wapens rond.'

'Omdat iemand met ons loopt te fucken. Onze opa is neergemaaid, Mik is ontvoerd.'

'Maar wie dan? Heeft die persoon dan ook Mik? Jij zou dat toch moeten weten, als zelfbenoemde baas van Bergen.'

'Dat is dus waar ik gek van word. Dat ik het niet weet. In ieder geval niet uit de te verwachten hoek.'

'En wat is de te verwachten hoek?'

'Nou, gewoon, random gasten die op je handel zitten te azen.'

'Je bent vaag. De daders moeten wel uit deze hoek komen, ze weten te veel...'

'Die zijn allemaal dood. Joop, mam...'

'Jij leeft, je broers leven. Babettes zonen leven. En Babette leeft.'

'Zij is chill. Zij gaat geen kinderen ontvoeren.'

'Jij sluit mijn moeder op.'

'Ja, omdat ze hysterisch krijsend door het huis rende tijdens de wake. We hebben haar toch gewoon weer laten gaan?'

'Nadat jullie zeiden dat ze eerst maar eens die twee miljoen euro moest terugbetalen. Waarom eigenlijk? Als ik zo om me heen kijk hier, zwemmen jullie erin. Als jullie echt willen helpen...'

Thomas kijkt me lang aan. Zijn ogen staan moe en beschonken.

'Mijn moeder hield er maar niet over op. Zelfs met al die pijn in haar lijf bleef ze er maar over doorgaan. Dat jouw moeder destijds dat geld achterover had gedrukt en vervolgens iedereen verraadde.'

Ik zag het voor me. Een vrouw die zelfs in de laatste momenten die ze nog had met haar zonen uit was op wraak. Ik realiseerde me hoe vreselijk dat voor hem moest zijn geweest.

'Wat rot voor je,' zei ik. 'Volgens mij ben je ontzettend moe van alles.'

Thomas legde zijn hoofd op het koele marmer van het kookeiland.

'Nogal,' zei hij. 'Ik zit ook vast, begrijp je...'

'Tuurlijk,' loog ik. Ik stond langzaam op en legde mijn hand op zijn rug. Hij stond op het punt van breken.

'Ik kon het niet. Niet op haar sterfbed...'

'Wat kon je niet?'

'Ik wist dat daar bij jullie iets was waarnaar pap zo op zoek was. En ik heb erover gepraat met anderen. Beau ook, denk ik. Wat was mijn vader daar aan het zoeken? Wisten wij veel toen. Dus half Bergen kan dat geld hebben.'

Mijn mond werd droog.

'Geloof je nu dat wij Mik niet gekidnapt hebben?'

Ik zuchtte en vroeg: 'Hoezo?'

'Wij weten dat je moeder het niet heeft.'

'Ik weet het niet, Thomas... Waarom ben je mijn moeder dan wel blijven beschuldigen?'

'Ze hééft het toch ook gestolen?'

'Ze heeft wat ze in mijn vaders werkkamer vond gehouden. Dat is niet stelen. Met als gevolg dat nu iemand Mik heeft ontvoerd. Je kleine halfbroertje. Hij is negen jaar oud!'

'Belle. We zoeken hem ook, hè?'

'Vooralsnog zit je hier te zuipen. Moeten we niet naar de politie gaan?'

'In mijn kringen gaan we niet naar de politie. Wij lossen het zelf op. Thieu en Beau zijn ermee bezig, bellen iedereen... En ze hebben toch tegen je moeder gezegd dat hij eraan gaat als ze naar de politie gaat?'

Thomas sloeg een gespierde arm om mijn middel en legde zijn hoofd in mijn hals.

'Maar wat bedoelde je precies met wat je net zei? Dat je ook "vastzit"?' vroeg ik hem.

'Daar zal ik je mooie hoofdje niet mee vermoeien. Laat ik het zo zeggen: die ontvoering gaat volgens mij helemaal niet om jullie, noch om dat geld. Iemand wil ons allemaal kapotmaken. Om te beginnen met wat ons verbindt. Mik.'

Ik liet hem zijn hand onder mijn hemd schuiven en aan mijn behabandje frunniken. Wat is er gebeurd met hen, dacht ik, dat deze jongens nog destructiever zijn dan hun ouders? Ik herinnerde me mijn woede, toen we weer vertrokken, weer ergens opnieuw begonnen, en ik geen enkele aansluiting vond bij de jeugd in ons nieuwe dorp. Ik vond de kinderen te saai, te burgerlijk en om eerlijk te zijn ook te armoedig. Ik miste het assertieve, zelfverzekerde van mijn vrienden in Bergen. De keiharde humor, het lef, de schijt-aan-alles-mentaliteit. Verslavend was het, de adrenaline en de hebzucht, het continue gevecht om macht en populariteit. Een kleine, welvarende wereld waarin je makkelijk de baas kon zijn met geld en onverschrokkenheid. Ik snapte ineens wat Thomas bedoelde met vastzitten. En ik begreep mam ook, dat ze met ons de benen nam.

Karen

Haar lichaam valt langs me, traag, in een soort slow motion. Ik slaak een gil, zonder geluid te maken, terwijl ik struikel en ook in het duinzand plof. Mijn hand nog in die van Sophie, die zich klein maakt naast me, haar vrije hand op haar hoofd. De twee Australian Shepherds huilen in de verte.

Daarna is het minutenlang stil. Ik durf mijn ogen niet te openen. Mijn oren gespitst op ieder geluidje, maar ik hoor slechts mijn gierende ademhaling. Het begint zachtjes te regenen. Ik draai mijn hoofd voorzichtig naar de andere kant en zie naast me het lichaam van Babette. Ik reik naar haar pols.

'Mam!' fluistert Sophie. 'Niet bewegen!'

Babettes gezicht ligt in het zand, haar blonde haren eroverheen als een dekentje. Ik zie de rand van haar extensions en die toevoeging aan haar schoonheid raakt me. Ik verbaas me over de stille kalmte in mijn hoofd. Er gebeurt niets. Geen paniek, geen angst, geen wanhoop. Alleen het besef dat vanaf nu alles anders is. Dat dit het oog van de storm is. Ik kijk over het heideveld, naar de bosrand vol lage en hoge dennen. Zijn daarachter huizen? Ergens daarvandaan kwamen de kogels. Waren ze voor Babette bedoeld? Of voor mij? Probeerde Babette daarom Sophie weg te sturen? Ik denk aan de woorden van Angela. Bijltjesdag. Iemand wil ons allemaal vernietigen.

Sophie en ik pakken elkaar stevig vast en beginnen allebei te huilen. 'Wat is dit?' stamelt Sophie. 'Wat moeten we doen, mam?'

'We moeten hier weg,' zeg ik. Het begint al te schemeren. 'We moeten Mik halen.'

'Mam, we kunnen haar toch niet zo achterlaten?'

'Mik gaat voor. Dat geld moet straks in de vuilnisbak achter McDonald's liggen.'

'Nee, dat kan echt niet. We moeten de politie bellen. Als we nu weggaan, zijn we medeplichtig, hè?'

'Sophie, we kunnen alles uitleggen als we Mik hebben.'

'Jij hebt haar aangeraakt. Je hebt een USB-stick van haar waarop twee miljoen aan bitcoin staat. Althans… dat staat er natuurlijk niet op.'

'Sophie,' zeg ik en ik pak haar bij haar bovenarmen zoals ik vroeger deed, toen ze nog een onwillige peuter was.

'We gaan nu weg. Hup.'

Ik probeer haar aan haar arm mee te sleuren, maar dat is bij een volwassen dochter wat moeilijk.

'Oké, Sophie, sorry, ga mee. Alsjeblieft.'

'Ga je mij nu echt hier achterlaten?'

'Nee…'

Ik denk aan Mik. Mijn kleine mannetje, alleen en doodsbang. Alle secondes, minuten en uren die we al verspild hebben.

'Mam, we zijn helemaal niet dichtbij. We zijn geen stap verder gekomen. Ja, we hebben een USB-stick waar vermoedelijk poep op staat. Als we er nu vandoor gaan, zitten we straks in de gevangenis. Ze hebben Babette neergeschoten. En misschien was die kogel wel voor jou bedoeld. Waarom wilde Babette mij liever niet mee? Zij is onderdeel hiervan, mam. Zij is het. Zij liet dit uitvoeren, en dat is gruwelijk misgegaan.'

Achter de bomen zien we zwaailichten opdoemen. In de lucht horen we een helikopter. Vluchten heeft geen zin meer.

Sophie pakt mijn gezicht tussen haar handen en herhaalt dat het goed zo is. 'Mik leeft, ik weet het zeker. We gaan hem vinden, mam. Je moet het geloven, met heel je hart, want hij is er nog, ik voel het. Hij is er, en over een paar weken zitten we weer thuis, mam. Met elkaar op de bank. Onze pyjama's aan en dan kijken we iets doms. Gaan we voor de televisie eten, lieve mam, ik beloof het je.'

De politieauto's parkeren achter het houten hek, dat het heideveld van de parkeerplaats scheidt. Er stapt iemand uit met een megafoon.

'Dit is de politie. Kom naar voren met uw handen op het hoofd.'

Ik doe mijn best te voelen wat Sophie voelt. De hartslag van Mik. Ik sta op, denkend aan zijn iele borstkast, zijn dunne benen, zwaaiend in de lucht wanneer ik hem kietel. Ik denk hem levend. Maar ik voel het niet. Het is alsof ik Mik van me af duw, recht een ravijn in.

Rillend in onze thermodekens zitten Sophie en ik achter in de politieauto. We hebben geen woorden meer. De geur van oud mannenzweet vermengd met de allergoedkoopste autoparfumhanger maakt me misselijk. Ik leun met mijn hoofd tegen het raam en staar naar buiten.

'We moeten ze vertellen van Mik, mam,' fluistert Soof. Ik kan alleen maar knikken. 'Het is niet erg. Je hebt gedaan wat je kon...'

'Ik weet het, schat.'

Het is inmiddels donker, maar het centrum van Bergen is feestelijk verlicht. In het dorp zijn maar weinig mensen op de been, op een enkele voetganger na die onze auto nastaart. Op het verwarmde terras van het Huis Met de Pilaren zitten oudere echtparen te borrelen, enkele rokers staan buiten voor Café d'Alderliefste. Zou Annabelle er al zijn?

Ik denk aan vroeger, toen we alle vier nog in één huis woonden en Mik net geboren was. Alle drie mijn kinderen overgeleverd aan mijn zorg. De gezelligheid en de belofte van een veilige toekomst. Het gevoel ontsnapt te zijn aan de ellende die de eetclub ons had gebracht, nog voordat zou blijken hoeveel schade mijn meisjes hadden opgelopen, hoeveel verwijten ze me zouden gaan maken. Dat ik ze niet beschermde en ze van hot naar her sleurde, ze weghaalde bij hun vrienden. Dat ik hun vader bedroog en hun vader mij, en dat ik beter zorgde voor hun broertje dan voor hen. Ik heb weer gefaald. Ik wilde mijn kinderen bij elkaar houden. En zie ons twee eens zitten, achter in een politieauto, in gevaar en totaal niet verbonden.

We stoppen voor een gezin dat het zebrapad oversteekt. Ik ben jaloers op ze. De vanzelfsprekendheid en het licht superieure waarmee ze hun ruimte pakken. Alsof ze altijd dat unieke gezin zullen blijven. Ze hebben geen idee. Wanneer de agent die achter het stuur zit weer gas geeft, moet hij meteen weer op de rem voor een grote man in een leren jas, die het zebrapad op rent. Als dank steekt hij zijn hand even op. Ik ken hem ergens van. Ik kijk hem na en in een luttele seconde zie ik dat hij aan de overkant achter een andere, eveneens vrij forse man aan loopt. In het schijnsel van de lantaarnpaal zie ik dat de man op het plein Ivo is. Wie is die ander? Waar heb ik hem eerder gezien? Het is op zich niet zo gek dat hij me bekend voorkomt, want zelfs als je hier na tien jaar weer terugkomt, ken je iedereen in dit dorp. Maar ik ken hem niet van hier.

Sophie

Mam en ik worden in aparte kamers gezet. Ik vraag Da Silva of we soms onder arrest staan.

'Nee. Maar ik moet jullie wel behandelen als verdachten. Jullie bevonden je op de plaats delict, bij het inmiddels overleden slachtoffer.'

De rechercheur gaat tegenover me zitten en vraagt een andere agent om koffie voor ons te halen.

'Niet voor mij, dank je. Als ik nu koffie drink, explodeert mijn hart, ben ik bang,' zeg ik.

'Thee? Water?'

'Water, graag.'

Da Silva kijkt me vervolgens indringend aan, alsof ze met haar ogen wil zeggen dat ze dwars door me heen kijkt.

'Snap je dat wij het moeilijk vinden dat jullie nu ineens komen met het verhaal dat je broertje, Mik, ontvoerd is? Dit is de derde keer dat we elkaar spreken... En nu blijkt dat wat jullie ons eerder vertelden gelogen is.'

'Niet gelogen. Eerder verzwegen. Omdat de ontvoerders zeiden hem te vermoorden als we naar de politie zouden stappen.'

'Hoe kunnen jullie in hemelsnaam denken dit op eigen houtje op te lossen? Zijn leven is in gevaar, jullie hebben overduidelijk te maken met zeer zware criminelen. Wij bezitten alle expertise, wij hebben alles in huis om dit soort zaken tot een goed einde te brengen.'

'Ik denk dat deze discussie tijdverspilling is.'

'Wat jullie hebben gedaan is tijdverspilling. En het heeft een leven gekost.' Da Silva's stem trilt van ingehouden woede. Ik adem diep in en probeer het door haar opgewekte schuldgevoel te negeren.

'Mijn moeder is wanhopig. We hebben gedaan wat er van ons werd gevraagd, en nu...' Een golf van machteloosheid overspoelt me. Al dagen druk ik de keiharde werkelijkheid weg, mijn broertje die verdwenen is en ergens wacht tot wij hem komen redden. Ik heb geprobeerd te vechten om niet wanhopig te worden, maar hier is het, de diepte.

Da Silva zet een doos tissues voor me neer.

'Nou,' zegt ze. 'Nu gaan we er met man en macht tegenaan.'

De agent komt binnen met koffie, water en twee zakjes chips.

'Hier,' zegt Da Silva. 'Neem deze. Even wat hartigs. Knap je van op.'

Ik veeg mijn ogen droog en snuit mijn neus. Da Silva trekt het zakje chips open en reikt het aan.

'Er is landelijk melding gedaan van de vermissing van Mik, dus de politie is al op dit moment aan het zoeken naar hem. Maar we hebben natuurlijk meer informatie nodig van jullie. We zitten hier echter nu ook voor de executie van Babette Struyk. Wat deden jullie op dat veld achter Huize Glory?'

Ik eet de chips, nauwlettend gadegeslagen door Da Silva.

'Wat deden jullie op dat veld achter Huize Glory?' herhaalt ze.

'We hadden een afspraak met Babette, zij had aangeboden ons het losgeld te lenen.'

'Dus terwijl je de politie niet vertrouwde met het leven van Mik, vertrouwden jullie mevrouw Struyk wel?'

'We hadden niet zoveel keus. Mama had een goed gesprek met haar gehad.'

'Mevrouw Struyk is ooit veroordeeld, onder andere voor poging tot doodslag op je moeder.'

'Ik weet het. Daarvoor heeft ze haar straf uitgezeten.'

'Je moeder had heel goede redenen om met mevrouw Struyk af te rekenen.'

'Die kogels waren voor mijn moeder bedoeld, dat weet ik zeker. Babette lokte ons mee naar die plek, gaf ons een lege USB-stick. Ze probeerde mij nog terug te sturen naar de auto… Als ik mijn moeder niet weg had getrokken, dan lag zij daar nu… Dood.'

'Heb je enig idee waar de kogels vandaan kwamen?'

'Van ver. Er was niemand anders op dat veld, dus hij of zij had zich goed verdekt opgesteld. Volgens mij kwamen de kogels van rechts, maar zelfs dat weet ik niet zeker.'

De rechercheur staat op en loopt om de tafel heen. Ze neemt een laatste slok koffie en gaat dan naast me zitten.

'Op hoeveel meter afstand? Ongeveer?' vraagt Da Silva zachtjes.

Ik snap niet zo goed waarom ze me zo probeert te intimideren.

'Ik ben daar zo slecht in. Weet ik veel. Vijftig meter? Honderd meter? Ik weet alleen nog dat ik ineens weg wilde. Ik kreeg de kriebels. Ik dacht: dit is het plan van een dwaas, we zijn ergens ingelokt. En toen klonken die drie doffe klappen.'

'Gedempt?'

'Weet ik veel, ik weet geen beter woord dan dof. Maar toch voelde ik de lucht ook even trillen.'

'En hoe dicht stond jij bij je moeder?'

'Wat doet dit er allemaal toe? Dicht genoeg om haar hand te pakken en haar weg te trekken.'

'Dus het is absoluut onmogelijk dat de kogels afkomstig waren van een wapen dat je moeder bij zich droeg?'

Ik schiet in de lach. Mijn moeder een wapen, hoe dan?

'Er is een wapen gevonden in jullie auto,' zegt Da Silva.

Annabelle

'Blijf je slapen?' vroeg Thomas. Het verbaasde me niet eens. In zijn universum wilden alle vrouwen hem altijd. Zelfs nadat hij ze had gepest en tegen ze had gelogen. Juist dan.

'Is goed,' antwoordde ik.

Hij grijnsde van oor tot oor, in zijn nopjes met zichzelf. Geen wonder dat hij vrouwen maar domme wezens vond, zo makkelijk als hij ook nu weer zijn zin kreeg.

'Zullen we dan naar bed gaan?'

'Zijn wij de enigen in huis?' vroeg ik.

'Thieu komt nog. Misschien Beau en Luuk. Thies zit dus in Zuid-Afrika. Althans, als hij op die *plane* gestapt is. Je weet het nooit hierzo.'

'Wonen Beau en Luuk hier ook?'

'Soms. Ze hebben ook een appartement in het dorp, maar ze komen vaak hier afteren. Maar daar heb je geen last van, want wij slapen in het tuinhuis. Weet je nog? Dat is het enige wat nog precies zo is als toen...'

Ik glimlachte. 'En of ik dat weet.'

Toen we in bed lagen, fluisterde ik dat ik niet kon slapen, wetende dat Mik ergens alleen buiten was, doodsbang.

'Hij is veilig,' antwoordde Thomas, met zijn ogen al dicht.

'Hoe weet je dat?' vroeg ik.

'Ik weet het niet, maar ik focus daarop. Moet jij ook doen. Focussen op het positieve. Visualiseer hem, vrolijk, gezond, lachend. En dan probeer je te voelen dat het zo is.'

'Het lijkt me sterk dat we hem daarmee terugkrijgen.'

'Je stuurt bewuste energie het universum in.'

'Oké,' zei ik.

Daarna waren we stil. Hij probeerde niet eens seks met me te hebben. Ik lag in zijn armen te bedenken hoe wonderlijk het was dat iemand die met wapens door zijn eigen tuin rende kon geloven in zoiets zweverigs als manifesteren. Maar dat loog hij natuurlijk ook. Hij wist dat Mik veilig was, omdat hij wist waar Mik was.

Toen hij sliep, wurmde ik me zo zachtjes mogelijk uit zijn armen. Ik bleef nog even naast hem liggen om zeker te weten dat hij niet wakker werd, tot hij zachtjes begon te snurken. Ik trok zijn donkergroene kamerjas aan en liep op mijn tenen naar buiten, richting het grote huis. Het vroor licht, het gras knisperde onder mijn voeten. Vroeger was de deur naar de fiets/wijnkelder altijd open. Terwijl ik daar op mijn tenen naartoe sloop, stormden Tommy en Shelby enthousiast op me af. 'Als ze je kennen, doen ze niks,' had Thomas gezegd. Dat was in elk geval geen leugen.

De kelderdeur zat nog steeds op dezelfde plek en bleek inderdaad niet op slot. Hij kraakte wel. Met ingehouden adem trok ik de deur millimeter voor millimeter naar me toe. Toen ik uiteindelijk over de drempel stapte, bleven de honden braaf buiten zitten.

Ik liep de ruimte in waar we ooit pingpongwedstrijdjes speelden en deed de flashlight op mijn telefoon aan. Links van me stonden drie fatbikes aan de lader. De pingpongtafel had plaatsgemaakt voor een biljart en de kleine deur die toegang tot het huis verschafte, werd geblokkeerd door een grote grasmaaier, die onmogelijk opzij te schuiven bleek. Mijn hart bonkte, mijn benen trilden. Ik moest door die deur. Ik klom over de grasmaaier en probeerde de klink. De deur ging een heel klein stukje open. Ik zette mijn voet ertussen en wrikte mijn linkerbeen erdoorheen. Daarna perste ik mijn billen door de spleet. Ik bedacht dat mijn smoes voor het geval dat Thomas mij zou betrappen, namelijk dat ik honger had en iets te eten zocht, nogal ongeloofwaardig was geworden. Ik stak mijn arm door de spleet, trok mijn buik in en dwong mezelf met alle macht erdoorheen, mijn wang openhalend aan de deurpost.

Aan de andere kant van de deur was het aardedonker. Trillend richtte ik het lampje van mijn telefoon op de gang. Rechts een kastenwand, links drie deuren. Op de grond lagen sportschoenen en een golftas. Ik pakte er een golfstick uit en opende de eerste deur. Een grote ruimte die rook naar ongewassen tennissokken, waarin een hometrainer, een loopband en een rek vol gewichten stond. Op een oude leren bank lag een berg kleding. Ik ging er vluchtig doorheen, op zoek naar iets wat ik herkende van Mik. Onder de stapel vond ik een bolletje, van een soort rubberachtige substantie. Ik kneep erin en opende het met mijn nagel. Er stroomde korrelig poeder uit. Drugs. Ik tastte langs de zompige kussens, trok ze omhoog, ik spitte de hele bank om, maar ik vond niks, behalve een halfverteerd menu van de chinees.

Achter de tweede deur was een washok, met opnieuw bergen kleren, waar ik me eveneens doorheen ploegde, zonder resultaat. Ik zocht naar luiken, naar verborgen ruimtes, terwijl ik ondertussen steeds meer ging twijfelen aan mijn ondoordachte actie.

In de voorraadkamer, die achter de derde deur zat, leek het alsof iemand mij was voor geweest. Alles lag op de grond, zakken hondenvoer waren opengescheurd, blikken tonijn, tomaten, bonen, grootverpakkingen rijst leken van de schappen geveegd. Met mijn telefoonlicht ging ik nogmaals langs alle troep. In een grote kartonnen doos lagen oude kranten en tijdschriften, en ook daar ging ik minutieus doorheen. Tot ik op de bodem van de doos was en daar iets vond wat me bekend voorkwam. Een brochure van een B&B die in ons dorp in alle winkels lag: De Brabantse Burcht. Er stond met pen een 06-nummer op geschreven. Ik wist niet wat het betekende, maar het kon niet alleen maar toeval zijn. Ik propte de brochure in mijn onderbroek en sloop terug, langs de deurspleet en over het bevroren gras, weer het bed van de vijand in.

Karen

'Jullie begrijpen dat we jou en Sophie voorlopig niet kunnen laten gaan...' zegt Da Silva. 'Je mag een advocaat bellen, als je wilt.'

'Hoe kan dit? Een geweer?' Ik schiet in een panische lach.

'We kunnen niets uitsluiten. De feiten zijn de feiten. Jij was erbij, en in jouw auto lag de Ruger.'

'Ruger?'

'Ja, het geweer.'

'We weten nog niet of dit inderdaad het moordwapen is.'

'Wij stonden naast Babette. Hoe hebben wij haar dan met zo'n enorm ding recht door het hoofd kunnen schieten?'

Ik sluit mijn ogen en leg mijn ijskoude vingers tegen mijn oogleden.

'Er zijn geen getuigen, dus we weten niet zeker of jullie je daadwerkelijk op die plek bevonden.'

'Je hebt de stick... Hebben jullie daar al op gekeken? Haar huis doorzocht? De Nokia, wat kan ik jullie nog meer geven? Zijn jullie ook zo op zoek naar Mik?'

'Onze dataspecialist gaat dit allemaal in kaart brengen. Maar ik moet eerlijk zijn wat betreft de ontvoering: we hebben alleen jouw verhaal. Ook weer zonder getuigen.'

'Sophie en Annabelle zijn getuigen. Annabelle kan je vertellen hoe zijn ontvoerders hem gevonden hebben... Zoeken jullie hem wel?'

'Uiteraard.'

'Zo ongeveer nu zou ik het geld in de vuilnisbak achter de McDonald's moeten gooien... jullie hebben de Nokia.'

'Voor zover ik weet is de Nokia niet afgegaan. En er zijn collega's ter plaatse.'

Ik zuig lucht naar binnen door mijn neus en blaas uit door mijn mond.

'Gaat het wel?' vraagt Da Silva.

Ik schud mijn hoofd. Mijn vingers en mijn armen beginnen te tintelen.

'Misschien moet je even met je hoofd tussen je knieën. En goed ademen.'

'Ik moet weg hier,' zeg ik. 'Ik moet mijn kind vinden, dat is wat ik moet.'

'We gaan je kind vinden,' zegt Da Silva. Ze loopt naar het kleine raampje en zet het op een kier. Het zweet staat op mijn voorhoofd. Mijn paniek gaat over in een hevige opvlieger of andersom. Da Silva staart me bezorgd aan. Ze vraagt of ik een glas water wil, of een dokter nodig heb. Of ik pijn op mijn borst heb.

Ik hoef niks. Ik weet dat dit voorbijgaat. Dit wel. Maar Mik zie ik misschien nooit meer terug.

'Negenennegentig komma negen procent van de vermiste kinderen vinden we, in goede gezondheid,' zegt ze.

'Mik is ontvoerd. Uit mijn auto. Kijk, hier.' Ik doe mijn haren omhoog en toon haar mijn hoofdwond en de donkerblauwe plekken op mijn bovenarmen. 'Jullie hebben de telefoon waarmee ik met hen communiceerde. Inmiddels hebben ze...' Ik hap naar adem omdat ik bijna niet mijn mond uit krijg. 'Een vinger van hem afgehakt.'

'Als ik iets heb geleerd van ontvoeringen, is het dat de daders zelden hun slachtoffer ombrengen. En ook hiervoor geldt: negenennegentig procent van de keren vinden we de slachtoffers in redelijke gezondheid terug.'

'Geloof je me?' vraag ik.

'Mijn werk is niets te geloven, behalve bewijs. En waarom zou ik je geloven, terwijl je tot nu toe alleen maar hebt gelogen? Eerst zeg je dat jullie hier zijn voor financiële ondersteuning, nu beweren jullie dat Mik ontvoerd is. Waarom bescherm je de mensen die je in het verleden al een keer iets hebben willen aandoen? Waarom spreek je met ze af, waarom ben je overal waar doden vallen? De begrafenis, de explosie, mevrouw Struyk...'

'Is er een dode gevallen bij de explosie?'

Da Silva schudt haar hoofd. 'Nee, daar niet. Wel onlangs, ook in Bergen aan Zee. Een Colombiaanse jongen. Negentien jaar. We hebben onze handen vol aan die klotedrugs hier. Was je toen ook toevallig in Bergen aan Zee? Het is oorlog, echt. En we kunnen die nooit winnen als iedereen maar blijft zwijgen.'

'Maar Sophie en ik hebben daar niks mee te maken, met die drugs. Wij zijn hier om Mik terug te halen. We hebben mensen gesproken... En zij zeggen allemaal dat Patricia een hitlijst naliet, waarop alle mensen staan door wie zij zich verraden voelde.'

'Wie voert die lijst uit? En wat levert het diegene op? We hebben niks aan dit soort geroddel. Het enige wat duidelijk is, is dat er een oorlog om de macht gaande is. Al dan niet ontketend door Patricia. En dan ben jij er ineens, terug uit Halsteren nota bene. Dan snap je toch dat wij dat vrij verdacht vinden?'

'Nee, eigenlijk niet.'

'Doe niet net of je niet weet wat daar gaande is.'

'Serieus, ik snap echt niet wat je bedoelt.'

'Cocaïnelabs?'

'Ja, daar heb ik weleens iets over gehoord. Maar wat heb ik daarmee te maken?'

'Dat vragen wij ons ook af.'

'Insinueer je nu dat ik naast een moordenaar ook een drugsdealer ben?'

'Nee, ik vraag het.'

'Ik heb een parttimebaan bij een sullig lokaal reclamebureau, waar ik teksten voor websites van Chinese restaurants en shoarmatenten lever. Ik zorg voor Mik en Sophie, ik zit avond aan avond tv te kijken met een bord op schoot. Ik ben juist uit deze wereld gevlucht. Letterlijk. Ik wil er niets meer mee te maken hebben. Iedere keer dat ik mijn leven saai en eenzaam vind, hoef ik maar even te denken aan alles wat ik hier heb verloren en achtergelaten om weer dankbaar te zijn voor het gebrek aan prikkels en avontuur. Nooit wil ik nog iets te maken hebben met de figuren hier.'

'Tenzij ze je zoon hebben en je wel moet.'

Ik staar een paar tellen naar de tafel.

'Wat moet ik dan wel? Ik begrijp totaal niet waar je heen wilt.'

'Je bent toch teruggekomen om je zoon te zoeken? Wie heeft daar belang bij?'

'Ik heb het al duizend keer gezegd. Patricia. Haar hitlijst. Wraak.'

'Maar ze willen toch iets van je?'

'Ja. Geld.'

'Dat hebben ze je doen geloven.'

Da Silva tikt iets op haar iPad. Ik heb het gevoel dat ik gek aan het worden ben.

'Ze willen echt geld. Geld dat ooit door Michel, mijn overleden man, is verduisterd. Ik heb een deel ervan gevonden en vervolgens verstopt. Hij bleek enorme schulden te hebben en ik dacht… Hij had het voor mij gedaan. Ik zag het als mijn erfenis. Maar uiteindelijk is het ook weer van mij gestolen. Toen ik hier in Bergen woonde, boven de schoenenzaak.'

'Is dat op zeker moment bij de politie gemeld, destijds?'

'Nee.'

'En dat is precies het bedrag dat de ontvoerders nu van jou willen? Of zeggen ze dat om jou bang te maken en je ervan te overtuigen dat ze alles van je weten? Om je meteen aan Patricia en haar zonen te laten denken? En om je je nog schuldiger te laten voelen?'

Ik begrijp niet waar Da Silva heen wil. Iedere vraag van haar lijkt een soort test, ieder verkeerd antwoord kost tijd, tijd die er niet is.

'Je zei dat je Mik wel hebt gesproken. Wanneer was dat?'

'Vanochtend. Heel vroeg. Halfzes ofzo.'

'En dat hij tegen je schreeuwde.'

'Hij riep dat hij me haatte. Dat ik zijn moeder niet meer ben.'

'Waarom zou hij je ineens haten?'

'Ik denk omdat ze hem allerlei slechte dingen over me hebben verteld.'

'Zoals?'

'Geen idee. Over het geld. Misschien dat ik zijn vader van die trap heb geduwd. Dat was een hardnekkig gerucht dat maar rond bleef gaan destijds. Het is pertinent niet waar, ik was niet eens in de buurt, maar nog steeds zijn er mensen die dit denken. Ook daarom ben ik weggegaan. Hoe kon ik een kind opvoeden in een dorp waar altijd geroddeld zou worden over wat er was gebeurd?'

'Ze zetten hem dus tegen je op. Ik concludeer daaruit dat ze hem niet zullen ombrengen. Hij is nog steeds van nut voor hen.'

'Hoezo "van nut"?'

'Ze kunnen jou beter manipuleren met een levende dan met een dode Mik.'

Da Silva klapte het hoesje van haar iPad dicht en legt hem in haar koffertje.

'Voor nu stop ik met de ondervraging. Mijn collega is er, dus over ik denk een uurtje weten we wat er op de stick staat en hebben we meer informatie over de Nokia.'

Ik wil niet dat ze gaat. Ik wil niet alleen zijn hier, in dit kale hok, alleen met mezelf en mijn razende wanhoop.

'Sta ik onder arrest?' vraag ik.

'Nee,' zegt Da Silva. ' Maar je bent wel een verdachte, tot alle onderzoeken zijn afgerond. Ik adviseer je in de buurt te blijven en mee te werken aan dit onderzoek. Ook ten behoeve van je zoon, van Mik. Laat het nu aan ons over. Tenslotte loopt jouw leven ook gevaar. Tenminste, als alles wat je hebt verteld waar is.'

'En Sophie?' vraag ik.

'Zij heeft haar volledige medewerking toegezegd. Ze wacht in de andere verhoorkamer.'

'Mogen we niet even bij elkaar zitten?'

'Helaas...'

'Hebben jullie iets van Annabelle gehoord?'

'Nee, we hebben haar nog niet kunnen lokaliseren.'

'Ze zou inmiddels in Bergen moeten zijn...'

'Ze is niet gezien, en ook niet in jullie hotel aangekomen.'

'Wat gaan jullie precies doen nu? Hoe willen jullie Mik vinden?'

Da Silva trommelt zachtjes met haar vingers op de formicatafel. Ik krijg de indruk dat ze me nog steeds niet helemaal gelooft.

'We lichten die Nokia door. Als we IMEI-nummers vinden, of andere telefoonnummers, dan gaan we die tracken. En we gaan kijken welke telefoons hier in de buurt uitgaande gesprekken hebben gehad rond de tijdstippen dat jij gebeld bent. En we tracken uiteraard de Nokia. Dus we kunnen dan iedereen die contact probeert te leggen doorlichten. Mochten ze bellen, houd ze dan zo lang mogelijk aan de praat.'

'Vooralsnog ligt de telefoon bij jullie in een la.'

'Je krijgt hem zo snel mogelijk terug.'

'En als de ontvoerders in bijvoorbeeld Brabant zitten, ik noem maar wat, kunnen jullie dat dan ook tracken?'

'Waarom Brabant?'

'Als voorbeeld. Friesland? België? Duitsland?'

Da Silva staat op. Ze trekt even aan haar broekspijpen en loopt dan naar de deur. 'Mochten er aanwijzingen bestaan dat ze zich in die omgeving bevinden, dan wel… Voor nu focussen we op de moord op mevrouw Struyk, want ik denk dat als we die daders vinden, we ook op het spoor van de ontvoerders van jouw zoon zitten.'

Annabelle

De rest van de nacht had ik wakker gelegen. Toen het lichter werd stond ik op en trok ik mijn T-shirt, spijkerbroek en zwarte trui aan. Vervolgens mijn sokken en sneakers.

'Jezus, Belle,' kreunde Thomas.

'Ik ga even lopen,' antwoordde ik. Op de lage tafel bij de schuifdeur zag ik naast zijn telefoon zijn sleutelbos liggen.

'Kom hier,' zei hij en hij hield het dekbed omhoog. 'Nog even een minuutje.'

De geur van slaapzweet vermengd met zijn kruidige aftershave walmde me tegemoet. Het maakte me misselijk.

'Sorry. Ik moet even frisse lucht. Straks,' antwoordde ik zo losjes mogelijk.

'Een kusje dan.'

'Vooruit.'

Ik liep terug naar het bed, boog me over hem heen en gaf hem een kus op de mond. Thomas sloeg zijn sterke armen om mijn hals en trok me naar zich toe. Ik wist er zowaar een lach uit te persen.

'Niet doen, Thomas, laat me even.'

'Als je maar weer terugkomt,' fluisterde hij in mijn oor.

'Natuurlijk,' beloofde ik.

Hij liet me los en draaide zich om, waarbij hij het dekbed over zijn oren trok. Het verbaasde me hoe makkelijk het was hem iets wijs te maken.

Ik pakte zijn sleutels zo zachtjes mogelijk van het tafeltje. Zijn telefoon deed ik in mijn jaszak.

'Tot zo, schatje,' zei ik. Ik deed de gordijnen opzij, schoof de deur open en stapte naar buiten. Daarna trok ik eerst het gordijn weer dicht en toen de schuifdeur, die ik voorzichtig met zijn sleutel op slot draaide.

Tommy en Shelby sprongen kwispelend en jankend tegen me op. Ik liep op mijn tenen om het huis, over het grindpad naar de carport, waaronder wel vijf auto's stonden. Die van Thomas bleek een Audi Q5. Ik had geen tijd om me nerveus af te vragen of ik daar wel in kon rijden. Ik opende het portier, klom erin, richtte de kleine zwarte afstandsbediening op het hek, schoof de sleutel in het contact en scheurde weg.

Pas toen ik bij Alkmaar was, durfde ik iets gas terug te nemen. Ik haalde een koffie en een McMuffin bij de McDrive en parkeerde verderop. Ik pakte de verfrommelde brochure van De Brabantse Burcht uit mijn jaszak. Eerst probeerde ik het handgeschreven nummer op de brochure met Thomas' telefoon te bellen, maar die had natuurlijk gezichtsherkenning. Vervolgens belde ik met mijn eigen telefoon.

'Ton,' zei een norse stem aan de andere kant van de lijn.

'Ha,' antwoordde ik zo vrolijk mogelijk. 'Ehm, volgens mij is dit het nummer van De Brabantse Burcht?'

'Nou, nee.'

'O. Nou ja, ik kreeg een brochure van jullie B&B, en daarop stond dit nummer geschreven.'

Er viel een lange stilte aan de andere kant. Ik twijfelde, moest ik Thomas' naam noemen? Ik besloot het niet te doen.

'Wat wil je?' vroeg Ton met een zwaar Brabants accent.

'Een kamer, als jullie nog plek hebben. Voor vanavond, als dat nog kan...'

'Bel even het andere nummer dat op de folder staat, ja? Dank je wel.'

Ton hing weer op. Ik nam een hap van mijn zompige McMuffin en belde het andere nummer.

'Met Coby, van B&B De Brabantse Burcht,' zei een opgeruimde, warme stem.

'Hoi, Coby, met Anna van der Made. Ik vroeg me af of jullie een kamer voor me hebben vanavond.'

'Maar natuurlijk hebben we die! Je bent van harte welkom, Anna!' Coby klonk alsof er voor het eerst iemand een reservering maakte, zo blij.

'Nou, wat leuk! Dan kom ik eraan.'

'We gaan de kamer voor je klaarmaken, lieverd. Kom je met twee personen?'

'Nee, ik ben alleen.'

'Ach, nou, dat geeft toch helemaal niet. Je bent zeer welkom. Wil je nog weten wat het kost?'

'O ja, graag.'

'Het is goed dat je direct bij ons boekt, want dan is de kamer tien euro goedkoper dan bij Booking. Dus het is vijfenzestig euro in plaats van vijfenzeventig. Met ontbijt. En ons ontbijt is echt... fameus.'

'Nou, dat klinkt heerlijk!' Ik begon al net zo enthousiast Brabants te praten als Coby.

'En Coby, mag ik nog wat vragen?'

'Natuurlijk, lieverd.'

'Ik belde zojuist een ander nummer, dat op de folder geschreven stond. Is Ton uw...'

'Zoon.'

'Ah, oké.

'Dit is een echt familiebedrijf. Mijn jongens doen de boerderij, en hun vader en ik de B&B. Van alleen een boerderij kun je tegenwoordig niet meer rondkomen, hè, met zijn viertjes. Ze maken het ons niet makkelijk, hoor.'

'Ik begrijp het helemaal. Tot strakjes!'

'Nou, tot dalijk dan! Houdoe!'

Daarna belde ik Sophie. Ze nam niet op. Ik durfde geen bericht in te spreken of een appje te sturen. Ik wist niet wie er mee zou lezen.

Ik stond er alleen voor. Zoals altijd. Mama met haar lievelingsdochter die altijd extra zorg, extra aandacht en vleierij nodig had. Waarvoor ze overigens alleen maar verwijten en onverschilligheid terugkreeg. En ik, omdat ik daar nooit om vroeg, op de achtergrond, in mijn eentje. Maar ik zou Mik terugbrengen.

Thomas' telefoon gooide ik in de vuilnisbak, samen met de lege koffiebeker en de verpakking van de McMuffin. Daarna reed ik naar de Autohopper om een auto te huren. Ik parkeerde de Q5 bij het AZ-stadion en liep een paar honderd meter langs de weg, over het verlaten industrieterrein. Bij de Autohopper was het warm en werd ik meteen geholpen. Nadat ik mijn eigen telefoon had uitgezet, was ik niet veel later in een witte Nissan Micra op weg naar De Brabantse Burcht.

Sophie

Het wachten lijkt eeuwen te duren. Ik staar naar mijn telefoon, die ik terugkreeg van de agent. Ik zit hier nu ruim een uur alleen. Annabelle neemt nog steeds niet op. Misschien luisteren en lezen ze wel mee. Al deze verspilde tijd. Buiten is het allang donker. Zouden ze ons hier de hele nacht vasthouden? Straks moeten we een cel in. In plaats van dat we dichter bij Mik komen, raken we steeds verder van hem verwijderd.

Ik sluit mijn ogen en denk aan de sproetjes op zijn neus, zijn blonde krullen en de roze hoofdhuid die erdoorheen schijnt. Ik weet nog dat ik dat vroeger ook deed. Me heel erg concentreren op mam, of pap, of Annabelle, en dan proberen te weten waar ze waren of wat ze dachten.

Ik weet niks. Alleen dat hij klein is. Je kunt hem breken als een twijgje. En ik denk niet dat mam het zou overleven, zijn dood. Ze leeft voor hem. En omdat hij er is, hoeven wij ons niet zoveel zorgen om haar te maken. Maar wat als hij dit niet overleeft? Dan raken we ook onze moeder kwijt, ik weet het zeker.

Opeens zwaait de deur open. Ik zie mams paniekerige hoofd. Ze lacht, alsof ze gek geworden is. 'Kom mee, Sophie, we gaan.'

'Mam!' Ik leg mijn vinger tegen mijn mond en wijs naar de camera's die in de hoek tegen het plafond hangen.

Mam krimpt ineen. Ze blijft bij de deur staan en fluistert.

'Ik weet wie het is.'

'Wie? Waar heb je het over?'

'De man. Op het zebrapad.'

Ze is echt gek geworden. Ze wenkt me. Ik weet niet wat ik moet doen.

'We moeten in de buurt blijven.'

'Nou en? We zijn niet gearresteerd. We hebben niks verkeerd gedaan. De deuren zitten toch ook niet op slot? En ik ga hier mijn tijd niet zitten verdoen. Kom.'

Ik kan haar niet alleen laten gaan in deze toestand, maar ik wil geen scène waarbij we alsnog in een cel worden gegooid.

Achter ons hoor ik het driftige klikken van Da Silva's blokhakken.

'Wat is hier aan de hand?' Ze heeft de iPad in haar handen.

'Aha!' roept mam, en ik hoor aan haar stem dat ze op het punt staat een woede-uitbarsting te krijgen.

'Jij bent hier! En je laat ons gewoon de tering krijgen in deze kutkamertjes! Wat dacht je: ik laat ze even een nachtje zweten en dan bekennen ze wel het een of ander?'

Da Silva blijft uiterst kalm. 'Ik begrijp je frustratie,' zegt ze. Dat is zo ongeveer het kutste wat je tegen een woedende moeder kunt zeggen.

'Jij begrijpt helemaal niets.'

'Zullen we even naar binnen gaan en dit niet hier op de gang uitvechten?'

Met zachte hand duwt Da Silva mijn moeder het kamertje in en ik ga weer zitten op de stoel waar ik al tweeënhalf uur lang op heb zitten wachten.

'We hebben de USB-stick uitgelezen. Babette Struyk was jullie niet aan het helpen. Integendeel.'

'Wat staat erop?' vraagt mama, terwijl ze zich vasthoudt aan de tafel. 'Geen twee miljoen aan crypto in elk geval.'

'Maar wat dan wel?' vraag ik.

'Beelden van een beveiligingscamera. Niet recentelijk opgenomen. Beelden van zo'n tien jaar geleden. Van jullie.'

Mam kijkt me aan. Ze ziet er ineens oud uit.

'Mogen wij het zien?' vraagt ze.

'Ja,' antwoordt Da Silva en ze zet de iPad aan. 'Misschien weten jullie waarom zij deze beelden aan de ontvoerders wilde geven.'

Karen

Ik kan de zwart-witbeelden op de iPad eerst niet thuisbrengen, ook niet nadat ik mijn leesbril heb opgezet. Langzaam ontwaar ik echter een keuken en een eettafel. Wie is de bewegende schim in de jas, sjouwend met boodschappentassen? Een vrouw in ieder geval. Ze pakt van alles uit en zet het op de tafel. De vrouw beweegt stijfjes en haastig. Ze loopt het beeld uit en komt iets later terug met een grote zwarte tas. Dat is het moment waarop ik me realiseer dat ik naar mezelf kijk. Tien jaar geleden. Het appartement boven de schoenenzaak. Ik zie hoe ik rolletjes bankbiljetten uit de tas pak en ze, verpakt in plastic zakjes, een voor een in de diepgevroren kippenkonten duw. Dan ineens een nieuw filmpje. Simon stapt door de deur. Troel, onze oude hond, springt enthousiast tegen hem op.

'Wat is dit?' stamel ik. Ik herken het trainingspak. Hij trekt latex handschoenen aan en gaat dan behoedzaam door alle keukenkasten en lades terwijl Troel om hem heen dartelt. Simon pakt een balletje en gooit het weg. Troel spurt er opgetogen achteraan. Simon trekt het grote kleed waarop de keukentafel staat omhoog en tast onder het tafelblad. Dan gaat hij door zijn knieën en duwt de plint onder het keukenblok los. Ineens kijkt hij op. Hij klikt de plint terug en rent weg, ik kan niet zien waarheen.

Ik zie mezelf binnenkomen in korrelig grijs, en het is alsof ik echt weer die kamer binnenstap. Hoe ik me verbaasde over de lichten die aanstonden. Troel die tegen me opspringt. Het knagende gevoel van onheil. Ik ging plassen en daarna was Simon ineens in mijn woonkamer. Hij kwam niet binnen, hij was er al. Hij kwam niet voor mij, maar om iets te zoeken. Hij droeg een ijsblauw trainingspak van een of ander absurd duur merk. Het viel perfect om zijn gespierde lijf. Natuurlijk wilde deze man mij niet. Dat ik dat toen dacht. Ik zie het, onze schimmen, hij zelfverzekerd, soepel bewegend. Ik schichtig als een muisje. 'Jij bent heel speciaal voor me.' Ik hoor het hem weer zeggen. Ik geloofde het. Ik ga zo op in het beeld dat ik hem bijna weer kan ruiken. Silver Mountain Water. Vers tenniszweet. Wasmiddel met Marseille-zeep. Alcohol in zijn adem. Mijn maag draait zich om van schaamte en verlangen. Die middag was ik als een dor stekje dat ineens water kreeg.

Ik zie mezelf weggaan met Troel. Hij belt iemand, terwijl hij opnieuw begint te zoeken. Deze keer opent hij de koelkast. Alle vakjes, alle potjes, alle Tupperware-bakjes gaat hij af. Hij drukt het telefoongesprek weg en loopt naar de stoppenkast. Ik zie hem een emmer wegzetten, een bezem, een dweil. Hij pakt mijn regenlaarzen en keert ze om. Daarna verdwijnt hij in de kast, waarschijnlijk om te kijken of er ergens iets loszit, waarachter ik de papieren of het geld heb verstopt. Dan komt hij terug, sluit de gordijnen en trekt een fles rode wijn open. Gehaast steekt hij een paar kaarsen aan.

Het beeld knippert: ineens zijn we in de woonkamer. Simon met zijn joggingbroek op zijn knieën, zijn hoofd tussen mijn benen.

'Moet dit?' vraag ik.

Sophie kijkt me vol walging aan. 'Hoezo hadden we overal camera's hangen?' vraagt ze.

Allebei draaien we onze blik van de iPad.

'Dat hadden we niet, althans, niet dat ik wist…'

'Nou, Simon zo te zien ook niet,' zegt Sophie, waarna ze zo afkeurend mogelijk inademt.

Da Silva tikt haastig de beelden weg. Dat was de laatste keer dat ik seks had, bedenk ik.

'Hier wordt het interessant,' zegt Da Silva en ze klikt een vierde filmpje aan. Ik vraag me af waarom ze ons die beschamende beelden niet heeft bespaard.

We zijn weer in mijn keuken. De gordijnen zijn dicht, er staan twee lege glazen op het aanrecht. Ineens een schim. Hij komt door de andere deur, naast de stoppenkast. Hoody over zijn hoofd, een zaklamp in zijn handen. Een tweede figuur doemt achter hem op. Hij draagt eveneens een hoody. De voorste gaat recht op mijn vriezer af.

'Kijk,' zegt Da Silva en ze zoomt in op de klok op mijn oven. 2.55 uur staat daar. 'Dit vindt diezelfde nacht plaats. Waar ben jij op dit moment?'

'In bed.'

'Met Simon?'

Ik knik. Mik is toen verwekt.

De twee figuren pakken haastig de kippen uit de vriezer, pulken de plastic zakjes met de rolletjes geld eruit en stoppen ze in een grote tas.

'We krijgen geen beeld van hun gezichten,' zegt Da Silva. 'Aan hun houding en postuur te zien zijn ze jong.'

Wanneer ze klaar zijn, doen ze de kippen stuk voor stuk terug op een rijtje in de vriezer. Dan gaan ze ervandoor. De voorste laat de tas met geld vallen. De achterste bukt om de tas op te pakken, en terwijl hij weer omhoogkomt, valt de capuchon af.

Da Silva zet het beeld stil en zoomt op hem in. We zien een groot, vermoedelijk blond hoofd. Het haar wordt bijeengehouden met een elastiekje.

'Is het een meisje?' vraag ik.

'Er zijn ook jongens met staarten,' zegt Da Silva.

'Het is Beau,' zegt Sophie. 'Dit is Beau, ik zie het meteen. Dat vierkante hoofd. Hij heeft dat halflange haar, had-ie toen al. Dit zijn Beau en die ander is, denk ik, Luuk.'

'Waarom zou Babette ons een stick geven waarop haar eigen zonen ontmaskerd worden?' vraag ik.

'Dames, kijk...' Da Silva klikt het laatste fragment aan. 'Nu wordt het pas echt vreemd.'

We zien weer de keuken. Ik kom binnen, de hond trippelt achter me aan. Ik pak een blocnote en krabbel er iets op. Daarna doe ik Troel de riem om en loop weg. Ik weet nog precies wat ik ging doen. De Albert Heijn-tas met de dossiers vol schaduwboekhouding van de Brotherhood die Michel had verzameld in veiligheid brengen. Enkele seconden nadat ik ben vertrokken, stapt Simon in zijn boxershort de keuken in. Hij pakt de keukentrap uit de stoppenkast en plaatst hem recht onder de camera. Ik zie zijn getergde gezicht dichterbij komen. In een flits zie ik ook het gezichtje van Mik. De ernst. Hoe hij bijt op zijn volle onderlip. En dan gaat het beeld op zwart.

'Och, jezus,' roep ik uit.

Annabelle

Vakantieboerderij De Brabantse Burcht heeft vijf sterren op Google. In de reviews valt heel vaak het woord 'gezellig'. Toen ik aan kwam rijden, vond ik er niks gezelligs aan.

Een lange, rechte weg door vlak land. De Brabantse Burcht werd al ver van deze weg aangekondigd, door een groot wit bord met rode gotische letters. Ik sloeg linksaf het lange, eveneens rechte pad op, tot aan een groen ijzeren hek dat openging zonder dat ik aan hoefde te bellen. Ik keek omhoog, naar de drie op verschillende punten gerichte camera's die aan een paal hingen. Achter het hek stonden aan weerszijden van de laan kniehoge bossen uitgebloeide hortensiastruiken en weer een bord, ditmaal geel, met in zwarte letters: PAS OP DE HOND!

Langzaam reed ik door tot aan een grote houten, zwart gebeitste schuur en een uit rode bakstenen opgetrokken boerderij. Aan de gevel hing een omgekeerde Nederlandse vlag.

Terwijl ik parkeerde, kwam er een luid blaffende herder op mijn auto af rennen, gevolgd door een hinkende vrouw met kort grijs haar. Ze riep van alles maar werd overstemd door het luide geblaf. Ik durfde pas uit te stappen toen ze de hond te pakken had en hem in de schuur had opgesloten.

'Ja, sorry voor Darth, hij is jong en nogal wild,' zei de vrouw. Ze stak haar hand uit en stelde zich voor. 'Jij bent Anna, neem ik aan?

Wat leuk dat je hier komt logeren! Je bent ook de enige gast, dus ik heb je een upgrade gegeven! Ik heb Het Huuske voor je klaargemaakt. Dat is net af. Zo mooi geworden,' ratelde Coby met een Brabants accent. 'Wil je koffie? Ik heb verse gezet. Met een stukske vlaai, want dat hoort erbij als je hier in Brabant bent.'

Ik liep achter haar aan naar de entree, langs een houten tafel vol pompoenen en met tot kabouters met rode vilten mutsjes omgetoverde boomstammetjes. Voor het naar binnen gaan trok ze haar plastic instappers uit, en ik zette mijn schoenen ernaast.

'Zo. We gaan even naar de keuken, daar is het warm.'

We liepen door een smalle hal naar een woonkeuken die sinds de jaren tachtig niet meer was verbouwd. In de hoek een gietijzeren kachel waarin achter glas een vuurtje laaide.

'Ga zitten,' zei Coby en ze wees op een van de stoelen aan de houten keukentafel.

'Ja sorry, je moet tegenwoordig eerst allerlei papieren invullen...' ging ze verder en ze legde een gekopieerd incheckformulier voor me neer. 'Heb je een paspoort bij je of iets?'

Ik ging zitten en antwoordde dat ik dat vergeten was.

'Ik heb per ongeluk een verkeerde tas meegenomen... Dus geen portemonnee bij me! Maar ik heb wel cash geld, net nog gepind.'

'Hoe doe je dat zonder portemonnee?'

'Met mijn telefoon,' loog ik.

'Het is wat tegenwoordig,' antwoordde ze. 'Staat daar dan niet je paspoort of rijbewijs in?'

'Sorry, nee... Maar ik weet het nummer uit mijn hoofd.'

'Vooruit dan maar. Als je cash betaalt, kunnen we dit hele formulier ook wel achterwege laten. Melk en suiker?'

'Zwart, graag.'

Toen ze de mok voor me neerzette, twijfelde ik even of ik de koffie wel moest drinken. Maar Coby leek me niet het type dat mensen drogeerde. Bovendien had ze geen reden om dit te doen, ze kon onmogelijk weten wie ik was en waarom ik hier was. Ik nam een slok. Het was een straf bakkie uit hetzelfde tijdperk als de keuken.

'Kijk eens aan,' zei Coby en ze zette een kwart vlaai voor mijn neus. 'Rijstevlaai van MultiVlaai. Da's de beste van Bergen op Zoom! Goed voor je, met die dunne armpjes!'

Ze grinnikte en kneep vrij stevig in mijn bovenarm. Ik grijnsde terug en zette het zilveren vorkje in de vlaai.

'Zo, dus, ben ik de enige gast?' vroeg ik en ik stak een stukje vlaai in mijn mond.

'Goed zo. Lekker eten. Ja, deze tijd van het jaar is niet bepaald de populairste tijd, hier in Brabant. Af en toe een gestrande reiziger, of iemand die even aan het leven moet ontsnappen.'

Coby keek me lief aan en leunde met haar hoofd op haar verweerde hand.

'En jij dan, wat doet zo'n mooi, jong meiske hier?'

'Wat u zei, even aan het leven ontsnappen. Ik heb even rust nodig.'

'Ja, maar hier? Hoe kom je bij De Brabantse Burcht?'

'Een vriend van mij zei dat hij Ton kende, uw zoon. Hij gaf me uw brochure.'

'Ja, Ton, die heeft inderdaad veel vrienden. Hij zei al dat een meiske hem had gebeld. Hoe heet die vriend?'

'Johan,' loog ik.

'Hm. Zegt me niks. Maar maakt allemaal niets uit, lieverd, ik ben blij dat er nog mensen voor ons reclame maken. Het valt allemaal niet mee, zal ik je zeggen.'

Over haar ronde, lieve gezicht, gleed iets bitters. Haar mondhoeken trokken naar beneden. Ze wreef met haar vingers over het stukje neus tussen haar ogen.

'Nou, eet je vlaai op, dan zal ik je Het Huuske laten zien.'

We gingen door de achterdeur naar buiten, over een grote betegelde binnenplaats, omringd door schuren en hokken.

'Ja, dat deden we vroeger,' zei ze.

'Varkens...' Ze wees op een groot, smal gebouw met groene deuren. 'En kippen...' Waarna ze met haar hoofd gebaarde richting een hoog houten hok.

'Ik kan het allemaal niet meer. Mijn knie... En het houdt niet over hè, tegenwoordig, dus zijn we deze B&B begonnen.'

We sloegen een paadje in, liepen langs een groentetuin en aan het einde daarvan, met de rug tegen een groep hoge eiken, stond een soort Tiroler hutje, met een veranda en een schommelbank.

'Ik heb de kachel al aangestoken. Als je hier niet kunt bijkomen, dan weet ik het ook niet meer,' zei ze trots lachend. 'Hebben mijn jongens gebouwd. Mooi, hè? Zij wonen daar.'

Zo ongeveer dertig meter verderop aan de rechterkant stond een reusachtige witte camper.

'Ja, wat moet je? Ze willen niet weg en ze willen ook niet meer op de boerderij wonen. Ik vind het stiekem wel gezellig, hoor.'

'Ik zou het wel moeilijk vinden om nog bij mijn moeder te wonen,' zei ik, terwijl ik naar de camper staarde.

'Ach, weet je, ze hebben hier de ruimte, hè. En je moet elkaar ook die ruimte gunnen. Ik let niet op ze of zo. Ik weet alleen wat ik zie.' Ze glimlachte er ondeugend bij. 'Dat is altijd maar het beste, om niet te zoeken naar dingen die je niet wilt vinden.'

Sophie

Het is al ruim na middernacht wanneer mam en ik eindelijk weer buiten het politiebureau in Alkmaar staan. Da Silva heeft ons verzocht in de buurt te blijven. Ze heeft ons op het hart gedrukt dat ze boven op de zoektocht naar mijn broertje zit, maar tot nu toe zien we nog geen enkele vooruitgang. Het is me niet helemaal duidelijk wat die beveiligingsbeelden van tien jaar geleden zullen opleveren. Zowel mam als ik durfde onze eigen vermoedens niet uit te spreken.

'Het zijn die twee klootzakken natuurlijk. Beau en Luuk,' zegt mam wanneer we op het Mallegatsplein op een taxi staan te wachten.

'Die beelden waren zo vaag. Helaas niet vaag genoeg om het beeld van Simon tussen jouw benen te blurren.' Ik wil haar pijn doen. Wat op die iPad te zien was, heeft weer een hoop woede in mij doen oplaaien.

Mam zucht. Ze probeert haar armen om me heen te slaan, maar ik deins terug.

'Heb je sigaretten?' vraagt ze.

Ik zoek in mijn zakken en geef haar mijn pakje.

'Goddank.'

Ik geef haar ook mijn aansteker. Puur om haar te sarren steek ik er zelf ook een op.

'Het spijt me echt verschrikkelijk dat je dat hebt moeten zien,' begint ze.

'Dat snap ik.'

'Maar we hebben geen tijd om daar nu ruzie over te maken, of om er lang bij stil te staan. Dat moeten we later doen. Luister, Sophie, ik heb iemand gezien...'

'Mam, please.'

Ze gaat onverstoorbaar door. 'Ik zag een man. In het dorp. Hij stak over, vlak voor de politieauto waar wij in zaten.'

'Oké.'

'Ik kende hem ergens van en ik kon hem maar niet thuisbrengen. Tot ineens... Sophie, het was de zoon van die vrouw die me hielp, vlak nadat ze Mik hadden meegenomen.'

Voor ons stopt de taxi. Ik stap voorin in. Zwijgend rijden we terug naar Bergen, het dorp waar ons lot ooit werd bepaald. Ik voel dat ik leeg ben, dat ik niet meer kan luisteren naar haar en dat ik haar de schuld van alles geef. Ik weet dat het niet eerlijk is, en dat we nu als gezin solidair moeten zijn met elkaar, maar ik wil weg.

Zodra we op de hotelkamer zijn begint mam weer. 'Wat doet die man in Bergen? Dat kan toch geen toeval zijn? Ik ben zijn naam kwijt. Maar ik weet de naam van zijn moeder nog. Coby. Ze hebben me nog een folder gegeven van hun bed & breakfast. Het moet in de buurt van Halsteren zijn. Die folder... die ligt in mijn auto... Googel eens, Soof.'

Ik googel op mijn laptop 'bed & breakfast Halsteren'. Er verschijnen drieëntwintig adressen.

'Het is een boerderij. O, en ze hebben een blotevoetenpad.'

Ik voeg deze termen toe aan de zoekopdracht. Et voilà, er komt één adres omhoog.

'De Brabantse Burcht,' zeg ik.

'Ja!' roept mam en ze slaat met haar vlakke hand op het nachtkastje.

'Het kan natuurlijk ook gewoon wel toeval zijn,' zeg ik.

'Ja, toeval, dat hij vlak na Miks kidnapping ter plaatse was, en nu, tweehonderd kilometer verderop, weer opduikt.'

'Waarom heb je dit niet aan de politie verteld?' vraag ik. Ondertussen trek ik mijn kleren uit. Ik voel me verschrikkelijk vies. Ik ruik nog steeds de oud-zweet-*meets*-ranzige-koffiegeur van het politiebureau.

'Ik wil eerst weten wat zijn link met Ivo is,' zegt mam zachtjes.

'Waarom blijf je de problemen zelf opzoeken?' antwoord ik. Ik loop langs haar, ze zit me vanaf het bed aan te staren. Haar hand strekt zich naar me uit, maar ik deins terug. 'Met deze feiten kan de politie ons helpen.'

'Je bent boos op me,' zegt ze.

'Mam, laat me even met rust, snap je dat? Alles moet even bezinken. Laat me nou maar.'

Ik stap de ieniemieniebadkamer in en draai de douche open. Mam gilt over het geluid van het stromende water heen. 'Nee, eerlijk gezegd snap ik het niet. We moeten Mik vinden. Ze gaan ons niet meer bellen, de deadline is verstreken. Iedere seconde die we verliezen met dit soort moeilijke gedoe is er een te veel. Ik wil naar die B&B. Ik weet zeker dat zij er iets mee te maken hebben.'

'De politie wil dat we in de buurt blijven,' roep ik terug.

'Oké, dan blijf jij maar in de buurt.'

Het warme water op mijn lichaam ontspant me een beetje. Ik haal diep adem en leun met mijn hoofd tegen de zeeblauwe tegels.

'Mam, je kunt daar natuurlijk niet naartoe in je eentje. Ze kennen je.'

Ze is ook de badkamer in gelopen en staat gebogen voor de wastafel. Ik vrees dat ze huilt. Ik kan haar nabijheid bijna niet verdragen.

Ik was mijn oksels met de goedkope douchegel van het hotel. Het voelt als glijmiddel. Ik wil me scheren, maar met mijn moeder die op een halve meter afstand een *mental breakdown* aan het hebben is, ga ik dat niet doen.

'Weet je? Laat mij gaan. Mij kennen ze niet. Ik kan daar rondneuzen...'

'Ik kan je niet alleen laten gaan. Als ze iets met de ontvoering te maken hebben... of met Beau en Luuk, dan zijn het levensgevaarlijke gasten.'

'Jij doet altijd alsof ik nog twaalf ben of zo. Ik ben tweeëntwintig. Ik ben volwassen. En ik ga heus niks geks doen. Als ik denk dat er iets niet klopt daar, bel ik jou, en Da Silva.'

'Nee, ik wil het niet. Het is te gevaarlijk, Sophie.'

'Je hebt niks te willen,' antwoord ik.

Karen

Ik ga op het harde hotelbed liggen. We kunnen nu niks doen. De politie heeft onze auto in beslag genomen voor verder onderzoek, ik heb geen telefoon. Sophie ligt naast me, met haar rug naar me toe en haar ogen dicht, maar ik voel dat ze niet slaapt. Zoals ik ook niet zal slapen. Mijn gedachten stoppen niet met razen en tollen, steeds opnieuw dezelfde beelden, steeds weer wordt Mik uit de auto getrokken. Ik bijt in een hand en probeer me wanhopig het nummerbord van de Ford Explorer te herinneren. Het staat in mijn geheugen geëtst. Maar ik ben het kwijt, de informatie is bedolven onder nieuwe feiten, weggesijpeld door slaapgebrek.

'Mam?' vraagt Sophie ineens.

Ik schrik zo van haar plotselinge stem dat ik overeind schiet en een kreet slaak.

'Sorry! Ik dacht dat je ook wakker lag.'

'Lag ik ook. Jezus. Mijn hart.'

Ik ga weer liggen. Kon ik maar tegen haar aankruipen. Konden we elkaar maar troosten.

'We moeten dit gewoon aan de politie vertellen. Ze zijn toch al op de hoogte. Waarom wil jij zo graag zelf alles oplossen?'

'Hier hebben we het toch al over gehad?'

'Ja, maar ik heb het gevoel dat jij... het niet allemaal meer overziet.'

'Mik is daar. Dat is wat ik denk. Stel dat er daar ineens een paar agenten voor de deur staan, wat denk je dat ze dan met Mik zullen doen? Ik wil poolshoogte nemen, ik wil het kunnen bewijzen. En dan mag van mij de politie komen.'

Ik draai me op mijn zij, met mijn rug naar Sophie toe.

'Waarom tril je zo?' vraagt ze.

'Omdat ik het koud heb. Zo koud... Ik heb het gevoel alsof er bij mij vanbinnen niets meer zit. Ik ben een groot gapend gat. Alleen mijn hart zit er nog. En dat bonkt de hele tijd panisch. Een soort op hol geslagen motortje dat de hele tijd bij alles wat ik doe, zegt: hier krijg je Mik niet mee terug. Hij is dood, hij is dood, hij is dood, zegt mijn hoofd.'

'Ach, mam,' verzucht Sophie en ze streelt mijn rug net zo lang tot ik toch in een onrustige slaap val.

Wanneer ik wakker schrik, is Sophie weg. Op haar kussen ligt een handgeschreven briefje.

Niet schrikken, mam, ik ben naar De Brabantse Burcht. Jij moet hier blijven, want anders komt Da Silva achter ons aan. Please, koop een prepaid en stuur me dan het nummer via de e-mail van het hotel.
Lov you, Soof

Ik douche vloekend. Nu ben ik al mijn kinderen kwijt.

Eerst wil ik zo snel mogelijk achter haar aan, voortgestuwd door de cortisolpieken in mijn bloed. Maar wanneer ik me in mijn spijkerbroek haast, waardoor ik omval en met mijn hoofd op de badkamerdrempel knal, roep ik mezelf tot de orde. Waarom vertrouw ik haar niet? Waarom kan ik niet accepteren dat ze volwassen is, net als Annabelle, en dat zij dit moet doen? Waarom verlang ik van haar dat ze bij mij blijft? Natuurlijk moet ik niet naar De

Brabantse Burcht. Ze kennen me, dat zei Sophie ook al. Dat zou alles verpesten.

Ik loop het dorp in en haal tegenover de Ruïnekerk een take-awaykoffie en een croissant bij een schattig ontbijttentje, gevuld met stellen in unisex sportieve kleding. Daarna loop ik door naar de telefoonwinkel op Het Plein om een prepaidtelefoon met beltegoed te kopen. De aardige nerd die achter de balie staat, maakt hem helemaal gebruiksklaar, terwijl hij me om de paar seconden bezorgd aankijkt. Kennelijk straal ik uit dat ik ieder moment een zenuwinzinking kan krijgen.

Wanneer ik terugkom in het hotel, zit Da Silva samen met een agent in uniform in de lobby. Beiden staan op zodra ze mij zien.

'Lekker onopvallend,' zeg ik nadat de geüniformeerde agent zich heeft voorgesteld. Zijn naam vergeet ik direct.

'Ook goedemorgen,' zegt Da Silva. 'Heb je heel even?'

'Uiteraard.'

We gaan zitten in de roodfluwelen fauteuils en Da Silva legt de Nokia voor me op de glazen salontafel.

'Wat overigens ook vrij onopvallend is, is het bloed op uw voorhoofd,' zegt ze.

Ik voel aan de bult bij mijn linkerslaap. 'O, shit. Ik ben vanochtend gevallen in de badkamer. Ik had niet door dat ik bloedde.' Vandaar dat die aardige nerd in de telefoonwinkel me zo bezorgd aanstaarde.

Da Silva opent haar leren tas en geeft me een zakdoekje aan. Ik denk niet dat ze me gelooft.

'Er is niet gebeld,' begint ze. 'En we hebben ook nauwelijks activiteit gevonden op de Nokia. Wel op de momenten die je noemde, maar dat nummer is zeer goed afgeschermd. Als we eerder van de ontvoering hadden geweten, hadden we kunnen meeluisteren, natuurlijk. Mochten ze nu bellen, dan is de telefoon geprept. Ofwel, de lijn wordt continu afgeluisterd door ons.'

'Ze bellen niet meer,' zeg ik. 'De ontvoerders zijn ons steeds een stap voor geweest, dus ze weten donders goed dat de politie er nu bij betrokken is. En ze hebben de boel lekker vertraagd door dat wapen in onze auto te leggen. Ze hadden ruim de tijd om weg te komen, terwijl jullie mij en mijn dochter opsloten.'

Da Silva geeft geen krimp.

'Wij hebben ook het vermoeden dat die kogels voor u bedoeld waren.'

'Dat is wel een omslachtige manier om mij te doden.'

'Waarschijnlijk wilden ze u alleen laten schrikken, opjagen. Twee kogels zijn namelijk in de boom naast jullie beland, maar eentje is afgeketst op het metalen plaatje op de boom. Recht in de aorta, ofwel de grote slagader van het hart van het slachtoffer.'

Da Silva en de agent kijken me geconcentreerd aan. 'We willen u en uw dochter graag beveiligen. Op zo'n onopvallend mogelijke manier.'

'Ik wil graag dat jullie mijn zoon vinden,' zeg ik, terwijl mijn hoofd kookt.

'We zitten erbovenop. We peilen alle telefoons van de door u aangemerkte verdachte personen, en checken hun geschiedenis, in combinatie met de tijdstippen dat u bent gebeld, en waar hun telefoons waren op het moment van ontvoering.'

'Dat heb je allemaal al gezegd. Denk je dat die gasten zo dom zijn met hun eigen telefoon te bellen? Of überhaupt zelf betrokken zijn bij de ontvoering?'

Da Silva legt haar hand op mijn knie. Haar aanraking stuurt een schok door me heen.

'Ik kan je niet alles over het politieonderzoek vertellen, helaas. Maar geloof me, we hebben de jongens al een tijdje in het vizier.'

'En met "de jongens" bedoel je wie? Het zijn nogal wat jongens.'

'Wat ik zeg. De jongens. Het hele netwerk van de familie Vogel.'

'Sorry,' zeg ik. 'Als je het niet erg vindt, ik moet heel nodig plassen. Ik ben zo terug.'

'Gaat het wel?'

'Laat mij maar even.'

De toiletten van het hotel bevinden zich in de kelder, naast de keuken en de nooduitgang. Ik druk mezelf tegen de koele tegels tegenover de wasbakken en kijk naar mezelf in de spiegel. Het licht is hier afschuwelijk. Ik zie eruit als een opgejaagd dier. Ik probeer mijn ademhaling weer onder controle te krijgen door de zure lucht van pis en huismerk toiletverfrisser diep te inhaleren. Ik moet weg van de politie. 'Wij lossen onze problemen zelf op' – had Thomas dat niet gezegd? Dat ga ik nu ook doen. Ik moet weg hier en ik weet precies waarheen.

Annabelle

Coby wees me op het blotevoetenpad dat zij en haar man Frans met behulp van haar zonen naast het huis hadden aangelegd.

'Ach, het is een extraatje hè, voor de kinderen en zo, die vinden dat enig. Je kunt het straks even lopen. Mag ook met schoenen, hoor, het is nu een beetje koud.' Ze bleef maar bij de veranda rondhangen, hoewel ze om de paar minuten zei: 'Ik laat je zo met rust, hoor!'

'We hebben ook een paar van die Franse koeien, die staan nu op stal, maar Ton en Marcel draaien daar heel aardig mee, moet ik zeggen,' ratelde ze maar door. 'Biologisch, hè, daar kun je niet omheen. Het is niet meer te doen, hoor, om te boeren, ze willen ons echt weghebben. Dat is wel een zorg, zo van: waar zadel je je jongens mee op? Toen ze geboren werden, was het onze droom. Twee zonen om wat we hadden opgebouwd voort te zetten. Maar eerlijk is eerlijk, ze doen echt wat ze kunnen. Ze geven er echt een andere draai aan. Ja, je kunt je ook laten uitkopen hè, of verkopen... Maar dit land is al eeuwen van onze familie. Of mijn mans familie. Waar moeten we heen? Op een flatje gaan zitten? Dat is niks voor ons.' De woorden stroomden vanzelf uit haar mond.

'En wat is hierachter?' vroeg ik en ik wees naar het beboste veld achter mijn huisje.

'Ook van ons,' zei Coby. 'Maar ja, wat moeten we ermee, we

hebben het maar laten groeien allemaal. Al jaren, hoor. Er staan wat hokkies, en de jongens bouwden er een boomhut toen ze klein waren. Ze hadden ook een keet.'

'Een keet?'

'Om te drinken. Met vrienden. Gewoon, wat jongens doen. Vuurtje bouwen, beetje schieten. Zullen ze bij jou in de stad vast niet mogen.' Coby grinnikte.

'Zal ik je straks wat eten brengen? Want je hebt vast geen boodschappen bij je. Ik kook ook altijd voor de jongens, dus dan kan ik jou ook wel wat brengen.'

'Hoe oud zijn uw zonen eigenlijk?'

'Marcel is net dertig, Ton vierentwintig. Er zat er nog eentje tussen, een meisje... Maar zij werd te vroeg geboren. Kom je nooit overheen, hoor.'

'Nee, dat geloof ik.'

'Kijk, daar zul je ze hebben!' Coby pakte me bij mijn elleboog en begon richting de camper te zwaaien, waaruit een vrij forse man stapte. Hij zwaaide terug.

'We hebben een gast!' schreeuwde Coby.

Ik stak ietwat ongemakkelijk mijn hand omhoog.

'Kijk, hij komt even,' zei Coby, grijnzend van oor tot oor. Ik vreesde dat ze in mij een ideale schoondochter zag.

Marcels handdruk was zo stevig dat ik mijn middenhandsbeentjes voelde kraken. Hij keek me achterdochtig aan, maar zei niets.

'Marcel is altijd een beetje verlegen, hè, tegen mooie vrouwen.'

'Nou mam, zo kan-ie wel weer,' antwoordde hij, krabbend in zijn rossige baard.

'Zeg, ik ga even naar 't Koffiehuis, Ton zit daar ook.'

'Da's goed, jongen. Ik zal het eten in de koelkast zetten.'

'Top. Houdoe, hè. En aangenaam kennis te maken. Mams zal heel goed voor u zorgen.'

Nadat Coby mij ertoe had gedwongen haar blotevoetenpad te lopen, en me een Tupperware-bakje zuurkool met worst had gegeven, niet van die rare vegetarische maar gewoon echte worst, die de varkensboer hier verderop had meegegeven, kon ik eindelijk even alleen het beboste veld achter mijn huisje in lopen. Het begon al te schemeren en uit de mossige grond trok de nevel op. De bomen stonden dicht op elkaar en mijn gympen zakten af en toe weg in de modder, tot ik op een soort pad stuitte. Wat de fuck liep ik hier te doen? Had ik niet een hekel aan filmscènes waarin hoofdpersonen precies deden wat ze niet moesten doen, namelijk een bos of een verlaten gebouw in lopen? En toch was ik hier, in mijn eentje, zonder een wapen of iets anders om van me af te slaan. Ik keek om me heen, pakte een dikke stok en liep verder. Ik durfde de flashlight op mijn telefoon niet aan te zetten, want dan zou ik van een afstand al zichtbaar zijn.

Aan het eind van het pad stonden de schuurtjes en de keet waar Coby het over had gehad. Links van me een bruine zeecontainer, waarvan de grote deur gesloten was met een aantal kettingsloten. Daarnaast stond een vervallen schuur, opgetrokken uit bouwafval, met een grote overkapping waaronder allerlei oude troep was opgeslagen. Koelkasten waarvan de deurtjes openhingen, twee tv's, het frame van een Ikea-bed, trappen in alle soorten en maten, een beige fauteuil vol bruine vlekken, grote blauwe vaten, heel veel rollen blauwe en rode rubberslangen. De deur van de schuur stond open, en er puilden een paar hooibalen uit. Ik vroeg me af of Coby wist wat voor troep hier allemaal lag.

Iets verderop, achter een grote kuil waarin onlangs nog vuur was gemaakt, gezien de zwartgeblakerde blokken hout die erin lagen, stond een bouwkeetachtig hok, waaruit de zijgevel was verwijderd. Dit moest de zuipkeet zijn waar Coby het over had, gezien de provisorische bar die erin stond en de flessen drank daarachter. Er hing een grote rood-wit geblokte vlag boven een mobiele muziekbox.

'Creepy' was de beste omschrijving voor deze hele setting.

Het was hier vreemd stil en het begon inmiddels donker te worden. Mijn knieën waren slap van de zenuwen en mijn hart maakte een sprong bij ieder takje dat kraakte onder mijn voeten. Ik was bang, maar ik kon niet meer terug. Wat als Mik in die container zat? Op mijn tenen sloop ik naar de zeecontainer en klopte op de roestbruine deur.

'Hallo?' fluisterde ik.

Ik hield mijn oor tegen het koude staal en luisterde zo geconcentreerd mogelijk. Het was angstaanjagend stil. Ik klopte harder. Niks. Het liefst schreeuwde ik, en beukte ik alle sloten op de deur kapot, maar ik moest blijven nadenken. Rustig. Mezelf niet verraden. Ik probeerde door de spleet tussen de twee deuren te gluren, en fluisterde nogmaals, maar deze keer zei ik Miks naam. Geen reactie.

De schuur naast de container had groen beslagen ruiten aan de zijkant. Ik probeerde erdoorheen te kijken, maar de binnenkant van de ramen was afgeplakt. Ook hier was het stil. Ik liep terug naar de deur waar de hooibalen uit puilden en trok aan de bovenste baal. Ik kreeg hem niet los. Ik duwde ertegen en dat ging een stuk beter. De hooibaal viel in een loze ruimte, en de onderste twee balen kon ik met gemak opzijduwen. Ik stapte naar binnen en een anijsachtige chemische lucht sloeg me in het gezicht. Ik trok de col van mijn trui voor mijn mond en neus, en deed de flashlight van mijn telefoon aan. De lichtbundel viel haperend en verlichtte een zestal blauwe vaten, twee grote witte vierkante tanks gevat in een stalen raster, en een grote metalen ketel waaruit een lange buis stak die met diverse slangen verbonden was aan de vaten. Overal lagen vuile doeken, proppen papier en van die blauwe pakken die ze in het ziekenhuis droegen tijdens de coronapandemie.

Overduidelijk een drugslab.

Nadat ik de hooibalen weer exact hetzelfde op elkaar had gestapeld in de deuropening, bleek het inmiddels echt pikkedonker. Op de tast vond ik een boomstronk waarop ik ging zitten om mijn ogen aan het duister te laten wennen. Ik hoorde mijn hart bonzen en ik kon niet ophouden met rillen van de kou. Het zou me niet zo moeten raken, het bewijs dat Thomas zich daadwerkelijk bezighield met criminele praktijken. Ik wist het al. Daarom was ik hier. Maar blijkbaar had ik ergens nog de hoop dat het niet zo was, en dat ik zou kunnen aantonen dat hij niets te maken had met Miks ontvoering. Want wat zei een telefoonnummer op een brochure? Niks. Het kon allemaal nog steeds heel stom toeval zijn, zei de saboteur in mijn hoofd.

Toen mijn ogen iets van licht en donker van elkaar konden onderscheiden, stond ik op, om zo snel mogelijk weg te lopen van deze plek. Ik vond het pad en volgde het, tot ik uitkwam bij de achterkant van de camper van Coby's zonen.

Zo armoedig en smerig als het drugslab was, zo schoon zag de camper eruit. Die werd vast dagelijks gepoetst door Coby. Zou zij weten waarmee haar zonen het 'zo goed deden'?

Het was donker binnen. Ik ging op mijn tenen staan om een blik door het raam te werpen. Er was niets te zien.

'Hallo?' riep ik. 'Is daar iemand?' Ik voelde aan de deurklink. De deur was open. Ik keek om het hoekje en riep nogmaals of er misschien iemand was. Het leek alsof ik iemand heel zachtjes hoorde ademen.

'Joehoe?' Ik stond binnen. Het rook er net als in Coby's keuken.

Het ademen was nauwelijks hoorbaar. Heel zachte, ingehouden

snuifjes. Het kwam van rechts. Ik ontwaarde het silhouet van een hoge stoel. 'Mik?' fluisterde ik, terwijl ik de ruimte in schuifelde, mijn adem inhoudend, al mijn spieren aangespannen. Ik gilde toen het licht aanging en ik in de stoel Marcel zag zitten.

'Dat is schrikken, hè? Wie is Mik?'

Sophie

Met het openbaar vervoer naar een Brabantse vakantieboerderij gaan is een hele onderneming. Ik neem de bus naar Alkmaar, de trein naar Rotterdam, de bus naar Bergen op Zoom, om te eindigen op het Molenplein in Halsteren, en daar zit ik nu, in restaurant De Nieuwe Ram, een boerenomelet te eten. Zij zou thuis moeten zijn of in de buurt. Ik had gehoopt dat we dit samen zouden doen, en zij wel een auto zou kunnen fiksen.

Ik check mijn e-mail. Mam heeft me haar nieuwe nummer gestuurd, dat ik direct opsla. Het nummer van het hotel is ze blijkbaar vergeten. Ik bel haar, maar ze neemt niet op. Ze zal wel gek worden daar in haar eentje, zonder de touwtjes in handen te hebben. Ik voel me nu toch schuldig over hoe ik haar van me heb afgeschud. Ik stuur haar een sms.

Goed aangekomen in Halsteren! Houd moed, mam, ik denk dat we heel dichtbij zijn! XXX

Daarna vraag ik aan de serveerster of zij weet hoe ik vanaf hier bij De Brabantse Burcht kom.

'O, dat is best nog een eindje. Daar gaan geen bussen heen of zo… Het is zo ongeveer een uurtje lopen. Of Taxi Bob. Waarom zou je daarheen willen?'

Ik glimlach zo vriendelijk mogelijk.

'Ach, dat gaat me ook niks aan. Sorry. Ik kan wel vragen of iemand uit de keuken die kant op gaat, ze wisselen zo van dienst. Kleine moeite, toch? Geven we je een slinger.'

Terwijl ik bij een zwijgzame jongen met pokdalige wangen in een rode Opel Corsa zit, die veel te hard over smalle landwegen rijdt, vraag ik of hij De Brabantse Burcht kent. De jongen haalt zijn schouders op.

'Ach, ja, wie niet?' murmelt hij.

Hij is niet bepaald een open boek. Ik durf niet door te vragen, dat zou vreemd overkomen, en opvallen doe ik al genoeg hier in deze omgeving.

'Hij was een bekende van mijn broer,' zegt de jongen ineens, terwijl we links afslaan, een nog smaller weggetje in.

'O, oké, en wie is hij?'

'Ton.'

'Ah, Ton.'

'Ken je die?'

'Nee, sorry, ik ken niemand hier.'

'Van voetbal.'

'Wat leuk. En Ton is de eigenaar van De Brabantse Burcht?'

'Nee, hun zoon.'

'Oké.'

De jongen stopt langs de kant van de weg, enkele tientallen meters voor een statige boerderij.

'Is hier goed?' zegt hij. Hij staart naar het huis alsof het er spookt. Hij wijst. 'Daar is het.'

Ik pak mijn tas van de achterbank.

'Vind je ze niet aardig of zo?' vraag ik, voordat ik uitstap.

De jongen schudt zijn hoofd.

'Mijn broer leeft niet meer.'

'O, shit, sorry, wat ontzettend verdrietig...'

'Crack.'

'O, nee...'

'O, ja. Beter niet aan beginnen, aan die troep.'

Ik bel aan bij het groene hek van De Brabantse Burcht, dat spontane aanloop nogal ontmoedigt. Daar houden ze overduidelijk niet van, gezien ook de camera's die me begluren. Door de intercom klinkt de vriendelijke stem van een oudere vrouw.

'Goedemiddag! Sophie Brouwers hier! Ik zou graag een kamer bij u willen huren!'

'O! Nou, kom maar binnen, momentje.'

Het hek glijdt traag open. Een luid blaffende hond komt op me af gerend. Ik ga meteen door mijn knieën en houd mijn armen stil. Niet in de ogen kijken.

'Hij doet niks,' roept de hinkende vrouw vanuit de verte.

Coby geeft me koffie in haar warme, gezellige keuken. Ik vertel dat mijn auto het heeft begeven en ik een plek zoek voor de nacht.

'Zo gek,' zegt Coby, 'zo verhuur je zelden iets in de winter, en zo heb je twee gasten te logeren!'

'Nou, wat een toeval,' zeg ik, terwijl ik een slok van de ouderwetse Bravilor-koffie neem.

'Ja, dat andere meisje, hoe heet ze ook alweer... Ik ben haar naam kwijt. Maar ze is heel erg op zichzelf. Ik heb haar eigenlijk niet meer gezien sinds ze is aangekomen. Ze heeft gisteren zelfs haar eten laten staan. Voor jou heb ik De Kwaak vrij, dat is bij het vijvertje. Zomers zitten er heel veel kikkers, vandaar De Kwaak.'

'Woont u hier alleen?' vraag ik en ik streel met mijn hand het Perzische tafelkleed.

'Welnee! Met mijn man, Frans. Hij is nu biljarten bij de buurman. En met mijn jongens, Marcel en Ton, maar die wonen in de camper, achter op het terrein. Ze zijn al groot, hoor, maar ze houden van het vrijgezellenleven.' Coby grinnikt even. Daarna kletst ze door over hoe moeilijk het voor haar jongens is een huis en een vrouw te vinden. De tijd zit hun niet mee. Er zijn geen betaalbare huizen, geen ouderwetse meiden die zin hebben in het boerenbedrijf, en het boerenbedrijf is ook geen vetpot meer.

'Zij hadden je auto ook kunnen maken, trouwens. Ze zijn zo goed met auto's!'

'Als ik dat had geweten!'

De Kwaak is een groen geschilderde zeecontainer, omgebouwd tot vakantiewoning. Een tiny house, noemt Coby het.

'Het is nog koud, want ik wist natuurlijk niet dat je kwam,' zegt Coby, terwijl ze door de klamme woonkamer annex keuken gaat en de kachels aanzet.

'Als je wilt, breng ik straks wat eten. Want dat kan je natuurlijk niet even een-twee-drie halen hier. Frans neemt chinees mee. Moet-ie voor jou ook halen?'

'Graag.'

'Gewoon toch? Niks geks als vegetarisch of zo?'

Ik schud mijn hoofd en laat haar mijn met roze klaprozen behangen tiny house uit.

Over het zompige gras loop ik langs de modderpoel die Coby vijver noemt, op zoek naar de camper waar haar zonen wonen. Ik kom langs een schattig houten huisje dat recht van een Oostenrijkse alp lijkt geplukt. Wanneer ik dichterbij kom, zie ik door het raam dat er licht brandt. Hier zit dat andere meisje natuurlijk. Voor haar deur op de grond staat een Tupperware-bakje met eten. Er zit een post-it opgeplakt. Ik kan het niet laten, ik moet zien wat erop geschreven staat.

Drie minuten in de magnetron! Eet smakelijk, Coby

Er ligt een worst in, dus het moet stamppot zijn. Vreemd, want voor mij moeten ze nog eten halen.

Achter het huis zie ik ook het gedrocht van een camper staan. Ik haal mijn telefoon uit mijn jaszak en doe of ik aan het bellen ben. Zo loop ik over het modderige terrein, langs de grote grijze stal waaruit het geluid van een schuurmachine klinkt. De hoge schuifdeuren staan open en ik kijk om het hoekje. In de enorme hoge ruimte staan twee mannen met gehoorbescherming op een pick-uptruck te schuren. Net als ik weer weg wil duiken, stopt het geluid. Alleen de muziek, een soort epische eighties rock, klinkt nog.

'Hallo?' hoor ik en ik draai me om en zwaai naar de twee mannen in overall.

'Hoi!' zeg ik overdreven uitgelaten. 'Sorry! Ik wilde jullie niet storen! Maar ik zocht eigenlijk een vuurtje!'

Een van de mannen gebaart met zijn hand dat ik binnen kan komen. Ze hebben allebei de baard die op Instagram hip is.

'En wie ben jij?' vraagt de grootste van de twee.

'Ik logeer hier. Mijn auto had panne. Morgen kan ik hem weer halen. Ik was onderweg naar Vlissingen. Mijn oma woont daar. Hoi, ik ben Sophie.'

'Marcel,' zegt de grootste. 'En die daar is mijn broer Ton.'

Hij haalt een aansteker uit zijn borstzak. Ik pak mijn sigaretten en steek er een aan met zijn vuurtje.

'Wat zijn jullie aan het doen?' vraag ik.

'O, een beetje rommelen. Autootje pimpen.'

Ton doet alsof ik niet besta en wrijft korzelig met een doek over bumper.

'Ik ken jou toch?'

'Dat denk ik niet,' antwoordt Ton.

'Jawel. Van gezicht. Kom je weleens in Bergen? In Noord-Holland?'

'Ik zal daar weleens geweest zijn. Vast.'

Ton concentreert zich nu op een zijspiegel.

'Grappig,' zeg ik. 'Kleine wereld, toch?'

Ik graaf in mezelf naar woorden om dichter bij deze twee te komen zonder mezelf verdacht te maken.

'Waanzinnige ruimte zeg, dit.'

Ik kijk om me heen. Tegen de achterwand staan de hooibalen opgestapeld tot aan de hokken waarin zo te ruiken de koeien staan.

'Aardige moeder hebben jullie.'

'Jazeker. Zeg, wij moeten even door als je het niet erg vindt,' zegt Marcel en hij zet de schuurmachine weer aan.

Buiten, terwijl ik terugloop naar mijn hok, dringt zich het welbekende panische gevoel in mijn borst op. Ik adem in. Wat doe ik hier in godsnaam? En wat is de link tussen Marcel en Ton, en Bergen? Dat moet haast wel drugs zijn. Wat het ook is, dit terrein is zo groot, en vol grote en kleinere gebouwen, hier kun je prima een kind verstoppen.

Ik rook, inhaleer diep, tot ik er duizelig van word.

In het bos, of eigenlijk op een weiland vol kunstmatig aangeplante bomen, ruikt het raar. Niet naar bomen, aarde en mos, maar gek genoeg zoetig, naar beschuit met muisjes. Er staat een boomhut, maar die is totaal vervallen. Het vreemdst is de roestbruine zeecontainer die er lijkt neergekwakt. Hoe krijg je zo'n gevaarte tussen al die bomen door? Ik loop eromheen. Ik leg mijn oor tegen de roestige metalen wanden. Ik klop zachtjes. Ik durf mijn stem niet te gebruiken, omdat ik de hele tijd bang ben dat die reuzen me kunnen horen.

'Help.'

Ik denk eerst dat ik het me inbeeld. Ik klop nogmaals, iets harder nu.

'Wie ben je?' En daarna een zacht geschuifel.

Het is echt.

'Wie ben jij?' Tussen de bomen door kan ik in de verte de stal zien.

'Anna,' zegt de stem.

Ik duw met mijn vingertoppen tegen mijn slapen. Dit kan niet waar zijn.

'Annabelle?' vraag ik.

'Sophie?'

Hoe is dit mogelijk?

De deuren zijn afgesloten met heel veel stalen buizen en daardoorheen nog eens drie kettingsloten.

'Please, haal hulp, Soof,' roept Annabelle met een dun stemmetje. Ze klinkt alsof ze zich op de bodem van een leeg zwembad bevindt.

'Ja,' zeg ik terug, terwijl ik zinloos trek aan de sloten. Is dit dan het moment om de politie te bellen? Lijkt me wel. Maar dan slaat iemand van achteren een gespierde arm om me heen, met een grote witte prop in zijn hand, en duwt deze op mijn neus en mond. Ik proef suiker en ik zink weg in de brede armen, in een landschap van roze en gele spekjes, een lucht bestaande uit zure matten.

Karen

Net wanneer ik wil aanbellen, komt hij naar buiten lopen in een zwarte leren jas op een afhangende spijkerbroek. Hij schrikt duidelijk wanneer hij me ziet.

'Karen. Ik dacht al, waar blijft ze?'

Ivo haalt een zonnebril uit zijn binnenzak en zet hem op, hoewel het zwaarbewolkt is.

'Katertje?' vraag ik.

'Zo zou je het ook kunnen noemen,' antwoordt hij. 'Zeg, ik heb nul tijd. Dus vertel, waar heb je mijn hulp nu weer bij nodig?'

'Kunnen we misschien even ergens een snelle koffie doen?' vraag ik.

'Ik kan geen koffie meer zien.'

'Oké. Een vraag dan: wat weet jij van de connectie tussen Halsteren en Bergen?'

'Eh, jij?'

'Ik woon in Hoogerheide.'

'Bij Halsteren dus. Waar wil je naartoe, Karen?'

'Iemand die mij in Brabant al volgde, volgt mij hier nu ook.'

'Dus, hij volgt je. Wat heb ik daarmee te maken?'

'Ik zag jou met die persoon.'

Ivo begint te lopen. Ik loop met hem mee.

'Op Het Plein. Hij liep met jou mee.'

'Lieverd, ik heb geen tijd voor dit soort paranoia. Ik moet nu naar twee jongens die om hun moeder rouwen. Een grote teringzooi is het. Altijd eigenlijk als jij hier opduikt.'

Hij lijkt een andere Ivo dan die ik eerder zag. De vorige keer maakte hij een verslagen, lusteloze indruk. Nu staan zijn schouders rechter en lijkt hij verguld met zichzelf.

'Dat jij er ook bij was. Of all people,' sist hij.

'De politie denkt zelfs dat ik het doelwit was,' zeg ik.

'Ja, de politie denkt wel meer. Wat wil je daarmee zeggen? Moeten we nu allemaal weer medelijden met jou hebben? Ga gewoon naar huis, Karen. Zorg voor je kinderen.'

Hoe liever ik glimlach, hoe bozer ik ben. Ik kijk hem stralend en vol mededogen aan.

'Wat is er met je gebeurd, Ivo? Ik herinner me je als een intelligente, empathische man. Ooit getrouwd met Hanneke, de allerleukste vrouw die ik ooit gekend heb. Waar is die Ivo gebleven van wie zij zo hield?'

Ivo schiet in een gemaakte lach. 'Nou, zoveel hield ze niet van me, hoor. Zij hield meer van Everts pik. Hé, als je het niet erg vindt, ik ga me even bezighouden met grotere problemen dan die van jou.'

Ik ga voor hem staan en spreid mijn armen.

'Sorry. Ik laat je nu met rust. Ik wil geen gedoe met jou, ik respecteer je. En ik weet hoe zwaar je het hebt gehad. Het ga je goed.'

Hij schuift zijn zonnebril naar beneden en kijkt me aan alsof ik naakt ben. Ik sla mijn armen om hem heen en druk zijn gespannen borstkas tegen me aan. Hij houdt zijn adem in. Ik ook, terwijl ik met mijn armen over zijn romp strijk en een Apple-airtag in de linkerzak van zijn leren jas stop.

'Is het klaar nu?'

'Wil je Beau en Luuk ook namens mij condoleren?'

'Okidoki.'

Op mijn nieuwe, refurbished iPhone volg ik hem. Ik bestel een cappuccino op een van de overdekte terrassen tegenover Het Plein en zie dat Ivo richting de Albert Heijn loopt en daar, op het parkeerterrein erachter, een poosje stilstaat. Hij is vast aan het bellen. Of aan het kijken of ik hem niet volg. Hij is daar zo lang dat ik even bang ben dat hij de airtag heeft gevonden en in een vuilnisbak heeft gegooid.

Ik ga naar het toilet en was daar net zo lang mijn handen tot er iemand anders komt. Het is een meisje van een jaar of eenentwintig. Ze draagt een grijze hoody, zoals alle meiden van haar leeftijd.

'Ik heb een rare vraag,' begin ik.

Ze kijkt me stoïcijns aan.

'Kan ik jouw trui kopen? Ik geef je honderd euro.'

Het meisje kijkt me vol ongeloof aan. 'Hoezo?'

'Mijn ex…' verzin ik ter plekke. 'Hij zit hierboven. Hij mag me niet zien…'

'Oké,' onderbreekt ze me. Ze kijkt naar de rode bult op mijn voorhoofd. Haar blik wordt zachter. 'Ik snap je.'

Ze trekt haar trui uit en geeft hem aan mij. 'Je moet ook een andere jas. Wacht hier.'

Het meisje loopt weg en komt even later terug met een zwarte North Face-pufferjas.

'Trek aan.'

'Ik kan dit niet aannemen, dat zijn hartstikke dure jassen…'

'Je kunt hem gewoon terugbrengen, hoor, ik werk hier. En ik weet hoe je je voelt. Kijk, deze heb ik ook nog.' Ze houdt een eveneens zwarte Balenciaga-zonnebril in haar hand.

'Wel terugbrengen,' zegt ze lachend en ze geeft me een zoen.

Ivo staat nog steeds op het parkeerterrein. Ik sta achter een glasbak naar hem te gluren. Hij is aan het bellen. Vermoedelijk met Ton uit Halsteren. Ik voel me een totaal ander persoon in deze jeugdige outfit, de hoody over mijn hoofd. Minder klein, minder geslagen door het leven.

Ivo heeft opgehangen en leunt nu met beide handen tegen een zwarte Range Rover en laat zijn hoofd hangen. Dan stapt hij in. Hij sjeest voorbij, zo hard dat een vrouw die flessen in de glasbak komt gooien in woede uitbarst.

'Stelletje asociale klootzakken hier altijd. Met hun kut-SUV's. Heeft vast een heel klein pikkie,' zegt ze verbeten tegen me.

Op mijn telefoon zie ik hoe hij de Stationsstraat in rijdt, om de Hertenkamp heen en dan de Komlaan op. Ondertussen begint het keihard te regenen. Ik doe de capuchon van de jas ook nog over mijn hoody en loop door, ondertussen starend naar mijn telefoon. Het blauwe bolletje is verdwenen. Ik vloek binnensmonds en herstart mijn iPhone, maar dat helpt niet. Op mijn scherm verschijnt de melding: *dit object kan niet meer bij jou in de buurt worden gevonden. Het is voor het laatst gezien in de buurt van Eeuwigelaan 2*. Ik voel me zo'n dom rund wanneer ik op internet lees dat een airtag maar een bereik heeft van 100 meter. 'Dat had je kunnen weten, trut,' zeg ik tegen mezelf.

Wat nu? Ik sta onder een afdak, tussen andere mensen die met elkaar praten over het noodweer dat op komst is. Code oranje, hoor ik. In mijn hoofd ga ik alle mensen af die hier in de buurt wonen en ik zou kunnen vertrouwen. Ik kom uit op nul. Misschien eentje.

Via de overdekte winkelpuien ga ik terug naar het café waar ik koffiedronk en ik loop direct door naar de bar. Daar staat ze, in mijn gestreepte trui. Ze kijkt me vragend aan.

'Jij bent snel terug.'

'Sorry,' zeg ik. 'Je was zo aardig voor me. Ik bedacht net: wie kan ik vertrouwen hier? En ik kwam bij jou uit.'

'Oké, dank je.'

'Ik heb geen tijd om je uit te leggen waarom. Maar ik heb een auto nodig. En ik kan je niks geven als borg, behalve mijn woord. Vanavond heb je hem terug.'

Zonder te antwoorden draait ze zich om en loopt de keuken in. Als ze terugkomt geeft ze me een autosleutel. 'Hij staat hierachter, op Het Plein, weet je waar dat is? Naast de Bello. Het is een groene Mini Cooper. Ik wil wel je nummer.'

Vanuit de berm voor hun huis gluur ik net tussen de bomen door naar de auto's die er geparkeerd staan, wanneer Ivo het hek uit komt rijden en afslaat richting Bergen aan Zee. Ik kijk op mijn telefoon. Het blauwe bolletje is terug. Hij heeft de airtag dus niet gevonden.

Op afstand rijd ik achter hem aan, terwijl de regen de ruiten van de Mini Cooper geselt.

De achtervolging eindigt bij Huize Glory, dat op de top van het Russenduin ligt, ongenaakbaar en duister. Ik rijd het parkeerterrein op maar zie zijn auto nergens, evenmin als een andere auto. Er lijkt niemand te zijn. Ook de tag doet niets meer. Ik parkeer mijn auto zo veel mogelijk in de bosjes en stap uit. De wind rukt aan het portier. Ineengedoken ren ik via de hoge dennen naar de zijkant van het gebouw. Ik sluip langs de verweerde muren tot ik op een raampje stuit dat op een kier staat. Ik open het en worstel mezelf erdoorheen. Als ik binnen ben, zie ik dat er een winkelhaak in de mouw van mijn geleende jas zit.

Ik sta in een vochtige keldergang, met links en recht gesloten deuren. Aan het eind van de gang is een betonnen trap omhoog. Er valt een zwakke bundel licht door het raampje van de deur boven aan de trap.

Verstijfd sta ik tegen de beschimmelde muur. Dit is denk ik het domste wat ik ooit gedaan heb. Ik heb mezelf in een hopeloze situatie gemanoeuvreerd. Wat doet Ivo hier? Misschien wel met Ton.

Hoe had ik gedacht te ontkomen aan deze twee? Het had net zo goed gekund dat ze er niet zijn. Dat ik dingen najaag die alleen in mijn hoofd bestaan. Ik durf al helemaal niet stil te staan bij Sophie. Ze heeft gelijk als ze zegt dat ik de problemen altijd opzoek. Ik hoop dat zij tenminste doet wat ze heeft beloofd, namelijk de politie bellen zodra ze iets verdachts heeft gevonden, en dat ze niet zo'n idioot is als dat ik ben.

Tree voor tree sluip ik de trap op tot ik bij de deur ben. Ik doe mijn ogen dicht en luister. Ik hoor niets, behalve het razen van de wind. De deur klemt. Zo voorzichtig mogelijk duw ik de klink naar beneden en zet ik mijn schouder tegen de afgebladderde spaanplaat. Met een dof, schurend geluid gaat hij open.

Ik sta in de deuropening en kijk de hal in. Het is prachtig, maar het voelt alsof ik in het leegstaande hotel van *The Shining* ben.

Langs de betegelde Amsterdamse School-wanden beweeg ik me als een krab voort naar de monumentale eiken trap, die langs de glas-in-loodramen omhooggaat. In de zomer is het hier vast goed toeven, maar nu, terwijl de schrale winterwind om het gebouw giert, is het een doodenge plek. Ik haast me naar boven, verdieping na verdieping, tot de trap overgaat in een wenteltrap, die me naar een toren leidt, totdat ik op een laatste deur stuit, die op slot zit. 'Mik?' roep ik. Ik beuk op de deur, trap ertegen, gooi mijn heup ertegenaan. Achter de deur blijft het stil. Als Mik zich in dit torenkamertje bevindt, dan hoort hij mij niet. Hijgend ga ik zitten op de bovenste tree. De wind beukt zo hard op de ruiten dat ik even bang ben dat ze zullen breken. Ik kijk naar buiten. In de verte de loodgrijze, onrustige Noordzee. Beneden zwiepen de dennen. Van hieruit kan ik de Mini Cooper zien. Aan de andere kant, helemaal links van het terrein, richting de duinen, staat tussen de lage struiken nog een huis, met daarnaast een door klimop overwoekerde parkeerplaats. En daar staat Ivo's Range Rover.

Annabelle

Het was Sophies stem. Of toch niet? Ik wist niets meer zeker. Niet of het dag of nacht was, of ik dit zou overleven, of iemand überhaupt wist dat ik, net als mijn broertje waarschijnlijk, zat opgesloten in een zeecontainer ergens in de weilanden van Halsteren, naast een drugslab. De resten koude zuurkool, die een van hen voor me had neergezet, raakte ik niet aan. Ik had een hekel aan stamppot. Vooral aan de geur. Poep met kots, dat zei ik vroeger als kind al.

Als het Sophie was die ik had gehoord, was mam hier dan ook? En Mik? Hoe kwamen ze in godsnaam hier terecht? En wat zouden ze met ons doen? Ons vermoorden en oplossen in een vat zoutzuur? Ik dacht aan Coby en toen aan de oma van seriemoordenaar Jeffrey Dahmer, die nietsvermoedend met hem in een huis woonde waar hij de lijken in de kruipruimte liet rotten.

In het pikkedonker bouwde ik een soort nestje van vieze, naar diesel ruikende dekens in de linkerhoek, en in de rechterhoek aan de andere kant plaste ik. De nacht was zo koud dat ik bang was van onderkoeling te sterven. Ik troostte mezelf met het idee dat er dan na vier uur een zachte dood zou volgen. Maar ik leefde nog de volgende dag, toen een schim het half aangegeten bord zuurkool en een glas water neerzette. Het water dronk ik niet. Er zat vast iets in om me rustig te houden. Wel probeerde ik op het gemoed van de man in te spelen door zo zacht en kinderlijk mogelijk te huilen. Ik smeekte hem mij te laten leven. Ik zou alles doen wat hij me vroeg. Niemand hoefde dit te weten te komen. Ik zou gaan en zwijgen als het graf.

De tweede keer dat de schim binnenkwam, was vlak nadat ik mijn zusje had gehoord. Nu had ik geen zin meer mezelf te vernederen en in bochten te wringen. Ik was boos. 'Waar is Sophie?' riep ik en ik vloog naar zijn been.

'Hou je bek of ik schop je dood,' zei de schim.

'Prima. Doe dan! Ik zal zo hard krijsen dat je lieve moedertje het hoort!' schreeuwde ik. Ik wilde vooral dat Sophie het hoorde. En Mik. Ze waren niet alleen. Ik kneep mijn ogen dicht en hield mijn adem in. Bereidde al mijn spieren voor op de klappen. Een hand greep me bij mijn haar en trok me als een weke pleister van zijn been, waarna hij me in de hoek kwakte die ik tot wc had omgedoopt. Daarna gooide hij een heel witbrood naar binnen en deed de deur weer dicht.

Ik schoof op de tast over de vloer, langs de ribbels van de stalen wanden, door mijn eigen urine. Er zat een soort sleuf tussen de bodem en de zijwand van de container. En halverwege die sleuf stuitte ik op een soort dikke kabel. Nat plastic, het had de structuur van bouwzeil of zoiets. Ik trok eraan en kreeg het bijna helemaal los, behalve het laatste stukje, dat kennelijk klem zat tussen de wand en de vloer. Ik stelde me voor dat dat stukje de kop van Ton was en rukte het los. Duizelig viel ik achterover, met in mijn handen een vrij zwaar kettingslot.

Sophie

Mijn hoofd voelt alsof ik drie nachten heb doorgezopen en daarna door een trein ben overreden. Ik herinner me alleen een harde, suizende wind en de stem van Annabelle. En daarna snoep. Mijn volle Sint-Maarten-zak van vroeger, toen we nog in Bergen woonden. Alsof ik daarin viel.

Over mijn ogen en mond zit een doek en mijn handen zitten aan elkaar vast op mijn rug. Elke keer als ik ze ook maar een millimeter beweeg, snijdt er iets dieper mijn vlees in. Hoelang lig ik hier al? Ik probeer door mijn neus te ademen, maar die zit dicht. Ik moet rustig worden. Ik ga niet stikken. Mensen liggen soms dagen onder het puin na een aardbeving. Mijn lichaam is sterk. Ik heb genoeg aan dit kleine teugje zuurstof, als ik maar kalm blijf. En mijn gedachten op een rijtje krijg. Wat kan ik wel? Ik kan een heel klein beetje licht zien. Ik kan happen in de stof en het met mijn tanden kapot knagen. Mijn benen zijn los. Ik tast met mijn voeten langs een wand. Ik bons ertegenaan. Het veert een beetje mee.

Mijn knieën voelen iets zachts. Een matras in een kleine ruimte. Dan is er ineens een hand om mijn enkel. Kennelijk zat hij hier al de hele tijd. De man klimt op me. 'Je moet stil zijn,' gromt hij. Hij pakt mijn armen en stroopt mijn mouw op. Tikt op de binnenkant van mijn elleboog en knijpt mijn bovenarm fijn. Een warme vloeistof schiet mijn lijf in en ik explodeer in een regen van sterren.

Ik word wakker van stemmen, achter de wand. Brabants gemurmel. Een koelkast die opent. Gerinkel. Flesjes worden geopend. Vallende dopjes. De telefoon gaat op speaker.

Er wordt iemand gebeld die niet opneemt, steeds opnieuw. Ze schelden op diegene. Ik hoor hoe er tegen iets aan wordt geschopt. Dan ineens een stem.

'Wat de fuck bellen jullie de hele tijd?'

Mijn bloed bevriest.

'Zeg eikel, wij zijn jou een beetje zat, weet je dat? Wij zitten hier een beetje jouw problemen op te lossen. Wat dacht je: ik laat die gasten in de polder lekker de tering krijgen?'

'Luister, ik heb hier geen tijd voor. Wat is het probleem?'

'Een lul, dat ben je. We kunnen je maken of breken, ja. Of dat kakzoontje van je.'

'Zullen we hem hierbuiten houden? Zeg, guys, als jullie niks meer hebben, ga ik nu hangen.'

'We hebben wel iets, hoor. Twee meiden. Zijn zusjes. Of je hen even komt ophalen.'

Een lange stilte volgt. Ik hoor de man zuchten.

'Hoe dan?'

'Die wijven kwamen hier rondneuzen. Omdat jij je zaakjes niet op orde hebt.'

Weer een lange stilte.

'Heb je nu ineens wel tijd of zo? Haal ze op. Ze kunnen hier niet zijn.'

'Kun je ze niet, je weet wel?'

'Nee, zeker niet. O, nee. Jij komt zo snel mogelijk hierheen om je eigen shit op te ruimen.'

'Sorry jongens, *you're on your own*, los het zelf op.'

'Oké, dan moeten we dat zoontje van je maar eens opzoeken.'

'Doe lekker, vriend. Zoek het uit.'

Hij hangt op. De mannen zwijgen.
'En nu?' zegt de een.
'Ik moet nadenken,' zegt de ander.
'Ze moeten weg, Mars. En snel ook.'
'Waarheen dan? Kutzooi.'
'Er kan toch een fik zijn? Is dat niet wat?'
'Een fik waar? Niet hier, want dan komen ze alles uitkammen.'
'Auto. We rijden ze een eindje in die Micra en dan 'boem'.'
'En waarom ontploft die auto? Heb je daar ook al over nagedacht? Geen één auto doet zomaar boem.'
'We zetten hem tegen een boom. Weet je nog? Veldhoven.'

Karen

Ivo zit in de goedkoop ingerichte woonkamer van het chalet. Hij zit met zijn hoofd in zijn handen. Zijn telefoon gaat de hele tijd over. Hij zet hem op stil. Ik zie hem op zijn lip bijten, ijsberen en de ene na de andere sigaret roken.

Ik zit op mijn hurken tussen de bomen en lage begroeiing, achter een groene afvalbak. Alles klappert en kraakt in de wind. Takken breken af en de regen wordt steeds ijziger, tot het hagel is.

Af en toe loopt Ivo naar het raam en staart naar de lucht. Zou hij op iemand wachten? Als hij weer op de grijze bank zit, haalt hij uit de binnenzak van zijn jas een pistool. Hij richt het op de televisie. Dan zet hij het tegen zijn eigen hoofd, laat het wapen zakken en steekt het in zijn mond.

Ik houd mijn adem in. Moet ik ingrijpen? Maar hij deinst terug en werpt het pistool van zich af, op de bank.

Via de bosrand sluip ik langs het huis. Mijn tanden klapperen en ik voel mijn vingers en voeten niet meer. Wat is Ivo aan het doen? Wacht hij op iemand? Wil hij een eind aan zijn leven maken? En dan hoor ik ineens iets bekends uit een soort rooster net boven de grond komen. Heel zachtjes. Een muziekje. 'Gotta Catch Them All.' Pokémon. Het stopt ook direct weer. Maar het is genoeg voor mij.

Schuin onder het keukenraam zit een smal, langwerpig luik van ijzer in de grond. Het zit vast met een soort schuifslot, dat ik vrij gemakkelijk openkrijg. Eronder zit een kiepraam, dat op een kier staat. De scharnieren zitten vrij los in het half vermolmde kozijn. Met een paar rukken schiet het los. Ik steek mijn benen door het gat en laat me zakken tot ik de grond voel. Ik ruik hem zo sterk dat ik niet meer denk, geen pijn meer voel. 'Mik,' fluister ik en mijn hart schreeuwt. 'Mikkie.'

Daar, in de kelder zit hij, op een bedbank, met een koptelefoon op. Zijn ogen gefocust op de tv. Mijn mannetje, nu nog magerder en witter. Als hij me ziet gooit hij zijn koptelefoon af en strekt zijn armen. 'Mama?' stamelt hij verbaasd. Ik neem hem in mijn armen, steek mijn neus in zijn plakkerige, witte krullen. Hij huilt, terwijl hij in mij lijkt te willen kruipen.

'Mijn benen,' zegt hij en hij wijst op zijn enkels, die met een tiewrap aan elkaar vastzitten. Zijn blote voeten zijn blauw en opgezwollen.

'Hij is hier, mam, je moet uitkijken.'

'Ik weet het, schat, maar ik ben er nu ook. En het gaat allemaal goed komen.'

'Ik mag één keer per dag *Pokémon* kijken. Superdom. Steeds hetzelfde. Hij denkt dat ik vijf ben of zo.'

Ik wrik mijn autosleutel tussen de tiewrap en Miks gezwollen enkels tot hij losknapt.

'Nu moeten we heel zachtjes doen. Ik duw jou door dat raampje en dan kruip je naar buiten, oké?'

'Met jou toch?'

'Met mij. Maar jij moet eerst. Sst.'

Ik doe hem de zwarte North Face-jas aan. Hij kan nauwelijks op zijn benen staan. Ik til hem door het gat, hij is zo licht als een veertje. Achter me klinkt het draaien van een slot. Ivo.

'Is de man alleen?' vraag ik hijgend.
'Ja.'
'Rennen, Mik.'
Ik reik hem mijn telefoon aan.
'Je weet het, hè?'
'112,' zegt hij.

Annabelle

Alles in me was er klaar voor. Ik zat met mijn oren gespitst tegen de deur, de ketting hing in mijn handen. In gedachten nam ik de stappen die ik had geoefend door. Eerst doet hij de sloten open. Dan schuift er iets wat piept. Ik ga staan. De bundel licht die binnenvalt. Ik mag niet aarzelen. Direct op het hoofd mikken. En niet stoppen. Slaan. Zo vaak, zo hard mogelijk.

Maar wat als het Coby is?

Het is Coby niet.

Misschien wel.

Zij heeft deze twee psychopaten op de wereld gezet. Als het Coby is, pech.

Sophie

Hij komt me halen. Ik lig op mijn rug op het bed. De stof die mijn gezicht bedekt heb ik opengebeten, en ik draai mijn hoofd net zo lang tot ik door het gaatje kan kijken. Mijn handen heb ik uit de tiewrap weten te wurmen. Ton kijkt uitdrukkingsloos op me neer, zoals hij ook zou kijken naar een zak aardappelen.

Mijn trui is omhooggeschoven en ik weet dat hij naar mijn blote buik kijkt. Mijn beha is zichtbaar. Marcel is weg. Zou hij nu Annabelle bewaken? Of Mik?

Hij legt zijn hand op mijn bovenbeen en schudt die heen en weer. Ik houd me slap. 'Jullie gaan op transport,' zegt hij. Hij lacht.

Ik adem zo oppervlakkig mogelijk. Hij buigt zich over me heen. Ik voel zijn ademhaling over mijn buik gaan. Dan gaat hij met zijn vinger langs de rand van mijn broek. Steeds verder, tot hij door mijn schaamhaar woelt.

'Vieze meid.'

Zijn vinger verdwijnt en komt dan vochtig terug. Over mijn buik, naar mijn beha. Hij trekt de cup omlaag. Door mijn wimpers zie ik hoe hij met zijn andere hand zijn grauwe, stijve geslacht tevoorschijn haalt. Hij brengt zijn mond naar mijn tepel. Ik zet me schrap. Mijn benen pers ik tegen elkaar. En met al mijn haat, al mijn woede, al mijn overlevingskracht ram ik mijn knieschijven vol in zijn ballen. Krijsend als een big schiet hij omhoog. Net als ik. De kussensloop die ik in mijn handen heb, is doordrenkt met mijn bloed. Ik scheur de zak over mijn hoofd kapot en terwijl hij ineenkrimpt van de pijn, trek ik de kussensloop over het zijne. Ik denk niet meer na. Ik doe. Het is bizar hoe sterk ik ben. Ik trek mijn voeten uit de tiewrap, niet gehinderd door pijn en bloed, ik moet weg. Hij doet een greep naar de achterkant van zijn broek, maar ik ben daar sneller. Ik heb nog nooit een pistool gezien, laat staan dat ik ooit heb geschoten. Maar nu schiet ik in zijn bovenbeen.

Karen

'Het is voorbij,' zeg ik.

Ivo staat in de deuropening met de houding van een bejaarde gorilla.

'Mik is buiten. Hij belt 112. Ze zijn hier met een paar minuten.'

'Er staat je nog wat te wachten,' zegt hij. In zijn handen hangt losjes het pistool. 'Het ene kind terug, maar die anderen...'

Hij richt het pistool op me. 'Boem,' zegt hij.

'Het was jouw hitlijst,' zeg ik.

'Weet je, Karen, het is allemaal met jou begonnen. Alles. Vanaf het moment dat je hier kwam wonen met je stadse, arrogante grachtengordelhoofdje. Hoe je Hanneke meesleepte in dat nepfeminisme van je. Voordat jullie kwamen was alles prima.'

'Doe alsjeblieft dat wapen weg...' zeg ik.

'Heel geëmancipeerd, hoor. Maar je moest wel steeds gered worden. Door ons. Heeft Simon zijn leven gekost, hè, dat redden van jou.'

'Ik weet niet waar je het over hebt, Ivo.'

'Alles waar jij voor staat, haat ik. En dat uitgerekend jij weer opnieuw mag beginnen. Met zijn kind. Ik wil dat je pijn hebt, Karen, je hele leven diepe pijn. Zoals ik dat heb, iedere dag dat ik rouw om Hanneke, om Simon en om mijn dochter die 'afstand van mij heeft genomen'. Maar ik weet het, ze komen eraan, prima. Jij zult pijn hebben. Niet om Mik. Dat verwijfde kind mag je houden. Maar waar zijn die mooie meiden van je? Ook van die lastige wijven.'

Zijn arm trilt. Langzaam komt hij dichterbij.

'Zal ik Mik dan maar een wees maken? Het maakt mij allemaal niets meer uit. Kan-ie opgroeien bij zijn broers. Die jij bij hem weghield.'

Ik durf niet te bewegen. Ik kan alleen maar tijdrekken. Waar blijft die fucking politie?

'Ivo, ik wist het niet.'

'Wat wist je niet?'

'Dat je zoveel verdriet had. Het spijt me.' Ik zet een stapje naar hem toe. Het pistool komt nu tegen mijn borst. Mijn hart bonst als een waanzinnige.

'Jullie moeten kapot. Jij. Al die wijven. Babette ook, die stomme, zelfingenomen kut. Wat is het toch met jullie? Dat jullie je zoveel beter, zo verheven voelen... Weet je dat mijn dochter niets meer met me te maken wil hebben? Weet je hoe dat is?'

'Eerlijk gezegd wel. Sophie heeft mij een tijdlang niet willen zien. We hebben ze beschadigd, Ivo, onze kinderen. Ik ook. Ik heb ze voor lief genomen. Ik heb zoveel fouten gemaakt. Maar als je dat toegeeft... Door het stof kruipt... Kan het weer goed komen.'

Hij trekt een gezicht en praat me spottend na. 'Zie je? Dit bedoel ik. Morele superioriteit. Heel naar trekje van je.'

Ik kijk hem recht in de ogen. De deur achter hem staat open.

'Twintig jaar geleden...' zeg ik. 'Ik vond je zo'n leuke, energieke, slimme man. Met de leukste vrouw die ik ooit heb ontmoet. Weet je nog? Hoe fantastisch we onszelf vonden? Alsof we alles wat we bereikten daadwerkelijk verdienden? Alles lukte. Alles was een gok. We wonnen alles. Wat is er gebeurd met ons? Met onze kinderen?'

'Die zijn drugs gaan dealen, schat. Die hebben schijt aan alles. Verlaten en verraden. Door jou. Omdat jij hun ouders zo nodig moest verraden. Door Babette, die sjacheraar. Ze leefde er lekker van, hoor, van het fonds dat Simon en ik voor hen hadden opgezet. Je weet toch dat ook zij hem naaide. Letterlijk én figuurlijk. Dat hij haar bewindvoerder maakte... Die Vogeltjes, Simon was verslaafd aan wijven, zijn jongens aan dope. Zonder jou en die andere stinkhoeren was alles anders gelopen.'

Centimeter voor centimeter schuifel ik opzij, weg van de loop.

'Je weet dat Beau en Luuk het geld stalen?' vraag ik.

'Tuurlijk weet ik dat! Denk je nou echt dat dit over geld gaat? Voor jullie misschien, maar geld interesseert mij geen hol. Ik wil alleen maar dat jullie krijgen wat jullie verdienen. Dezelfde pijn. Nee, méér pijn. Alles is mij afgenomen. Mijn vrouw, mijn kinderen, mijn eer... Ik dacht: hoe kan ik haar nou het diepst raken? Met Simons neukfoutje, natuurlijk. En wat er nu gebeurt maakt allemaal niet meer uit, Karen. Hij weet het. Dat jij verantwoordelijk bent voor de dood van zijn vader. Dat jij hem bij zijn broers weghoudt. Hij haat je. Dus mijn missie is feitelijk al geslaagd. Dat joch is nu net zo verneukt als onze jongens.'

Ik gooi mijn rechterbeen naar voren, geef hem de schop die ik ooit geleerd heb op een zelfverdedigingscursus, mikkend op zijn buik. Ik raak hem, hij klapt dubbel van de pijn en duwt me in één beweging tegen de deurpost. Hij schreeuwt. Ik schreeuw. Ik moet naar mijn kinderen. Ik houd mijn armen omhoog om hem met mijn ellebogen een genadeslag te geven. Hij draait ineens, waardoor ik val en het is alsof ik van een klif spring. Een hoge pieptoon in mijn oren. Mijn trommelvliezen lijken te knappen. Alles wordt rood. Ik tuimel. De lieve gezichten van mijn kinderen. Ik verdrink. Ik strek mijn armen uit, mijn vingers, ik klauw naar hun lijfjes. Ze fladderen voor mijn ogen, als baby, als peuter, die zoete lach en kleine tandjes, de oneindige zachtheid van hun huid. Natte kussen en mollige armpjes. Ze zijn zo mooi, ik wil bij ze blijven, maar mijn romp scheurt doormidden. Hun stakerige lijven, kijk ze dansen en lachen. Voel ze tegen mijn buik kruipen in het donker, op schoot zitten, zo vanzelfsprekend, duimen in hun mond, de zoetige geur van hun speeksel, het zout van hun tranen, het kalme drinken aan de borst.

Houd me vast. Maar ze laten me los. En terwijl een enorme liefde me overspoelt, vloeit het leven uit me.

Annabelle

We pakten elkaars gezicht. Pupillen alsof we keihard gingen. We zeiden elkaars namen. We leefden en renden. Niets hield ons meer tegen. Niet de zompige grond, waar onze blote voeten in werden gezogen. Niet Coby, die hinkend naar buiten kwam rennen.

'Wat is er? Wat hebben jullie gedaan?' riep ze.

Sophie richtte het wapen op haar. Coby deinsde achteruit.

'Waar is Mik?' schreeuwde Sophie met overslaande stem. 'Ons broertje? Waar is hij?'

Coby kon geen woord uitbrengen.

Achter haar stapte een oude man naar buiten, met een jachtgeweer in de aanslag. 'Wegwezen,' riep hij.

'Jongens, dit is toch allemaal helemaal niet nodig,' stamelde Coby en ze begon te huilen.

Het leek alsof we uren tegenover elkaar stonden, kokend van de adrenaline. Wist Coby van de praktijken van haar jongens? Ik dacht aan haar woorden: 'Ik weet alleen wat ik zie. Je moet niet gaan zoeken naar dingen die je niet wilt vinden.'

Langzaam zagen we haar gezicht verharden.

'Nou, wijsneusjes! Doe nu maar wat Frans zegt.'

Ze wilde het nog steeds niet weten.

'Jouw zonen hebben dit gedaan,' riep Sophie terug.

'Dat hebben jullie vast aan jezelf te danken,' antwoordde Coby en ze draaide zich om. Ze maande Frans het jachtgeweer te laten zakken. Hij luisterde niet. We keken toe hoe Coby tergend langzaam haar laarzen aantrok. Tot we tegelijk besloten te rennen.

Sophie

'Lieve mam,' begin ik. Ik kijk naar Annabelle. Mik zit op haar schoot. Achter hen mams collega's, de buren, ouders van Miks klasgenoten, onze vrienden en vriendinnen. Ik zie Da Silva binnenkomen, en op de achterste rij zitten Kees en Angela. Mam ligt naast me, in een blankhouten kist, bedekt met kaarsen en veldbloemen.

Gisteren hebben we haar de jurk aangetrokken die ze voor kerst had aangeschaft maar nooit droeg omdat ze zichzelf er bij nader inzien te oud en te dik voor vond. Ik denk terug aan het moment dat ze de jurk aantrok en hem showde aan Mik en mij. We hadden gelachen.

'Wel hip, hoor, mam,' had ik gezegd. Het was een rode, satijnen jurk, strak rond de taille en met een nogal diep uitgesneden decolleté.

Ze trok hem onmiddellijk weer uit.

'Maar wat dacht je dan, toen je hem kocht?' had ik gevraagd.

'Ik werd er even heel blij van. Ik voelde me weer sexy. Idioot, hè?' Waarna ze zichzelf uitlachte. Nu pas, nu ze er niet meer is, gun ik het haar. Alles waarom ik haar heb gehaat is verdwenen.

'Lieve mam,' begin ik opnieuw.

Ik zie hoe Annabelle haar neus door Miks haren wrijft, zoals ik mam zo vaak heb zien doen.

'Ik weet nog wat je tegen Annabelle en mij zei, tien jaar geleden, vlak na paps begrafenis. Je zei: "Nu móét ik blijven leven." Destijds snapte ik niet helemaal wat je daarmee bedoelde. Natuurlijk zou jij blijven leven. Als kinderen denk je nooit, zelfs niet nadat je je vader hebt begraven, dat je zomaar je moeder kunt kwijtraken. En zeker niet een moeder die altijd alles overleefde. En al helemaal niet een moeder die voor ons leefde.

Je zei het vaak. "Als ik jullie niet had." Wij durfden nooit terug te vragen. "Wat dan?"

Mama. Nu is het zover. Nu hebben wij jou niet meer. Nu sta ik naast je om afscheid van je te nemen en ik kan geen woorden vinden voor hoeveel pijn dat doet. En hoe graag ik je nog had gezegd hoeveel ik van je hou. Dat heb ik te weinig gedaan. Het is zo wreed dat jouw dood ervoor nodig is om te beseffen hoe dankbaar ik ben voor de tijd die we met je gehad hebben. Onze gesprekken. Onze rare dansjes. De kleine dingen. Je lach. Je bezorgdheid. Het eten dat je voor ons bereidde. Je koele hand op onze koortsige hoofden. Samen *Married at First Sight* kijken.

Mama. We hebben ook ruziegemaakt. Ik heb zelfs een periode afstand van je genomen. Omdat we te verweven, te symbiotisch waren. Ik moest me losscheuren om naast jouw dochter ook een volwassen vrouw te worden. Dat jij dat toen hebt laten gebeuren, is het grootste gebaar van liefde dat ik ooit heb mogen ervaren en nu pas besef ik hoe idioot veel pijn je dat gedaan moet hebben. Ik heb je ook veel verweten. Dat je geheimen had. Dat je halve waarheden vertelde. Dat je ons meesleurde naar de andere kant van het land. Dat je impulsief was en jouw grenzen vrij soepel waren. Als jij aan de wijn zat, mochten wij alles.

Voor Mik heb je je aangepast. Je besloot hem te beschermen voor de dingen die wij wel hebben moeten doorstaan en ook dat heb ik je weleens verweten. Omdat ik ook je kind ben voor wie er nooit genoeg liefde en aandacht is. Uiteindelijk bleken we veel te weinig tijd samen te hebben. Je zult onze huwelijken nooit bijwonen, onze kinderen nooit in je armen houden.'

De hele zaal snift. Ik hoor pakken zakdoekjes rondgaan. Bij Annabelle rollen de tranen over haar wangen. Mik glijdt van haar schoot af en loopt naar me toe. Hij draagt de Air Jordans die hij van zijn broers heeft gekregen.

'The Golden Boy,' noemde Thomas hem, toen hij hem voor het eerste ontmoette. 'Nee,' had Annabelle gezegd. 'Hier stopt het. Er zijn geen uitverkorenen, geen broederschappen meer. Mik is mijn broertje, en dat van jullie. Niets minder, maar ook zeker niets meer.'

Mik staat naast me en steekt zoals afgesproken onze drie kaarsjes aan.

'Mama, ik beloof je, en ik spreek ook namens Annabelle, dat wij heel goed voor Mik zullen zorgen. Dat we hem zullen opvoeden zoals jij ons opvoedde: vol warmte, aandacht en goede zorg. En waarschijnlijk zullen we ook fouten maken en niet altijd even consequent zijn. Maar wat zullen we van hem houden en hem koesteren, tot hij er helemaal gek van wordt. En vooral zullen we hem herinneren aan jou en jouw liefde voor hem.

Lieve mama, je hoeft je geen zorgen meer te maken. Je mag gaan. Ik hoop heel erg dat er een hemel is. Als die er is, geef pap een kus van ons. En Simon een kus van Mik. Ik hoop ook dat Hanneke er is, en Babette, en oma, en opa, en dat jullie met elkaar aan een lange tafel vol eten en drinken zitten. En ik hoop dat je ons vertrouwt. Dag lieve mama, ik hou van je.'

Brotherhood-kartel opgerold

3 maart 2023

Vanochtend om zes uur heeft de politie bij een grootscheepse actie tientallen verdachten opgepakt naar aanleiding van de ontvoering van de negenjarige Mik Brouwers en de reeks executies in Bergen aan Zee afgelopen week, waarbij drie (voormalige) inwoners om het leven kwamen, onder wie veroordeeld kopstuk uit de onderwereld Joop van der Kooij.

Onder de verdachten bevinden zich de gebroeders V., de gebroeders S., Mees S. en Daan B. Allen zijn nazaten van de Brotherhood-leden die werden veroordeeld voor witwassen, omkoping, afpersing en verduistering.

De Brotherhood werd in 2013 opgerold met dank aan klokkenluider Karen van der Made, wier echtgenoot, wijlen Michel Brouwers, de gehele schaduwadministratie had gekopieerd, alvorens hij zichzelf van het leven beroofde. Deze criminele organisatie, destijds aangevoerd door Joop van der Kooij en diens dochter Patricia Vogel-van der Kooij, is, zo blijkt uit onderzoek, dieper ondergronds gegaan en is uitgegroeid tot een van de grootste drugskartels van Europa.

De politie nam na invallen in een drietal Bergense villa's meerdere luxe auto's, schilderijen en fitnessapparaten in. Tevens trof de politie in een kelder op de Rondelaan te Bergen tientallen kilo's cocaïne aan en hondenvoerzakken gevuld met xtc-pillen. Ook in het Noord-Brabantse Hoogerheide en Halsteren werden invallen gedaan. Meerdere drugslabs werden opgerold, en een nog onbekende hoeveelheid cocaïne, MDMA en crystal meth werd in beslag genomen. Buren reageren geschokt. Een omwonende zei dat de inval 'klonk als een raketaanval'.

Het rechercheteam van de politie heeft in totaal zeven woningen en bedrijfspanden doorzocht en heeft het vermoeden dat de verdachten de afgelopen jaren meer dan honderd miljoen euro hebben witgewassen. Rechercheur Da Silva, die het onderzoek leidt: 'Het gaat hier om ondermijning die de samenleving als geheel onveiliger maakt. De onderwereld voert illegale activiteiten uit met behulp van diensten van burgers en bedrijven uit de bovenwereld. Met het illegaal verdiende geld kunnen ze hun criminele activiteiten uitbreiden, wat weer meer en zwaardere criminaliteit aantrekt. Criminelen zetten burgers en ondernemers dikwijls onder druk om mee te werken. De wijze waarop Mik Vogel is ontvoerd, en het feit dat er drie dodelijke slachtoffers te betreuren zijn, doen denken aan de praktijken in een narcostaat. De daders hebben zich boven de wet gewaand. Hiervoor passen alleen de allerhoogste straffen.' Da Silva laat weten dat er in afwachting van de uitkomsten van het onderzoek geen verdere mededelingen meer worden gedaan.

Het verhaal van de Brotherhood 2.0 leest als een true crime Netflixserie. De Bergenaren vergaarden een fortuin met het investeren in Bitcoin, Bitcoin Gold, Monero, Litecoin, Ethereum, Neon, Dash en ZCash. De verdachten verdienden hun geld onder meer met de in- en verkoop van MDMA, cocaïne, crystal meth en met encrypted telefoontjes aan 'particulieren en ondernemers' in Colombia en andere Zuid-Amerikaanse landen. Omdat het betalingsverkeer in die landen nog weleens te wensen over laat, lieten de verdachten zich in crypto uitbetalen. Uit gekraakte PGP-berichten blijkt dat de Brotherhood beschikte over contacten bij diverse vliegmaatschappijen, waaronder KLM, om koffers te verstoppen in verborgen cargoruimtes en bergruimtes van vliegtuigen. Ook liet deze criminele organisatie volgens het politierapport de drugs en de telefoons aan- en afvoeren met kleine bootjes via de Noordzee, met als doorsluishaven/witwaspraktijk surfschool The Wave te Bergen aan Zee. De Brotherhood heeft zich ontpopt tot onestopshop voor criminele activiteiten. Het werken zonder tussenhandelaars, binnen een zo klein mogelijk netwerk, maakt van de Brotherhood een in Europa vrij unieke criminele organisatie.

Op een USB-stick, aangetroffen op het stoffelijk overschot van een van de slachtoffers, waren de bewijzen opgeslagen op basis waarvan dit criminele netwerk kon worden opgerold. Da Silva: 'We kunnen alleen maar gissen naar haar beweegredenen.'

De drugslabs in Halsteren en Hoogerheide, waaronder een op het terrein van vakantieboerderij De Brabantse Burcht, werden eveneens geleid door broers; Marcel en Ton de W. Beiden zijn opgenomen in het Bravis-ziekenhuis te Bergen op Zoom met verwondingen die zij opliepen bij de ontsnapping van de zusjes Brouwers. De zusjes, die tegen hun wil op het terrein van de familie De W. werden vastgehouden, vermoedden dat Marcel en Ton de W. hun negenjarige broertje gevangenhielden.

Dat bleek niet het geval. De jongen zat enkele dagen opgesloten in een kelder onder een van de vakantiehuizen op het terrein van Huize Glory te Bergen aan Zee. De ontvoerder, Ivo S., eiste van de moeder, Karen van der Made, twee miljoen euro losgeld. Dat bedrag is volgens de politie niet betaald.

Ivo S. gaf ook opdracht tot moordaanslagen op Joop van der Kooij, Angela Bijlsma en Babette Struyk. Naar alle waarschijnlijkheid had zijn moordzucht geen zakelijke, maar een persoonlijke grond. Via zijn criminele clientèle kwam hij vermoedelijk in contact met de Brabantse broers De W., die de executies en de ontvoering op zich namen.

In totaal zijn dertien verdachten, van wie er twee alweer op vrije voeten zijn, gearresteerd op verdenking van witwassen, drugssmokkel, deelname aan een criminele organisatie, kidnapping en moord. Verdachte Ivo S. zit in beperking. Alle verdachten worden volgende week dinsdag voorgeleid.